本书为教育部人文社科规划项目成果

钱江学术文丛

中国古典诗歌在东瀛的衍生与流变研究

肖瑞峰◎著

浙江大学出版社
ZHEJIANG UNIVERSITY PRESS

图书在版编目(CIP)数据

中国古典诗歌在东瀛的衍生与流变研究 / 肖瑞峰著.
—杭州：浙江大学出版社,2012.1
ISBN 978-7-308-09337-8

Ⅰ.①中… Ⅱ.①肖… Ⅲ.①古典诗歌－诗歌研究－
中国 Ⅳ.①I207.2

中国版本图书馆 CIP 数据核字(2011)第 241683 号

中国古典诗歌在东瀛的衍生与流变研究

肖瑞峰　著

责任编辑	宋旭华
封面设计	续设计
出版发行	浙江大学出版社
	（杭州市天目山路 148 号　邮政编码 310007）
	（网址:http://www.zjupress.com）
排　　版	浙江时代出版服务有限公司
印　　刷	杭州杭新印务有限公司
开　　本	710mm×1000mm　1/16
印　　张	19.25
字　　数	203 千字
版 印 次	2012 年 1 月第 1 版　2012 年 1 月第 1 次印刷
书　　号	ISBN 978-7-308-09337-8
定　　价	38.00 元

浙江大学出版社发行部邮购电话　(0571)88925591

目　录

内容提要

本书试图通过对日本汉诗的总体检阅,系统研究中国古典诗歌在东瀛的衍生与流变,在更浩瀚的学术时空中观照中国古典诗歌的深远影响。全书不仅以宏通的视野考察了覆盖东亚地区的汉字文化圈,全方位地展示了中国文化东渐的渠道与方式,探讨了中国古典诗歌得以衍生于东瀛的历史原因,而且细致入微地辨析了日本汉诗的发展阶段及其阶段性特征,清晰地勾勒出其盛衰起伏、递嬗演变的轨迹。此外,本书还在较深的层面上透视了日本汉诗与中国古典诗歌之间的渊源关系,并进而揭示了时代风会、生活环境、审美情趣、民族心理、文化传统等因素在诗歌传播与接受过程中的多元综合作用。

本书由以下内容构成：

绪论　从域内走向海外

——中国古典诗歌研究的历史使命

　　本章通过对既往的文学史研究的审视与反思，提出：文学史研究在由微观走向宏观、单一走向多元后，有必要从域内走向海外。

　　作者认为：文学史研究应当时空合一、纵横交错——"纵"能思贯古今，勾勒出文学兴衰因革的轨迹；"横"能视通中外，映现出文学源流正变的脉络。这就必须站在历史与现实的交汇处，将视野拓展到曾经覆盖东亚地区的汉字文化圈，将衍生于演变于其中的海外汉文学，尤其是蔚然可观的海外汉诗视为中国文学的重要分支，纳入文学史研究的范畴。

　　作者指出：只有努力开拓海外汉文学这一新的研究领域，才有可能扩大既有的研究半径，在更广阔的范围内对中国文学、包括中国古典诗歌进行总体把握和全面观照。同时，随着这一新的研究领域的拓展，对产生于华夏本土的中国古典诗歌的认知将可的到进一步的深化。这就是说，研究海外汉诗，不仅可以张大文学史研究的广度，而且可以拓进文学史研究的深度。

　　作者强调：当我们的研究视野从域内拓展到海外后，作为中国古典诗歌在海外的最佳衍生地，东瀛自然率先成为我们考察与探讨的对象。探讨东瀛汉诗形成与发展的原因,考察东瀛汉诗盛衰起伏、递嬗演变的轨迹,并进而剖析东瀛汉诗与中国古典诗歌之间的渊源关系,对于推动整个海外汉文学研究,无疑具有示范和典型意义。当我们刚刚涉足海外汉诗这一新的研究畛域时,将探求的目光暂时锁定于东瀛亦即日本,应当是明智的选择。

第一章　中国文化的东渐与
日本汉诗的发轫

本章以"中国文化东渐的时空隧道与日本汉诗的生成"、"中国文化东渐的多元形态与日本汉诗的发展"、"中国文化制导下的东瀛文化政策与日本汉诗的推进"为目,考察了中国文化与东瀛汉诗的"双边关系",评述了前者对后者的制约与影响。

作者认为:日本汉诗的形成,是中国文化东渐的结果;正是由于中国文化的东渐,汉诗才得以在扶桑之国落地生根和扬芳吐蕊。不仅如此,日本汉诗形成以后,也始终自觉或不自觉地接受中国文化的制约与影响。可以说,日本汉诗之所以能在蜿蜒中发展、迂回中演进,赢得与和歌平分秋色的局面,并一度占据文坛的统治地位,是以中日两国之间日益频繁的文化交流为必要条件的。

作者还指出:日本汉诗的形成与发展,在很大程度上得力于历代天皇制定的文化政策以及他们对汉诗创作的崇尚与奖掖，而由这些文化政策、这种崇尚与奖掖，同样可以观照不断东渐的中国文化的潜移默化的影响。

第二章　东瀛汉诗的历史流程及嬗变轨迹

本章采用"散点透视"的方式，通过对产生于四个不同时期的日本汉诗总集（即《怀风藻》、"敕撰三集"、《本朝丽藻》、《本朝无题诗》）的观照与评说，初步勾勒出东瀛汉诗发展演变的基本线索。

作者认为：正如巡视中国古典诗歌的发展历程，不能不首先瞩目于孔子删定的第一部诗歌总集《诗经》，并以它为起点来展开追踪与扫描一样，考察日本汉诗递嬗演变的历史，也不能不首先聚焦于日本最早的汉诗总集《怀风藻》，并以之作为观照与探索的起点。《怀风藻》在编次方面有着自己的鲜明特色。但侍宴应制之作的连篇累牍，却表明当时的汉诗创作在很大程度上出于娱情遣兴的需要。相形之下，模山范水之作似乎乏善可陈。至于其艺术形式，则带有汉诗发轫期的不可避免的稚拙。

作者指出：由奈良朝演变为平安朝，既是历史意义上的改朝换代，也是文学意义上的时移世迁。将主要反映平安朝初期的汉诗风貌的"敕撰三集"与主要反映奈良朝汉诗风貌的《怀风藻》相比较，那就可以看到：伴随着思想内容方面向"深度"与"广度"

的拓展,"敕撰三集"在艺术形式方面也提高了其"精度"与"密度"。因此,"敕撰三集"恰好可以成为我们观照日本汉诗艺术演进的一个视窗。就"诗体"而言,演进与提高的标志至少有以下数端:其一,七言诗的数量较前大为增加;其二,在七言诗中七言绝句又占较大比重;其三,长篇古诗亦较前增多;其四,新添杂言一体;其五,出现了长短句的词。

作者还指出:产生于一条天皇御宇期间的汉诗总集《本朝丽藻》也有着鲜明的时代特征——尽管以学习白居易相标榜,创作取向却与早年的白居易迥异其趣。伴随着对政治、对现实的淡漠,《丽藻》的作者比他们的前辈更加热衷于"嘲风雪,弄花草",更加兴趣盎然地在"花间"、"尊前"倾泻其才情。与这一创作倾向相适应,《丽藻》的作者所致力表现的诗题往往不是采撷自现实生活,而是撺拾自前人佳作。于是,所谓"句题诗"便盛极一时。此外,探韵、次韵这一游戏之风也愈演愈烈。凡此种种,既是创造精神枯竭的表现,也是主体意识薄弱的表现。

作者强调:在平安朝后期问世的汉诗总集中,《本朝无题诗》最为引人注目。一方面,它仍不免带有平安朝汉诗所共有的贵族化特征;另一方面,它又具有一定的平民化倾向,或者说在局部范围内表现出由贵族化向平民化演变的努力。而这,对于时代潮流显然是一种未必自觉的反动。

第三章 东瀛汉诗对中国古典
诗歌的模拟与师法

本章由"作家篇"和"地域"篇两部分组成,从不同角度展示、评析了东瀛汉诗模拟与师法中国古典诗歌的形态及其得失。

"作家篇"缕述了日本平安朝诗人奉白居易为偶像、奉白居易诗为楷模的一系列实例,并从中寻绎出其不同寻常的意义。

作者指出:在平安朝时期,白居易及《白氏文集》具有无与伦比的权威性。东瀛诗人们模仿白诗的角度是千差万别的——有效其诗之风格者,有袭其诗之辞句者,有蹈其诗之意旨者,有摹其诗之情境者,也有鉴其诗之章法技巧者。具体例证不仅充彻于菅原道真等诗坛名家的别集,而且在一些知名度不高的诗人诗作中也俯拾皆是。

作者认为:《白氏文集》盛行于平安朝时期,并被缙绅诗人们作为主要模仿对象,当然不是偶然的,而有着多方面的原因。至于东瀛诗人对白居易及《白氏文集》的学习、模仿,则是既有"得",又有"失"——其"失"主要有二:一是不适当地将白居易神化,以致歪曲了白氏的真实形象,丢弃了白诗的批判精神;二是白诗原有"好尽之累",平安朝诗人以白诗为规摹,难免在不失体裁的同时,产生言繁语冗之弊。

　　"地域篇"评述了东瀛诗人对"浙东唐诗之路"的向往以及东瀛汉诗对"浙东唐诗之路"的表现,并进而揭示了与此相关的东瀛诗坛的风会变迁。

　　作者指出:"浙东唐诗之路"既牵系着平安朝诗人的情思,也为他们提供了新的题材领域和意象仓廪。但在遣唐使频繁赴唐的奈良朝的汉诗作品中,几乎没有一篇涉及"浙东唐诗之路",与此相反,在遣唐使制度废止后的平安朝中后期,咏及"浙东唐诗之路"的篇章却稍觅即得。个中原因在于:由于中国古典诗歌"代有新变",所以日本汉诗模拟与师法的对象也就不断发生转移——由六朝诗转移到唐诗,再由唐诗转移到宋诗。这种转移的过程,亦即诗坛风会变迁的过程。但日本诗坛的风归变迁,不是与中国诗坛同步进行的,而要落后于中国诗坛半世纪或一世纪。在奈良朝时期,为缙绅诗人们所模拟并影响着诗坛风会的恰恰是六朝诗而非唐诗。既然直至平安朝时期,诗坛风会才由模拟六朝诗转变为模拟唐诗,奈良朝的汉诗作品无一咏及"浙东唐诗之路"也就可以理解了。

　　作者还指出:唐代诗人并非仅仅以"浙东唐诗之路"为活动半径,而有着更为广阔的漫游天地。既然如此,为什么平安朝诗人对唐代其他地区的风景名胜难得涉笔,而唯独钟情于"浙东唐诗之路"呢?这与"浙东唐诗之路"发端于天台,而天台又是平安朝诗人渴望朝拜的佛教圣地有关。

第四章　东瀛汉诗对中国古典
诗歌的变革与改造

　　本章由"作家篇"和"流别篇"两部分组成,从不同角度考察、评议了东瀛诗人变革与改造中国古典诗歌的情形及其得失。

　　"作家篇"聚焦于平安朝诗坛之冠冕菅原道真,指出:在中国古典诗歌衍生与演进于东瀛的历史过程中,菅原道真是至为关键的人物——在以无与伦比的热情对中国古典诗歌进行模拟与师法的同时,他还尝试着中国古典诗歌进行了某些变革与改造,虽然后者往往是不成功的。

　　作者认为:菅原道真一生的汉诗创作,经历了占尽"诗臣"风流的仕宦显达时期,初现"诗人"本色的谪守赞岐时期,游移于"诗臣"与"诗人"之间的重返台阁时期,以及"诗人"角色最终定位的贬居太宰时期。唯其如此,作为中国古典诗歌在东瀛的天才"传人",他的创作生活似乎比中国本土的古典诗人更显得丰富多彩。

　　作者强调:从内容上看,为《菅家文草》和《菅家后草》所收录的 500 余首汉诗作品中,有相当大的一部分可以混同于一般的侍宴应制之作。但这并不是主流。如果撇开这部分仅能体现时代共性而难以反映作者个性的庸常之作,就其中最能代表作者风貌的精粹之作加以考察,那就不能不肯定它们有着鲜明的思想特色,从而一方面足以区别并超拔于同一时代的其他作家别集,另一方面也对中国古典诗歌的思想仓廪有所充实与丰富。

作者指出:菅原道真以务欲登峰造极的雄心,对汉诗艺术进行了全面的探索,力图在孜孜不倦的创作实践中,尽究个中三昧,并用富于创造性的成果,为日本平安朝诗坛树立新的典范。作为诗神缪斯对辛勤的开拓者的酬劳,道真所取得的艺术成就是多方面的;而这些艺术成就的取得,又是与他对中国古典诗歌的艺术传统所进行的适当的同时也是有限的变革与改造联系在一起的。其中最为引人注目的几点是:一、强化了汉诗的抒情功能;二、提高了汉诗的造语技巧;三、丰富了汉诗的状物手法;四、改进了汉诗的谋篇工艺。

"流别篇"通过评述江户时期流派纷呈的诗坛盛况,从另一侧面观照了东瀛汉诗与中国古典诗歌的关系。

作者认为:如果说直至五山时代,东瀛汉诗仍未能完全脱离模拟与仿效状态的话,那么,进入江户时代后,尽管模拟与仿效之风犹存,诗人们所更多地致力的却是变革与改造了。

作者指出:江户时代,是东瀛汉诗发展史上的黄金时代。正如中国古典诗歌发展到唐代才呈现出空前繁荣的局面一样,日本汉诗发展到江户时代,才进入了它的全盛时期。全盛的标志不仅在于作品数量的浩大,更在于流派的众多、风格的繁富、体制的完备、技巧的成熟。经过多少代的积累与传承,于此时期崭露头角的一大批优秀诗人既怀有问鼎诗坛的雄心,也具备了创作出成熟、精美的汉诗所必需的艺术修养。他们已不满足于像他们的前辈诗人那样重复中国诗人所表现过的内容,而力图用汉诗这一外来的文学样式刻画本民族特有的风物,展现本民族特有的风俗,抒写本民族特有的风情。广濑淡窗的《黄叶夕阳村舍诗》、寺门静轩的《江头百咏》、菊池五山的《水东竹枝词》、匹田松塘的《长堤竹枝词》、赖山阳的《长崎谣》、梁川星岩的《琼浦杂咏》、中岛棕隐的《鸭东四时杂词》等等即属其例。

作者还指出:日本著名学者川口久雄在《平安朝日本汉文学史的研究》一书中曾特别论述平安朝中后期汉诗的和样化倾向。但和样化真正作为一种倾向,实际上是直到江户时代才出现的;而且,江户诗人对和样化的归依,是与对多样化的追求联系在一起的。换言之,在江户时代,和样化与多样化这两种倾向是相互交融的。而这正体现了江户诗人试图对传统的中国古典诗歌进行变革与改造的不懈努力

绪论　从域内走向海外

——中国古典诗歌研究的历史使命

一、缘起：对既往的文学史研究的审视与反思

没有谁能无视或否认近年来文学史研究的突飞猛进：原先罕见有人道及的文学史观和文学史学，差不多已成为一个热门的话题，虽然没有也不可能"火爆"到街谈巷议的地步，却为越来越多的学人所津津乐道，并且时有一新天下人耳目的精到之论见诸报刊。这犹为次，更重要的是，数十部在一定程度上融合了新观念、新思维、新方法、新体系的断代或分体文学史已翩然问世，从而表明文学史观的阐扬和文学史学的建构，已脱离了纯学术探讨的形态，而生动地体现在卓有成效的编写实践中。就中，章培恒、骆玉明先生主编的三卷本《中国文学史》(复旦大学出版

社 1997 年第一版）与袁行霈先生主编的四卷本《中国文学史》
（高等教育出版社 1999 年第一版）分别因视角独特、新见迭出和
体系严密、胜义纷呈而代表了当今文学史研究的最高水准，备承
学界赞誉。尽管人们从十多年前便开始千呼万唤的"大文学史"
迄今尚不见分娩的迹象，以至很难断言它已指日可待，但完全可
以说，它不仅早已进入了漫长而又艰难的孕育过程，而且已能实
实在在地触摸到其胎动。唯其如此，当我们审视文学史研究的
现状时，有理由感到欣慰。但与此同时，我们却又抑制不住向学
界叩问的冲动：文学史研究在由微观走向宏观、单一走向多元以
后，是否还有必要从域内走向海外呢？

随着长期封闭的国门的"訇然中开"，我们在责无旁贷地肩
负起与世界经济、文化接轨的时代使命的同时，不能不痛苦地反
思以往闭关自守的文化政策所带来的后果，那便是既有效地遏
止了海外文化向中国的渗透，也有力地钳制了中国文化向海外
的传播。意识到这一点，我们当然有必要全方位地走出国门、走
向世界，在域内和海外之间编织起一条联系的纽带。而从历史
渊源看，文学史研究完全有条件"导夫先路"。

无须讳言，时至今日，人们对"大文学史"的期待依然如故。
在我看来，所谓"大文学史"绝不仅仅意味着卷帙的浩繁和论述
的详密。它除了应当兼有独立的学术品格、独特的学术构想和
独到的学术视野外，还应当具备涵盖面更广、包容性更强的全新
体系。这就必须从纵横两方面加以拓展——

　　"纵"能思贯古今,勾勒出文学兴衰因革的轨迹;

　　"横"能视通中外,映现出文学源流正变的脉络。

　　前者意味着,所谓"大文学史"不应当是微观研究的累积,不应当是彼此割裂的作家作品论的简单连缀、生硬拼合与机械叠加;而应当以其紧密的内在联系,构成一个有机的整体,呈现出"史"的继承性与发展性。换言之,对文学发展链条上的每一细微环节,它都不能作孤立的静态描述,而必须在有机的动态考察中进行宏观把握,抽绎出其"发展"、"演变"的线索,显示出"史"的过程与趋向。这也就意味着,所谓"大文学史",应当是一部能够从总体上把握各体文学体裁、文学思潮、文学流派的发展演变历程的宏观文学史。

　　后者则意味着必须站在历史与现实的交汇处,将视野拓展到曾经覆盖东亚地区的汉字文化圈,将衍生与演变于其中的海外汉文学,尤其是蔚然可观的海外汉诗视为中国文学的重要分支,纳入文学史研究的范畴——这正是我们在此所要着重讨论的话题。

　　窃以为,我们现在惯常使用的"中国文学史"这一概念,虽然很少有人质疑,但其内涵与外延似乎并不十分明确。所谓"中国文学史",按照时下对"中国"的界定,应当理解为包括汉族及回族、满族、藏族、维吾尔族等少数民族在内的整个中华民族文学史。但流行的几十种《中国文学史》著作,对汉民族以外的少数民族的文学形式大多并未涉及,有的甚至不置一词。因此,严格地说,它们实际上相当于汉民族的文学史。不过,称之为汉民族的文学史或者汉文学史,似乎仍有不妥,因为其中述及的辽代的萧观音、金代的完颜璹、元代的耶律楚材、萨都剌、清代的纳兰性德等人,就其民族属性而言,都是少数民族的作家。想来之所以将他们收录其中,有的还不惜使用较多的篇幅对他们进行以褒扬为主的评说,大概是因为他们也用汉语写作、也能熟练地驾驭汉文学的形式,并且成就卓著。而这又意味着什么呢?在我看来,这意味着我们今天所使用的各种《中国文学史》,包括教育部所重点推荐的作为"面向 21 世纪教材"使用的《中国文学史》,对它们的准确称呼,或许应当是"汉语文学史"。然而,如果称之为"汉语文学史",新的问题又产生了:它们并没有把海外汉文学包容在内,对海外汉文学几乎只字未及。

需要声明的是,我们并不想在这里玩弄概念游戏,也无意改变"中国文学史"这一大家都已经接受与认同的名称。我们只是想强调研究海外汉文学的重要性与必要性——其实,所有文学史的研究者对下列史实并不陌生:包括今天的日本、韩国、朝鲜、越南在内的汉字文化圈各国,在摄取和消化中国文化的过程中,创作了大量的包括小说、诗歌、散文等各种体裁的汉文学作品;这些汉文学作品,不仅具有与中国古典文学相同的语言形式和体裁格律,而且具有与中国古典文学相类似的历史、文化内涵。我认为,应当把这部分汉文学作品视为中国古典文学在海外的有机延伸,并进而作为文学史研究的对象,使之最终成为文学史著作的不可或缺的内容。

诚然,这部分汉文学作品究竟能否划入中国文学的范畴,学术界难免仁智相左、歧见纷出。以日本汉文学而言,有人便认为:所谓"日本汉文学",其本质是"日本文学","汉"只不过是外在形式。但在现、当代日本学界,传统的汉学研究者却大多把日本汉文学划归中国文学的范畴。如著名汉学家神田喜一郎曾特意将他誉满学林的传世之著《日本填词史话》的正标题,拟作"在日本的中国文学";他在该书的序言中还声称:本书所写的是"在日本的中国文学,换言之,是作为中国文学一条支流的日本汉文学"。日本汉学界的权威刊物《日本中国学报》,也同样发表关于日本汉文学的研究论文,并编制论著目录索引。正因为在许多日本学者心目中,日本汉文学是发源于中国文学的一条支流,所以有的日本文学史干脆将日本汉文学完全排斥在外,以至读者根本无法从中觅得日本汉文学的历史踪迹。既然如此,假使我们今天撰写的中国文学史著作也把海外汉文学包括日本汉文学排斥在外的话,那么,海外汉文学便会因为它处于边缘地带、居于夹缝地位,而沦落为"爹不疼、娘不爱"的弃儿。这该是怎样一种让人无法释怀的尴尬景象!

我觉得,无论海外汉文学是"嫡裔"还是"庶出",它总是分娩自中国文学的母体。仅凭这一点,我们也不应该把它忽略过去,或者故意漠视它的存在。事实上,海外汉文学尽管至今"妾身未分明",但国内一些学者及论著却并没有完全忽略它为我们提供的材料。如《中国大百科全书·中国文学》卷便将日本诗僧空海(遍照金刚)的《文镜秘府论》列入其中。陈尚君教授编撰的《全唐

诗续拾》第 10 卷也收录了日本诗僧道慈和辨正的三首"唐诗":

三宝持圣德,百灵扶仙寿。

寿共日月长,德与天地久。

——道慈《在唐奉本国皇太子》

日边瞻日本,云里望云端。

远游劳远国,长恨苦长安。

——辨正《在唐忆本乡》

钟鼓沸城闉,戎蕃预国亲。

神明今汉主,柔远静胡尘。

琴歌马上怨,杨柳曲中春。

惟有关山月,偏迎北塞人。

——辨正《与朝主人》

这三首"唐诗"的材料来源是日本最早的汉诗总集《怀风藻》。该集撰成于日本天平胜宝三年(751),共收录作品 120 首、作者 64 人,历来被视为日本汉诗发轫的标志。我想,陈编《全唐诗续拾》之所以从中拈出道慈、辨正的这三首汉诗作品加以收录,而舍弃他们的其他汉诗作品,同时对选入《怀风藻》的其他汉诗作者的作品也一概不取,或许是因为道慈、辨正的这三首汉诗作品产生于中国本土,故而可以称之为"唐诗"、称之为"中国诗歌";其他汉诗作品尽管形式相似、内容相仿,产生的地点却是海外而非中国,因此也就不必也不便收录了。此外,陈编《全唐诗续拾》第23、26卷还分别收录了新罗无名诗僧作品一首和日本诗僧空海作品四首:

> 三千里路礼师颜,师已归真塔已关。
> 鬼神哭泣嗟无主,空山只见水潺潺。
>
> ——新罗诗僧《偈》

> 古貌满堂尘暗色,新华落地鸟繁声。
> 经行观礼自心感,一雨僧人不显名。
>
> ——空海《过金山寺》

> 同法同门喜遇深,空随白雾忽归岑。
> 一生一别难再见,非梦思中数数寻。
>
> ——空海《青龙寺留别义操阇梨》

> 看竹看花本国春,人声鸟弄汉家新。
> 见君庭际小山色,还识君情不染尘。
>
> ——空海《在唐日观昶法和尚小山》

> 磴危人难行,石碰兽无登。
> 烛暗迷前后,蜀人不得火。
>
> ——空海《在唐日赠剑南僧惟上离合诗》

显然,这些汉诗作品得入编者法眼,亦因诞生于中国本土故也。但能否以作品产生的地域来确定它的归属,似乎还值得进一步讨论。如果我们侧重从语言属性、体裁属性及历史、文化内涵来审视海外汉文学的话,也许还是把它看作中国文学衍生于海外的一个重要分支更为合适。从这一意义上说,开展对海外汉文学的研究,岂不正是文学史研究的"题中应有之义"?

二、理由:中国古典诗歌研究走向海外的多重意义

退一步说,即使把海外汉文学视之为严格意义上的中国文学多有未妥,因而不应该将它们纳入中国文学的范畴,但至少我们也应该把它们纳入中国文学史研究的范畴,因为只有努力开拓海外汉文学这一新的研究领域,才有可能扩大既有的研究半径,在更广阔的范围内对中国文学包括中国古典诗歌进行总体把握和全面观照,最终撰写出一部能横贯与涵盖整个汉字文化圈的"汉文学史"。

然而,尽管人们早已意识到研究海外汉诗的重要性与必要性,但真正在这一领域里树藩插篱、精耕细作的至今犹寥寥无几。不仅如此,即便对海外汉文学研究予以关注,并不乏说短道长的热情的,也还为数不多。就其中的海外汉诗研究而言,到目前为止,除了对日本汉诗的研究已小有所获外,对朝鲜、越南等国汉诗的研究还刚刚起步。这一现状,既与海外汉诗的历史储

量与历史地位不侔,也与我们作为泱泱大国所应拥有的学术视野和研究幅度不谐。有鉴于此,当我们就文学史观和文学史学进行切磋、研讨时,是否应当考虑如何将探求的触角和耕耘的犁头伸向海外汉诗这一广袤而又丰饶的领地呢?

毋庸置疑,开拓海外汉诗这一新的研究领域,在今天,不失为促进中外文化交流、增进睦邻友好关系的重要举措之一,但如果仅仅把它看作服务于外交工作的手段,则未免低估了它自身所蕴含的学术价值,抹煞了它独立存在的现实意义。其实,海外汉诗从数量到质量,都足以毫无愧色地跻身于"大国"之列,视其为"附庸",至少是一种认识上的偏差。从文学史研究的角度看,忽视对海外汉诗的研究,实际上意味着自弃疆土,拱手将"主权"出让。较之祖先"开边意未已"的精神,或许可以说,这多少有些不肖了。

研究海外汉诗的意义还在于:随着这一新的研究畛域的拓展,对产生于华夏本土的中国古典诗歌的认知将可得到进一步的深化。这就是说,研究海外汉诗,不仅可以张大文学史研究的"广度",而且可以拓进文学史研究的"深度"。比如,过去我们在考察作家作品及思潮流派的影响时,往往只作纵向的追踪,即仅仅从时间(历史)的角度探讨它们对后世的影响,致力于辨析前后代之间的传承关系;而很少作横向的扫描,即从空间(地理)的角度探讨它们对邻国的影响,致力于辨析左右邻之间的借鉴关系。由这种非立体化的研究方式所得出的结论,纵然有可能是精粹的,却无论如何不可能是全面的。而如果我们把海外汉诗作为接受影响的对象加以观照,我们的探讨则也许可以时空合一,纵横交错,而避免线性研究所容易导致的片面、粗疏和肤浅。

谨以杜甫对《松江汉诗》的影响为例稍作说明——

翻检朝鲜诗人郑彻(1536—1593)的汉诗作品集《松江汉诗》,我们可以清楚地看到杜甫的潜影。郑彻,字季涵,号松江,谥文清。明宗十七年状元,历任成均馆典籍、礼曹判书、大司谏、右议政等职,颇有政声,兼擅汉诗。在兵连祸结、时局动荡之际,《松江汉诗》的作者虽然遭谗去国,僵卧孤村,却始终心系国事,渴望有朝一日能戮力王室,澄清天下。在诗中,松江一再以"孤臣"自称,以"去国"自伤,以"直捣扶桑穴"自勉,以"坐使妖氛清"自期,无论处境穷达,都以"兼济天下"为念。可以说,忧国、思君、伤时、悯乱,是《松江汉诗》中循环往复的主旋律。这与杜甫的创作情形十分相似。而松江也经常以"老杜"自比,如《题万寿洞邻家壁》:"清愁同老杜";《次老杜韵》:"如何老杜句,一咏一回哀";《读老杜杜鹃诗》:"清晨咏罢杜鹃诗,白发三千丈更垂"。杜甫"白头搔更短,浑欲不胜簪"的"春望"形象,曾无数回再现于《松江汉诗》的字里行间。据不完全统计,《松江汉诗》中用到"白头"、"白发"、"白首"等意象的诗句多达55首。而"白头"、"白发"、"白首",毫无疑问,都是忧国、思君、伤时、悯乱的结果。

不仅如此,从艺术上看,《松江汉诗》瓣香杜甫的痕迹也十分明显。其表现之一是屡屡化用杜甫诗意或诗句。杜甫《月夜忆舍弟》有句:"露从今夜白,月是故乡明"。而松江既云:"露从今夜白,月向故国明"(《追次洪大谷韵》);复云:"月应今夜白,魂是

帝乡游"(《赠赵彦明》)。杜甫在《登岳阳楼》中自叹:"老病有孤
舟"。松江便以此为题,演绎成洋洋洒洒的七言古诗,备述生平
抱负与遭际。这犹为次,更引人注目的是,在谋篇、布局、设景、
造境、状物、抒情等具体技巧或手法上,《松江汉诗》亦多借鉴与
模仿杜诗。至于艺术风格,《松江汉诗》虽呈现出多样化的倾向,
但主导风格却只能以"沉郁顿挫"来概括。这与杜甫亦相仿佛。

在数量众多的海外汉诗中,《松江汉诗》只是"沧海一粟"。
但由此"一粟",我们却不难观照出杜甫对海外汉诗的影响是何
等深远! 遗憾的是,对如此珍贵的文学史料,我们过去却或者一
无所知,或者未加重视。今天,似乎再也不能与它们失之交
臂了。

同样,在考察白居易诗的影响时,如果我们对日本汉诗已经
获得比较充分的了解的话,那么,在考察白居易诗的影响时,就
不会仅仅着眼于簇拥在他周围的"元白诗派"的成员,也不会仅
仅注目于宋初以徐铉、李昉、王禹偁为代表的白体诗人,而且还
会高度重视日本平安朝诗人奉白居易为偶像、奉白居易诗为楷
模的一系列实例,并从中抽绎出其不同凡响的意义——

例 1　醍醐天皇在《见右丞相献家集》一诗中自注道:
"平生所爱,《白氏文集》七十五卷是也。"

例 2　具平亲王(村上天皇第六子)在《和高礼部再梦
唐故白太保之作》一诗中自注道:"我朝词人才子以《白氏文

集》为规摹,故承和以来言诗者,皆不失体裁矣。"

例 3　藤原为时亦在同题之作中自注道:"我朝慕居易风迹者,多图屏风"。

例 4　因为天皇和太子都耽读《白氏文集》,以至出现了侍读《白氏文集》的专业户。大江匡衡《江吏部集》卷中有云:"近日蒙伦命,点文集七十卷。夫江家之为江家,白乐天之恩也。故何者? 延喜圣主,千古、维时,父子共为文集之侍读;天历圣代,维时、齐光,父子共为文集之侍读;天禄御宇,齐光、定基,父子共为文集之侍读。爰当今盛兴延喜、天历之故事,而匡衡独为文集之侍读。"玩其语意,颇以大江家独占侍读《白氏文集》之专利而自豪。

显然,坊间已有的几种《白居易评传》,如果加上这四条材料,肯定比泛言"白居易集在作者生前已传入日本"要深刻、切实得多,何况具有同等价值的材料稍觅即得。再如,在中国,唐末五代以还,"词为艳科"、"诗庄词媚"的观念曾经支配着封建士大夫的创作,使他们视写诗为"正道"、填词为"薄伎"。于是,在诗中他们不敢稍露的东西,在词中却可以发泄无余,以致后人在阅读欧阳修词时深感"殊不类其为人",而怀疑是"仇家子"所嫁名。与此相仿佛,在日本平安朝时代的贵族阶层中,则似乎存在着"歌为艳科"、"诗庄歌媚"的意识。大江千里的《句题和歌序》透露了这一消息：

> 臣千里谨言，去二年十月，参议朝臣传敕曰：古今和歌，多少献上。臣奉命以后，魂神不安，遂卧薪以至今。臣儒门余孽，侧听言诗，未习艳辞，不知所为。今臣仅枝古句，构成新歌，别令加自咏古今物百余首。悚恐震慑，谨以举进，岂求骇目，只欲解颐。千里诚恐诚惧，谨言。

这段文字，不止一次被日本的汉学家所引用，但他们的注意力几乎都集中在大江千里奉敕撰进句题和歌集这一点上，而我所着眼的则是"臣儒门余孽，侧听言诗，未习艳辞，不知所为"云云。窃以为这寥寥数语颇堪玩味：把和歌称作"艳辞"，且强调自己是儒门之后，汉诗得自家传，于和歌则向未染指。这番似谦恭而实倨傲的表白，多少流露出作者所代表的缙绅阶层对和歌所固有的轻视态度。当我们评议唐末五代以还的正统诗学观念时，以此作为印证，也许可以挖掘出一些深层的东西。而这岂不是又说明，拓展海外汉诗这一研究畛域，可以为文学史研究提供新的材料和新的视野，从而丰富我们既有的研究成果，提高我们既有的研究水准，推动文学史研究在更浩瀚的空间内实现新的跃迁。

既然如此，我们是否可以说，从域内走向海外，这是中国古典诗歌研究的当务之急呢？

三、对象：中国古典诗歌在海外的最佳衍生地——东瀛

当我们的研究视野和思维空间从域内拓展到海外后，作为中国古典诗歌在海外的最佳衍生地，东瀛自然率先成为我们考察与探讨的对象。探讨东瀛汉诗形成与发展的原因，考察东瀛汉诗盛衰起伏、递嬗演变的轨迹，并进而剖析东瀛汉诗与中国古典诗歌之间的渊源关系，对于推动整个海外汉文学研究，无疑具有示范作用和典型意义。当我们刚刚涉足海外汉诗这一新的研究畛域时，将探求的目光暂时"锁定"于东瀛，亦即日本，或许是明智的选择。似乎还没有人精确地统计过现存日本汉诗的总数。据《汉诗文图书目录》，从汉诗发轫的奈良时代，至汉诗衰替的明治时代，先后问世的汉诗总集与别集达 769 种、2339 册。这中间，还不包括三个数字：其一是已经佚失的汉诗总集与别集；其二是未曾刊行的汉诗总集与别集；其三是新近结撰的汉诗总集与别集。这三个数字中，第一个数字尤为庞大。即以平安朝时代而言：由本人自编或他人代编别集者甚众，而留存至今的别集却只有空海的《性灵集》、都良香的《都氏文集》、岛田忠臣的《田氏家集》、菅原道真的《菅家文草》、大江匡衡的《江吏部集》、藤原忠通的《法性寺入道集》等六种，其他的则都已亡佚。唐代诗人韩愈曾经慨叹李、杜诗的散失："流落人间者，泰山一毫芒"（《调张籍》）。我们虽然不敢说平安朝诗人也有着同样的遭遇，

但在印刷、出版业远远落后于唐代的情况下,作品及作品集佚失的情况似乎只能更为严重。不过,对这个数字,今天毕竟只能以遗憾与惋惜的心情加以猜测,而无法将猜测的结果作为立论的根据了。但即使仅就《汉诗文图书目录》所载录的汉诗总集与别集来估算,日本汉诗的总数也相当惊人:以每册收诗百首计,总数当远远超过二十万。

仅仅从数量着眼来判别一种文学样式繁荣与否,那当然是皮相之见。但如此可观的数量,却足以佐证中国古典诗歌在海外的衍生能力。事实上,中国古典诗歌自七世纪初传入东瀛后,立即风靡于以天皇为首的宫廷汉诗沙龙,成为他们所乐于驾驭的文学样式。诚然,在日本古代,为附庸风雅或猎取功名而写作汉诗的,不乏其人。但这只是一个方面。另一方面,真正把汉诗当作陶冶性情、抒发胸臆的不二手段的作者,也不鲜见。试看藤原为时的《春日同赋闲居唯友诗》:

闲居希有故人寻,益友以诗兴味深。
苦嗜独题如合志,缓吟自听便知音。
思凝草木过连璧,义入风云胜断金。
若不形言兼杖醉,何因安慰陆沉心。

此诗见于《本朝丽藻》卷下。诗本身当然并不出色,重要的是它告诉我们:当时的一些诗人是把诗当作生活中不可缺少的伴侣的,只有诗能解除他们的孤寂之感,抚慰他们受伤的心灵。

这使我们联想起唐代诗人所抒发的类似的感受:"一日不作诗,心源如废井"(贾岛《戏赠友人》)。诗题既为"春日同赋闲居唯友诗",则说明怀着这种感受的,在当时不只是作者自己,至少包括同赋此题的那一群。无独有偶,大江匡衡也有《初冬于都督大王书斋同赋唯以诗为友应教》诗:

> 明时嗜古好文程,唯友诗篇几送迎。
>
> 咏慕为人应露胆,学如知己任风情。
>
> 文峰秋月同床坐,词苑春风结绶行。
>
> 逢遇携来元白集,争教匡鼎类桓荣。

应该说,日本汉诗在长期发展的过程中能获得数量方面的丰收,是因为包括他们在内的无数汉诗作者坚持不懈地进行创作的结果,尽管他们的创作成果并没有能全部留存至今。作者既众,作品既多,与作者作品有关的种种逸闻趣事也就层出不穷。这些逸闻趣事,有的确凿有据,有的则一看即知是好事者的杜撰,因而对其史料价值不能过高评估。但它们都或直接或间接地储藏着有关当时诗坛的种种信息,由它们演绎开去,似乎可以从不同侧面进一步观照中国古典诗歌在海外衍生的情形——

例1:平安朝诗人都良香是一位富于传奇色彩的人物。据《大日本史》记载,他曾夜过罗生门,得览奇景而油然生感,便即兴吟咏道:"气霁风梳新柳发,冰消波洗旧苔须。"其音未落,楼上即有人发出叹赏之声。叹赏者其名早湮,或许并非诗坛中人,至少绝非当世名流,却居然能在耳闻之际,对都良香的这番并不浅易的吟哦会意于心,这自然不仅需要敏锐的艺术感悟力,同时也须具备相当的汉诗修养。而由此反推:名不见经传者,尚且具备如此这般的汉诗素养,当时知诗、习诗、能诗者之众自不待言。又据《江谈抄》载,都良香游竹生岛时,得"三千世界眼底尽"句,自赏之余,苦难成对。于是,岛神便适时登场,续以"十二因缘心里空",使都良香深为叹服。这一传说本身固然是荒诞的(其荒诞不仅在于硬扯进一个子虚乌有的岛神,更在于张冠李戴,将白居易的诗句安在了都良香和岛神身上),但由这一与汉诗有关的荒诞不经的传说,却不难推知汉诗在当时的地位的尊隆。唯其地位尊隆,在人们的想象中,连神祇也不免浸染其间。

例2:江户时代的祇园南海,十四岁时诗艺即已成熟。曾与当时名流新井白石、南部南山、松浦霞沼、神圆篁洲同聚于雨森芳洲之寓所,共赋"边马有归心"诗。其诗"雄浑悲壮",为新井白石所激赏。十七岁时,有心自测诗才敏捷与否,便苦吟一夜。东窗未白,即得诗百首。但此事传开后,时人疑其为"宿构"。为了排除这一非议,祇园南海特设酒宴,请宾客于席上定题,觥筹交错之际,信口吟哦,自日中至夜半,果然又吟成百首,且"藻绘烂漫",略无蹈袭前意、敷衍成篇者。这固然表现了一个自负才地的少年的争强好胜的心性,但年为弱冠,即如此娴于诗道,实亦难得。至于他所以能如此,除了本身的卓异禀赋外,与当时汉诗盛行于世,使他从小便耳濡于斯、目染于斯自也不无关系。

例3:有别于祇园南海的夙慧,江户时代的石川丈山,原先不过是一介徒知冲锋陷阵的武夫。年过而立后,游一代大儒藤原惺窝之门,与林罗山、菅得庵等善诗者相交,转而潜心体味诗道。晚年于叡山之麓筑"诗仙堂",精心绘制成由汉魏至唐宋间的三十六位诗人的画像,悬挂于堂上,并题诗其间,日日对之吟哦,慨然以"诗仙"自命。虽然一贫如洗,乃至"有客瓢饮空,无妻褞袍敝",却不改其乐。用他自己的诗来说,便是"心深山转浅,身瘦道犹腴","富贵功名浑幻术,人生真乐莫如闲"。其《富士山》一诗有云:

> 仙家来游云外岭,神龙栖老洞中渊。
> 雪如纨素烟如柄,白扇倒悬东海边。

气势宏大,发想新奇,今日犹为登临富士山者所乐于吟诵。一旦归心于汉诗,便如入魔域,但觉其中风光旖旎,足可颐养天年,而不复存功名富贵之想,汉诗之感召力与诱惑力可谓大矣——从海外汉诗衍生与流变的角度来考察与提炼,或许,这就是包蕴在这则轶闻中的意义。

例4:与此意蕴相近,却更为生动、奇特的一则轶闻是,江户时代后期诗人友野霞舟,平生嗜诗成癖。晚年罹病卧床、沉绵不起,犹口不绝吟哦。弥留之际,诗思泉涌,因自己已无力书写,便请门人浅野梅堂代为笔录:

> 性命托天身托医,体虽羸疾意安怡。
>
> 耻无勋业半张纸,徒有闲吟万首诗。
>
> 祷福神祇果何益?乞灵草木未全痴。
>
> 可怜簸弄英雄杀,造化真成是小儿。

　　吟罢,仍然心有未甘:"吾诗思尚多。"梅堂深解其意,劝说道:"先生宜留一半赍赠冥府也"。这话搔到了痒处。于是,"先生"便怀着去冥府继续倾泻诗思的憧憬莞尔而逝。"先生"享年五十有八,而绝命诗自称"徒有闲吟万首诗"。如果实际数目与此没有太大出入的话,那么,实在比自称"六十年间万首诗"的南宋陆游还要"高产"。当然,仅仅是还要"高产"而已,其地位与成就则远不足与陆游相颉颃。我们所赞赏的是他的这份执著与沉迷。

　　例5:由于汉诗在很大范围内得到普及,江户时代的诗人往往以诗代简,寥寥数行,而万千心事尽寓其中;收简的一方,即便不是风骚者流,亦能粗会其意,而鲜有苦于解读的例子。如三浦梅花,素慕陶弘景、韩康伯之高风,终身不仕。当他辞谢久留米侯的延聘时,即以诗代简,曲达其意:

> 樵蹊不与世间通,高卧东山异谢公。
>
> 占得烟霞吾已老,清风鹤唳白云中。

　　反用谢安"东山再起"的故事,委婉而又坚定地表白了自己以隐逸终老的心志。久留米侯得阅这一诗简后,感其意诚,没有强其所难。至江户后期，更有以汉诗密通情意、最终结为连理者。如三苫雷首，对十六岁的才女龟井小琴情根深种，却不知小琴是否也钟情于自己，便寄诗相挑："二八谁家女，婵娟真可怜。君无王上点，我为出头天。"(《赠小琴女史》)"王上点"者，主也；"出头天"者，夫也。正暗寓求凰之意。小琴奉答一首："扶桑第一梅，今始为君开。欲识花真意，三更踏月来。"(《答雷首》)这一赠一答之间，若有千种风情，与中国读者所熟知的元稹的《莺莺传》及王实甫的《西厢记》中所描写的张生与莺莺"初合"的情形何其相似乃尔！其结果也是有情人皆成眷属。这两个例子表明，随着汉诗的相对普及，它已直接介入人们的现实生活，成为人们交际的工具。

例6：日本古代汉诗在社会生活中的作用，不仅仅是一种交际的工具，有时它也被作为一种攻讦的手段。著有《日本诗史》的江村北海，力戒门下轻薄，而律己非严。在编集《日本诗选》时，每当好名之徒投以诗稿、请求采纳，他必定索取"刻费"若干。于是，有人作诗嘲笑道："纳钱入选江君锡，待价作文龙子明"。与此相映成趣的是，菊池五山(因家贫，藏书仅白香山、李义山、王半山、曾茶山、元遗山五集，故自号五山)仿清人袁枚《随园诗话》之体例，收集、评论当代汉诗，刊为《五山堂诗话》，轰动一时。于是，沽名钓誉者便争相贿赂，以求列名于其中。五山大喜过望，便定下一条方针：贿赂丰厚者，极为褒奖；反之，则加以贬黜。一时颇遭物议。赖山阳作诗讽刺道："学吟争题五山知，寸舌权衡天下诗"。细加寻绎，这两个例子除了证明汉诗在当时曾被用作攻讦的手段外,还储藏着别一种关乎我们话题的信息:在当时,享有了诗名,也就随之享有了受人尊敬的社会地位。正因为这样,那些浅薄无聊的学吟者,才那样渴望自己的作品能为《日本诗选》所刊载。时尚若此,汉诗的地位不言自明。唯因时尚若此,一些酒店老板或为附庸风雅,或为招揽顾客,竟至利用汉诗来进行广告宣传。著名诗社"幽兰社"的"掌门人"龙草庐便曾应请为嵯峨酒店拟就"酿成春夏秋冬酒,醉倒东西南北人"一联,高悬于店门两侧——汉诗的实用价值在斯时斯地实在已经得到了充分的认可与发挥。

例7:关于汉诗的特殊功效,在江户时代还有一则近乎神话的离奇传说:据平野紫阳翁《文学奇瑞谈》载,天保中,冈本花亭仕于信州中邑。邑人为狼害所苦。冈本花亭便赋《喻狼》诗一首,恭书于纸,张贴在狼害最为猖獗之处:

> 毛属藩生国士恩,住山何得害山民?
> 析看狼字是良犬,谕汝自今知爱之。

果然,狼害为之倏然而止。这真可以与唐人韩愈作《祭鳄鱼文》,使鳄鱼羞惭而退的佳话相媲美了。其诗今见于长域的《名家诗抄》卷下,赋诗当有其事。但后半狼害因之而告终的说法则显然是后人的附会了。但由这一传说,却可以看出:在人们心目中,汉诗是有着神奇的功效的。沿着这一方向演绎下去,似也不难体察中国古典诗歌在海外衍生过程中所产生的独特魅力。

作为中国古典诗歌在海外的有机延伸，日本汉诗不仅拥有众多的作者与作品——仅仅拥有众多的作者和作品，那还不足以博取"繁荣"的称许，或者说，充其量那也只是一种畸形的"繁荣"——而且拥有众多的优秀作者与作品。我们之所以将东瀛视为中国古典诗歌在海外的最佳衍生地，正是有鉴于此。

这一结论其实是通过对日本汉诗的"质量检验"得出的。需要说明的是检验的标准问题——由于日本汉诗与中国古典诗歌有着根深蒂固的血缘关系，在检验的过程中，人们自然而然地会将中国古典诗歌作为参照系。这本身是完全合乎情理的。但我觉得，在这同时，还需充分考虑到一个重要前提，那就是，日本汉诗的作者都属于大和民族的成员。身为大和民族的成员，而以音义繁富的汉字写作韵律精严的汉诗，其困难程度可想而知。江户诗人斋堂竹堂在《琉球竹枝八首》中曾道及自己的学吟之苦：

> 拟将汉语学吟哦，犹觉牙牙一半讹。
> 不比东音曾惯熟，唱成三十一字歌。

我想，这应当也是其他日本汉诗作者的共同感受，只不过他们没有如此明白地说穿而已。但他们却以坚韧不拔的毅力，勇敢地涉足于汉诗这块陌生而又极富魅力的领地，并在其中耕耘与收获。其中的许多人最终都扫除了语言与思维的障碍，由学吟到会吟，由会吟再到善吟，成为汉诗这一外来文艺形式的娴熟自如的驾驭者。这本身似乎就是一个奇迹。因此,倘若就诗论诗,那么,无论"单项"还是"全能"成绩,日本汉诗确实都不堪与中国汉诗比并。许多日本的汉学家也坦率地承认这一点,有的甚至偏激地认为较之中国古典诗歌,日本汉诗简直不堪入目。对此,我们没有讳言的必要。但如果考虑到中国古典诗歌作者本来就占有种种先天的优势,考虑到横亘在日本汉诗作者面前的难以跨越而又必须跨越的语言与思维的障碍,那就很难遽言中日两国诗歌作者之间究竟谁更高明了。

在确立这一前提之后,也许我们就不会苛求于日本的汉诗作者了。但这样说,并不意味着撇开这一前提,日本汉诗作者的成就便无足观瞻。事实上,即便就诗论诗,日本汉诗作者中,也是名家济济,高手如林。借用唐人殷璠《河岳英灵集》中的话来说,这些名家、高手可谓"既娴新声,复晓古体,文质半取,风骚两挟"。因此,连中国的诗歌名家也对他们刮目相看。说得远一些,奈良朝时期的晁衡(即阿倍仲麻吕),旅唐期间,与李白、王维、包佶、储光羲等时相唱和,英名远播。包佶既以"上才"许之(《送日本国聘贺使晁巨卿东归》),储光羲亦在诗中备极赞扬:"朝生美无度,高驾仕春坊"(《洛中贻朝校书衡,朝即日本人也》)。甚至轻易不肯折节向人的李白在听信了晁衡溺海而死的讹传后,也以长歌当哭,不胜哀痛:"日本晁卿辞帝都,孤帆一片绕蓬壶。明月不归沉碧海,白云愁色满苍梧。"(《哭晁衡》)喻之以"明月",可知其诗才实非泛泛。说得近一些,清人俞樾曾编撰《东瀛诗选》40 卷、《补遗》4 卷,选入江户时代 150 位汉诗名家的作品,于明治十六年刊行。其中颇多称许之语和赞扬之词,如谓广濑旭庄诗"才藻富丽,气韵高迈",即其一例。诚然,在汉诗发轫未久的奈良、平安朝时代,这类名家、高手还不多见,但至少晁衡、空海与菅原道真应归属于其列。而至五山时代,随着日本汉诗的日渐成熟,身怀绝技的名家、高手也不断脱颖而出。像虎关师练、雪村友梅、别源圆旨、中岩圆月、梦窗疏石、义堂周信、绝海中津等,都无愧于名家、高手的称号。及至进入汉诗盛行的江户时代,名家、高手更是灿若繁星,不胜枚举,以致俞樾编撰《东瀛汉诗》时殆难取舍,不得不将篇幅扩张为洋洋 40 余卷。正是这些熟谙汉诗三昧的名家高手,以卓绝的才情,在东瀛这块善于吸收与融化异国文化的土地上,培育出姹紫嫣红的汉诗奇葩,使中国古典诗歌得以衍生、发展和流变于海外。

确实,在日本汉诗的苑囿里徜徉,也能观赏到一派姹紫嫣红的景象。这就是说,日本的汉诗作品不仅数量众多,质量也颇为可观。从内容方面看,举凡言志抒情、写景状物、咏史怀古等等,无不被纳入表现的范围。这意味着其题材相当丰富。唯其如此,从中能感触到比较广阔的现实世界与精神世界。言志抒情之作中不乏情辞慷慨、意兴豪迈、声震林木、响遏行云者。尤其是幕末志士的吟唱,读来真有穿石裂金之感。如:

> 二十六年如梦过,顾思平生感慨多。
> 天祥大节尝心折,土室犹吟正气歌。
>
> ——桥本景臣《狱中作》

呼狂呼贼任他评,几岁妖云一旦晴。

正是樱花好时节,樱田门外水如天。

——黑泽胜算《绝命词》

当年意气欲凌云,快马东驰不见山。

今日危途春雨冷,槛车摇梦过涵关。

——赖鸭崖《过函岭》

爱读文山正气歌,平生所养顾如何?

从容唯待行刑日,含笑九原知己多。

——儿岛草臣《狱中作》

　　身陷囹圄,自知就刑在即,却既无畏惧,也无怨尤,因为他们早已将生死置之度外。如果说这时他们还有什么不能释怀的话,那就是他们所毕生致力的维新事业尚未告成。"顾思平生感慨多",这"感慨",当是一种壮志未酬身先死的仰天长吁。但他们的慷慨赴义,却正可以唤起广大民众的觉醒,从而推进维新事业的历史进程。既然如此,他们也就死得其所了。"土室犹吟正气歌","爱读文山正气歌"。诚然,宋末民族英雄文天祥的不朽名作《正气歌》,既是他们平生的指南,也是他们这时的精神支柱;但他们用一腔热血谱写的上引诗章,不也正是一曲曲具感天动地之诚、挟排山倒海之威的正气歌吗?这样的正气歌,今日读来犹令人血脉贲张,心胸激荡。

当然,言志抒情是一个比较宽泛的概念,诸如伤时悯乱、显忠斥佞、怨离恨别等等,都可以被"言志抒情"这一概念所包容。尽管日本汉诗作者中绝少有明确提出"文章合为时而著"的口号,一如白居易者,但注意发挥汉诗"补察时政"、"泄导人情"的功能的诗人却并不鲜见。即便在应制、奉和之作充彻诗坛的平安时代,也曾出现过描写下层人民的困苦生活、并寄予深切同情的作品。如菅原道真的《寒早十首》便聚焦于"老鳏人"、"夙孤人"、"药圃人"、"驿亭人"、"赁船人"、"卖盐人"、"钓鱼人"、"采樵人"等生活在平安朝社会最底层的劳动人民的形象,细致入微地刻画了他们饥寒交迫、贫病交加的现实处境。且看其中一首:

何人寒气早?寒早老鳏人。

转枕双开眼,低檐独卧身。

病萌愈结闷,饥迫谁愁贫。

拥抱偏孤子,通宵落泪频。

庶几可接武于晚唐时期皮日休、杜荀鹤等现实主义诗人的作品。不过,总的说来,这一类题材非日本汉诗作者所擅长。相形之下,他们更习于同时也更善于怨离恨别。谨以赖襄的《中秋无月侍母》一诗为例略加评析:

不同此夜十三回,重得秋风奉一卮。

不恨尊前无月色,免看儿子鬓边丝。

由重逢时的欣慰反照别离时的痛苦,取径已自不俗。但更见匠心的还是作者所构置的"中秋无月"这一独特背景。远离慈亲十三年之久,今日终得承欢膝下,与老母同度中秋佳节。但天公作祟,偏偏今夜不见了那一轮圆月。这本该是大煞风景的事。然而,作者却不仅没有丝毫憾恨,倒似正中下怀。个中缘由便在于,这样可免使老母看清作者的花白鬓发。不难看出,末句是全诗的点睛之笔,它既把作者不想让老母察知自己的坎坷人生的一片至纯孝心和盘托出,同时也暗示读者,在独自浪迹天涯的十三年里,作者早已不堪离愁别恨的折磨而形容枯槁、未老先衰。

写景咏物之作,则不乏既绘其形又传其神、气韵生动、旨趣隽永者。如太宰春台的《登白云山》:

> 白云山上白云飞,几户人家倚翠微。
> 行尽白云云里路,满身还带白云归。

虽自明代诗人李攀龙的"白云湖上白云飞"脱化而来,却更见造型灵动与流转自然。"白云"一词四度重复出现,而略无窒碍之感,显系意匠经营。诗中既着意绘制鲜明的画面,又在画面中融入了自己登山览胜的豪情逸兴。又如:

> 幽径千杆竹,相依积雪时。
> 低头君莫笑,高节不曾移。
>
> ——藤森大雅《竹》

自从卜宅此栽柳，吹过东风二十春。

休把长条轻拂地，如今地上更多尘。

——藤井竹外《柳》

竹为"岁寒三友"之一，咏其节操者固众。前诗的独到之处在于力持"低头"未必"屈服"之议。在作者看来，那千杆翠竹为狂风所迫，虽不免一时"低头"，其"高节"却终未移易。如此着笔，既称得上翻新出奇，同时又不失咏物诗的隽永旨趣。而"相依积雪时"一句传写出翠竹之间相互依偎、共御严寒的风神，也是似拙实巧之笔。后诗撇开借柳咏别的惯常套路，而由"长条拂地"联想到"地上多尘"，通过对"长条"的奉劝，不着痕迹地揭露与指斥了现实社会的肮脏，同样独出机杼，耐人寻味。

至于咏史怀古之作，就其情感指向而言，其实可以纳入"言志抒情"的范畴，之所以单独列出，是因为日本汉诗作者极喜亦极善驾驭咏史怀古的题材。审视咏史怀古之作在全部日本汉诗中所占的比例，似乎有理由说，日本汉诗作者对咏史怀古一类题材有着特殊的偏爱。其目的自然不只是为了"发思古之幽情"，而在于"借古人之酒杯，浇胸中之块垒"。这与中国同类题材的汉诗作品毫无二致。且看其中四首：

昨日割一县，今日割一城。

割到壮士胆，萧萧易水鸣。

——秋山玉山《咏史》

决然归去卧桑麻,无限人间事可嗟。

独怪先生偏爱柳,不将清操向梅花。

——大洼诗佛《题陶靖节图》

谬被文王载得归,一竿风月与心违。

想君牧野鹰扬后,梦在蟠溪旧钓矶。

——佐藤坦《太公望垂钓图》

安国忠臣倾国色,片帆共趁五湖风。

人间倚伏君知否?吴越存亡一舸中。

——朝川鼎《范蠡载西施图》

第一首咏荆轲刺秦事。其凛然风骨,似无逊于初唐骆宾王的《于易水送人》:"此地别燕丹,壮士发冲冠。昔时人已没,今日水犹寒。"第二首议论奇警。本来,陶渊明归隐事,已屡经前人题咏,殆难出新。作者却别具只眼,从中觅见了生发的余地:陶渊明之节操与梅花极为相似,按理,他应当偏爱梅花,何以自号"五柳先生",对柳树更为垂青呢?"独怪"云云,并非真有嗔责之意,不过藉此发端、以避雷同而已。第三首亦另辟蹊径:不称颂太公望辅佐文王成就霸业的盖世之功,而致力于展示他对隐逸生活的铭心刻骨的向往与依恋,表明出仕非其初衷。这实际上是借以抒写作者自己的心声。第四首以纳须弥于芥子的笔力,试图借范蠡与西施共载的小小"一舸",来映现兴越亡吴的历史风云,其中也多少寄寓了警世之意。

无须一一缕述，仅由以上数端，也足以看出日本汉诗题材广泛、内容丰富，唯其如此，它才能在社会生活中发挥较大的作用，同时也才能产生出与它有关的种种逸闻趣事。孔子在《论语》中曾这样阐释诗的功能："诗，可以兴，可以观，可以群，可以怨"。验之日本汉诗，上述功能无不具备。因此，从内容方面看，至少可以说它的质量是合格的。那么，其形式又复如何呢？从形式方面对日本汉诗进行检验，我想，主要应当是看它体制是否完备、技巧是否成熟。这样加以检验的结果，同样差可人意。就体制而言，古体、近体、乐府、五言、七言、杂言等，应有尽有。尽管平安朝时期创作的近体诗，间有不合律者，但却已各体兼备。诗人们既走笔于短章——绝句，又试手于长篇——排律及歌行体，表现出一发而不可遏止的实践与探索的热情。由于汉诗在当时毕竟还处于初起阶段，诗人们本身又都受到"东音曾惯熟"的先天条件的限制，间有不合律者，是十分自然的。可贵的是，先天的不足，终于为后天的努力所弥补。至五山、江户时代，绝大多数诗人所结撰的作品都已做到了平仄协调、音韵和谐、属对工切，高明者更能"神明于规矩之中，变化于法度之外"。因此，倘若察其大势，有理由认为日本汉诗的体制是完备的。至于技巧，也须从历史发展的角度作动态考察。诚然，奈良、平安朝时代的汉诗，大多未能脱离机械模仿的状态，不仅表现手法，甚至连思想感情也一并蹈袭中国诗人。那样的作品只能说是六朝诗或唐诗的翻版——一种较蓝本远为拙劣的翻版。但在漫长的演进与发展的过程中,随着体制的逐渐趋于完善,韵律的逐渐趋于精严,表现技巧也逐渐趋于成熟。及至江户时代,许多优秀的汉诗作者已能得心应手、从容裕如地驾驭汉诗这一舶来的文艺形式,做到以彼之形式,写我之心声。即使是那些初涉诗坛的女流诗人,亦多有佳作问世。试看江马细香的两首七绝:

双浮双浴绿波微,不解人间有别离。

戏取莲心掷池上,分飞要汝暂相思。

——《拈莲子打鸳鸯》

一点愁柯梦屡惊,耳边所触总关情。

寻常蕉雨曾闻惯,不似今宵滴滴声。

——《别后赠人》

前诗托物寄意,后诗借景抒情,其手法固然并无创新之处,但构思却颇为别致。前诗拈取抒情主人公对双浮双浴的鸳鸯羡极生妒、硬要让其分飞这一细节,曲折有致地传达出离别之恨与相思之苦。后诗则着意凸现今日西窗听雨时不同于往日的凄凉感受,在今昔比照中,让离别之恨和相思之苦隐隐漾出,虽然也以细节描写取胜,聚焦点却迥然不同。更难得的是二诗都声调宛转,用笔灵动,颇具唐人风韵,因而较之同时代的中国女诗人的作品毫无愧色。"女流"如此,"武夫"亦自下笔不凡。如:

淑气未融春尚迟，霜辛雪苦岂言诗。

此情愧被东风笑，吟断江南梅一枝。

————武田晴信《新正口号》

霜满军营秋气清，数行过雁月三更。

越山并得能州景，遮莫家乡忆远征。

————上衫辉虎《九月十三夜阵中作》

落魄江湖暗结愁，孤舟一夜思悠悠。

天公亦慨吾生否？月白芦花浅水秋。

————足利义昭《避乱泛舟湖上》

　　作者皆非舞文弄墨的职业文人，而以戎马征战为其生涯。但其所作不仅具有沉雄之气，且亦善于遣用情景交融、波澜开合等艺术手段，绝无苦于运思、拼凑成篇之迹象，显非疏于此道者所为。如果说由"横槊赋诗"这一普遍风尚本身，可证当时诗道之昌盛的话，那么，由其所赋多堪讽诵，则可鉴当时诗艺之成熟了——"武夫"尚且如此，遑论职业诗家？是谓"窥斑见豹"也。

　　这样从内容和形式两方面对日本汉诗略加检验后，我们似乎可以理直气壮地说，日本汉诗的质量与数量大体上是相符的，进而也就可以理直气壮地说，作为中国古典诗歌衍生于海外的最重要的分支，日本汉诗在历史上不仅是一种最受时人看重的文学样式，而且也是一种量多质精、高度繁荣的文学样式。唯其如此,它们理应成为我们的研究对象——排斥或忽略这样的研究对象,中国古典诗歌研究还能说是"全面"、"深入"、"完善"的吗?

第一章　中国文化的东渐与
日本汉诗的发轫

　　谁也无法否认或割裂日本汉诗与中国古典诗歌之间的血缘关系。考察日本汉诗形成、发展及演变的历史流程,我们不能不再次强调:日本汉诗的形成,是中国文化东渐的结果。换言之,正是由于中国文化的东渐,汉诗才得以衍生于东瀛,并与时俱进,渐次呈现出姹紫嫣红的绚丽景观。

一、中国文化东渐的时空隧道与日本汉诗的生成

　　汉诗,作为在中国这块土壤上培育出来的艺术奇葩,要在东瀛落地生根和扬芳吐蕊,当然需要特定的时代条件,尤其是它所能适应的思想、文化氛围。事实上,日本汉诗之所以能形成与发展,正因为日本有着其特殊的国情,那便是:日本文化从它诞生

的那天起,便处在中国文化的笼盖下,自觉或不自觉地接受中国文化的制约与影响。

　　要说明这一问题,不能不对历史作简单的回顾。在公元前6至5世纪的"绳文文化"及公元前2至1世纪的"弥生文化"时代,日本尚没有自己的文字。这意味着当时的日本尚处在半蒙昧的状态。日本文字的产生,有赖于汉字的传入,这是人们所公认的史实。在我看来,这一史实固然表明日本文化远远后于中国文化起步,但它更深刻的意义还在于证实了中日两国之间文化交流的源远流长。当我们回顾这段历史时,只能对日本国先民们卓越地再创造的才能表示钦敬:在对汉字进行整理、吸收和融化的基础上,最终形成了本民族的语言文字系统。因而,日本文字实际上有两大体系并存:一是和文系,一是汉文系。和文系属于语言学家所谓"添加语",汉文系则属于所谓"单缀语"。不过,汉字的传入及其使用,究竟始于何时? 因为史无明载,已不可知。日本学者曾对此加以种种推测。有人认为,早在上古弥生式文化时代,日本先民便已接触汉字。这样说,想必是因为汉人王充《论衡》卷八"儒增篇"及卷十三"超奇篇"、卷十九"恢国篇"中有"周成王时,倭人贡鬯草"的记载。既然"贡鬯草",则说明其时已开始进行彼此交往,而汉字很可能在交往伊始之际便已传入日本。如果真是这样的话,至少对于研治中日文化交流史的人来说,该是一件幸事。但遗憾的是,《论衡》本身的记载未必可靠。揆之情理,在航海条件十分落后的周成王时代,中日两国之间要进行贸易与文化交往,似乎是很难想象的事情。因此,对类似的推测,我们只能佩服推测者探求真理的热情和勇气,而不敢贸然采纳他们的结论。

一般认为,汉字是伴随着中国典籍一并传入日本的。倘若这一前提可以成立的话,那么,求证出了中国典籍传入的确切时间,汉字何时传入的问题也就迎刃而解了。可惜事情并没有这么简单——即便对中国典籍传入的确切时间,学者们也是人言言殊。根据国史中的明确记载,中国典籍的传入始于日本第十五代天皇——应神天皇御宇时,约公元300年前后。但不少人认为,中国典籍舶来的时间应当比这更早。于是便产生了"徐福赍书来日"说及"神后征韩收书"说。

徐福乃秦代方士,曾奉始皇之命,入海求"不死之药"。其事见于《史记·始皇本纪》。而日本是所谓"东瀛之国",恰当其途。后人便据此生发:在后周义楚的《释氏六帖》中已出现"徐福来日"说;在这基础上再加演变,"徐福赍书来日"说便蜕化而出了。宋人欧阳修《日本刀歌》有云:

> 前朝贡献屡往来,士人往往工词藻。
>
> 徐生行时书未焚,逸书百篇今尚存。

日本北皇神房的《神皇正统记》"孝灵天皇"条亦有类似记载,且云:"此事载于异朝之书。"比观这两条材料,可知"徐福赍书来日"说流布于世的时间不会晚于五代末或北宋初。虽然《神皇正统记》所据"异朝之书"究竟为何,已难核实,但其所来有自,当无可置疑。或许正因为这样,今天,在纪伊新宫市的田塍间仍然保留着前人为徐福修建的寺庙,这一做法无疑表明前人是确信徐福曾经来过日本,并对日本的文化事业有所贡献的。从这一角度看,"徐福赍书来日"说曾经在社会上广为传播。长庆天皇天授二年(1376),五山诗僧绝海于英武楼谒见明太祖时,曾奉诏即席吟成《赋三山》一诗:"熊野峰前徐福寺,满山药草雨余肥。只今海上波涛稳,万里好风须早归。"明太祖和作一首:"熊野峰高血食祠,松根琥珀也应肥。当年徐福求仙处,直到如今更不归。"这也可证"徐福来日"说流传之广。不过,其合乎情理之处虽多,却终究无案可稽。仅以时代远后于徐福的欧阳修的诗歌及《神皇正统记》的记载作为证据,是缺乏说服力的。因而,援为谈资固无不可,视为定论则有欠审慎了。

"神后征韩收书"说本于《日本书纪》。《日本书纪》纪神功皇后征韩事曰:

遂入国中,封重宝府库,收图籍文书。

一些学者认为这是中国典籍舶来之始。但其间亦有疑问:《汉书·高帝纪》记高祖入咸阳事曰:"封秦重宝财物府库,还军霸上。萧何尽收秦丞相府图籍文书。"用纯汉文写成的《日本书纪》很可能是援其绪而仿其辞,未必真有"收图籍文书"之事;退一步说,即便真有其事,所收之"图籍文书",也可能属于地图户籍及官府公文之类。通读《史记·萧相国世家》及《汉书·萧何传》等即可了然。所以,"神后征韩收书"说似也不足征信。

既然如此,在找到更为确凿的文献依据以证成上述二说前,似乎还是应当采取审慎的态度,把中国典籍舶来的时间暂时定点在正史所记载的应神天皇御宇时:应神天皇承"神后征韩"之后,绥内靖外,国运渐昌。于是,百济国阿直岐、王仁等携《论语》十卷、《千字文》一卷等中国典籍入朝归化。《古事记》记其事云:

> 百济国照古王,以牡马壹疋、牝马壹疋,付阿知吉师以贡上。亦贡上横刀及大镜。又科赐百济国:若有贤人者贡上。故受命以贡上人名和迩吉师。即《论语》十卷、《千字文》一卷,并十一卷,付是人,即贡进。

这是国史中有关中国典籍传入的最早的记载。《日本书纪》所记略同:

> 十五年秋八月壬戌朔丁卯,百济王遗阿直岐贡良马二匹。阿直岐亦能读经典。太子菟道稚郎子师焉。于是天皇问阿直岐曰:"如胜汝博士亦有耶?"对曰:"有王仁者,是秀也。"时遣上毛野君祖荒田别巫别于百济,仍征王仁也。十六年春三月,王仁来之。则太子菟道稚郎子师之。习诸典籍于王仁,莫不通达。

另,《古语拾遗》一书也记载了应神天皇御宇时百济国贡王仁事。因而,王仁的来朝与汉籍的传入皆在此时,是确凿无疑的事情。由于人们一般都认为,汉字是伴随汉籍而传入的,所以许多日本的历史教科书便将汉字的传入也定点在应神天皇十六年。

但窃以为这似乎有些不妥。因为汉字实在并不一定非随汉籍传入不可。尽管汉籍舶来后,日本国的先民才有可能系统地接触汉字;但这并不能排除另一种可能,那就是:在汉籍舶来前,已有一些汉字零零星星地传入。据《后汉书·东夷传》载,光武帝中元二年(57)曾赐日本九州州筑前怡土郡一豪族以封爵金印。日本光格天皇天明四年(1784),这颗金印在志贺岛叶崎的石窟中被发掘而得。既为金印,上面携有汉字自不待言。又据《魏志·倭人传》载,魏明帝正始元年(240)曾遣使者赍诏书、印绶赴日,而日方亦曾托该使者答谢恩诏。因此,汉字的传入要早于汉籍的舶来,应当也是确凿无疑的事情,虽然究竟要早多少,现在同样已无从考稽。

不过,零星传入的汉字,在传播中国文化方面所起的作用,当然远远不及既汇入汉字又融入汉学的汉籍。因此,应神天皇十六年王仁等携汉籍入朝,在日本文明史上,毕竟是值得大书一笔的事情。据日本史载,皇太子菟道稚郎子从阿直岐、王仁等修习汉籍后,学业大进。曾读高丽王所上表文,见其中有"高丽王教日本"句,怒其无礼而痛责使者。这一为日本学者所津津乐道的史实,表明太子对汉文已相当通晓。后来,父皇驾崩,太子义重如山,始而让位皇兄,终而自杀明志。这想必是濡染儒家经典既久,则心折于《论语》中所述及的"泰伯"一类人物,有心步其后尘的缘故。

从应神朝汉籍传入,到继体、钦明朝五经博士相继东渡,凡270余年间,研习汉字、汉文、汉学,蔚为风尚。至推古朝圣德太子摄政时,能用汉字写作的,已不只是那些执教席、掌书记、充史官、任翻译的"外朝归化"者;许多一直生活在日本本土的人,也已初步掌握了写作汉文的技能。在日本历史上,推古朝是开辟新纪元的时代,氤氲着活泼、兴旺的气象。从文学史的角度看,亦复如此。在这革故鼎新的过程中,圣德太子起了关键作用。《日本书纪·推古纪》叙太子事曰:

> 生而能言,及壮有圣智。一闻十人之诉,以勿失能辨。兼知未然。且习内教于高丽僧惠慈,举外典于博士觉哿,悉兼达矣。

《法王帝说》中也有关于其学德之宏大深远的记载。既具有卓异的禀赋,又具有深厚的学殖,加以其摄政时血气方刚、敢作敢为,很快便刷新了政治局面,而日本汉文学亦随之诞生:宪法十七条、外交文书、金石遗文等都于此时问世。

先看宪法十七条。《日本书纪》有云:"十二年夏四月丙寅传朔戊辰,皇太子亲肇作宪法十七条。"虽然太子有可能征求过簇拥在他周围的"智囊团"的意见,但十七条主要体现的应当是他自己的旨意。今日研读十七条,可以看出,它完全本乎国民性情,取乎儒家思想,而又益以佛教教义、参以刑名法家学说,其名固与今日之宪法相同,其实亦足垂范后世。没有谁能否认:日本之法制,盖自十七条始。从文学的角度看,十七条文字精炼,造语简古,略无骈丽浮华之态。作者广泛取资于《诗经》、《尚书》、《论语》、《孟子》、《孝经》、《左传》、《礼记》、《管子》、《墨子》、《荀子》、《韩非子》、《史记》、《文选》及佛教经典,却又力避蹈袭,变化用之。每条长则 75 字,短则 24 字,言简意明,不务繁冗。其句式以四字为主:全篇凡 180 句,其中四字句达 144 句,宛然有律语之趣。其风格则简奥奇峭,与法家文风较为接近。

再看外交文书。推古朝以前,日本已遣书于刘宋,但似非正式的国书。日本皇室向中国遣送正式的国书,始于推古朝。推古天皇十五年,即隋炀帝大业三年(605),大礼小野妹子奉命遣隋。回国时,隋炀帝派大臣裴世清偕其同归,以行聘礼。裴氏所携除信物外,尚有炀帝手书。裴氏回国后,日方复命妹子为大使、吉士雄成为副使,再度遣隋。中日交换国书,实在此时。日方所奉之二封国书,一见于《北史》、《隋书》,而未为《日本书纪》所收;一见于《日本书纪》,而未为《北史》、《隋书》所载。前书起笔云:"日出处天子,致书日没处天子,无恙云云。"雄大之气自句中溢出。可惜下文今日已不可得见,唯存此吉光片羽。后书据《经籍传后记》及《太子传略》所记,乃圣德太子之御笔:

东天皇敬白西皇帝:使人鸿胪寺掌客裴世清等至,久忆方解。季秋薄冷,尊何如? 清想念。此即如常。今遣大礼

苏因高（小野妹子）、大礼乎那利（吉士雄成）等往。谨白
不具。

起句沉稳、庄重，中间的文字则真挚简率，有六朝尺牍之
风范。

至于金石遗文，亦可溯源至推古朝。推古天皇四年（594），
圣德太子率惠聪、葛城臣等行幸伊豫的温汤宫，并于汤冈之侧立
碑铭文记其事。这便是今存最古老的石文——《伊豫道后温汤
碑文》。其文为《伊豫风土记》所收录，属四六体，多用汉魏典故，
颇见苦心经营之痕迹。但其风貌虽与齐梁文学相近，却未失尚
古倾向。推古朝的金文保存至今的有《元兴寺露盘铭》等六种。
其长短各异，雅俗有别。就中，《法隆寺金堂药师佛光背铭》作为
准汉文体，最为古奥：

池边大宫治天下天皇（用明天皇）大御身劳赐时。岁次
丙午年。召于大王天皇（推古天皇）与太子（崇峻天皇）而誓
愿赐。我大御病太平欲坐故。将造寺药师像作仕奉诏。然
当时崩赐造不堪者。小治田大宫治天下大王天皇（推古天
皇）及东宫圣王（圣德太子）。大命受赐而岁次丁卯仕奉。

此铭乃推古天皇十五年，天皇及太子为用明帝造药师像时，
镌刻于其光背之上。形式为汉文，但其中却又交织着日语的句
法，因而一般视为准汉文的滥觞。此外，国史的编辑、佛经的注

疏等文化事业也始于推古朝。以国史的编辑而言,《日本书纪·推古纪》"二十八"条云:"是岁,皇太子岛大臣共议之。录天皇记及国记臣连伴造国造者八十部并公民等本纪。"以历代天皇为首,编修诸国纪及臣民传,这在当时也是一种创举。尽管履中朝时各国已设史官,但其职责不过是记录地方言事。正式编修完整的国史,是从推古朝开始的。其总裁是圣得太子,而其文字则是汉文。尽管它已在苏我氏灭亡之际惨遭焚毁,其著录的史料却很可能为《日本书纪》的编者所采择。要言之,推古朝时既有纯汉文,也有准汉文;而纯汉文中又包括散文、骈文等。因此,有理由认为,汉文的诸体早在推古朝即已具备。而汉文的全面发轫,不用说,有助于汉诗的萌生。

推古朝以后,汉文学以一泻千里之势迅猛发展。至近江、奈良朝,已渐趋兴隆。其标志是两部经典式的史书的产生:准汉文国史的嚆矢《古事记》与纯汉文国史的权舆《日本书纪》。斋藤谦在《拙堂文话》中评《古事记》曰:"微古典雅,文辞烂然。"又评《日本书纪》曰:"虽有模仿史、汉、鸿烈等书处,然叙事有法,用字亦皆合格,与近古老生之文不可同日而语。"同时还产生了日本最古老的地方志《风土记》,其体由纯汉文与准汉文错杂而成。如果说《古事记》与《日本书纪》是中央文学的代表的话,那么,《风土记》则是地方文学的典范。而随着汉文学的日渐兴隆,提高了审美情趣的贵族阶层已不满足于吟讴本土的俚俗歌谣,更欲借助汉诗这一舶来的文学样式,作为新的言志抒情的工具。这样,日本汉诗便应运而生。

稽之史料，这大概是近江朝的事情。天智天皇御宇时，躬亲朝政之暇，常招学士大夫宴饮赋诗，歌咏升平。对此《怀风藻·序》略有所记：

> 旋招文学之士，时开置醴之游。当此之际，宸翰垂文，贤臣献颂。雕章丽笔，非唯百篇。

可惜天智天皇的御制及其词臣的诗作早已亡佚。因此，连《怀风藻》的编撰者在当时也只能以"非唯百篇"的悬想之词来形容其篇章之盛。所幸弘文天皇的御制《侍宴》尚存，可藉以稍窥当时的文采风流：

> 皇明光日月，帝德载天地。
> 三才并泰昌，万国表臣义。

此诗为《怀风藻》所收录。当时的弘文天皇尚为东宫太子，侍宴在侧，故其所作由歌功颂德的文字堆砌而成，并未能跳脱庸常的侍宴之作的窠臼。但其气象之阔大、文笔之典丽，实为庸常之辈所不及。作为日本汉诗萌生之初的作品，尤属难得。因此，后世的诗人每当追溯本国汉诗的起源时，总是对弘文天皇不胜景仰。维新时期的诗人国分青崖的《咏诗》有云：

> 弘文聪睿焕奎章，东海诗流此滥觞。
> 仰诵皇明光日月，于今艺苑祖君王。

既把弘文天皇的这首诗视为日本汉诗的滥觞,更把弘文天皇本人奉为日本诗坛的始祖。

说到这里,似乎应当交代:关于日本诗坛的始祖,向有二说并存。一说为大津皇子。《日本书纪·持统纪》云:"皇子大津及长辩有文学,尤爱文笔。诗赋之兴,自大津始也。"纪淑望《古今和歌集序》及《古今著录集》亦云"大津皇子始作诗赋"。另一说则为弘文天皇(即大友皇子)。理由是:《怀风藻》的编次体例是"略以时代相次,不依尊卑等级",而首先标举弘文天皇的诗作,其次才载录河岛皇子及大津皇子的篇什,可知弘文天皇要先于大津皇子制作汉诗。《大日本史》曾力辨《日本书纪》之谬:"天皇崩时,大津皇子年仅十岁,天皇之言诗先大津可知矣。"因此,相形之下,后说更能令人信服。当然,弘文天皇之所以被奉为诗坛始祖,是因为其作品幸而留存至今。假如其作品亦已亡佚,始祖的桂冠便将戴在后于他起步的大津皇子的头上;同样,假如天智天皇的作品也未亡佚,则始祖的桂冠则又非先于他的天智天皇莫属了。从这个角度看,弘文天皇无论如何是幸运的。

二、中国文化东渐的多元形态与日本汉诗的发展

日本汉诗的形成过程大致如此。对于处在中国文化笼盖下的当时的日本来说,随着汉字、汉籍的传入,汉文学的兴起几乎是必然的事情。而作为汉文学这棵根深叶茂的参天大树的主

干,汉诗的形成也极为顺理成章。事实上,不仅日本汉诗的形成有赖于中国文化的沾溉,而且日本汉诗形成以后,也始终自觉或不自觉地接受中国文化的制约与影响。可以说,日本汉诗能在蜿蜒中发展、迂回中演进,赢得与和歌平分秋色的局面,并一度占据文坛的统治地位,是以中日两国之间日益频繁的文化交流为必要条件的。

一方面,中国文化的传入,加速了日本社会文明化的进程;另一方面,进入文明社会后的日本则更加渴望从中国这一文明古国吸取新的精神养料。圣德太子首张革新之帜时,已明确意识到引进与吸收中国文化的重要,因而他除了亲自从高丽博士觉哿学习汉籍外,还毅然开辟了与隋朝之间的交通,于推古天皇二十二年(612),第一次派出遣隋使及大量的留学生、僧,为后代的统治者开风气之先。舒明天皇二年(630)八月,隋唐易代未久,舒明天皇即命曾任遣隋使的犬上御田锹及药师惠日使唐。这是日本公使遣唐之始。当时的唐王朝已初步奠定贞观之治的局面,国力强盛,声威远震。唐太宗曾在诗中自诩其敦睦四邻、交通万邦的功绩:

<blockquote>
指麾八荒定,怀柔万国夷。

——《幸武功庆善官》
</blockquote>

<blockquote>
车轨同八表,书文混四方。

——《正日临朝》
</blockquote>

难得的是,处在这种局面下,唐王朝的统治者仍能以平等的态度与邻国包括日本派来的使者相交接。犬上御田锹等归国时,唐太宗特命高表仁为答使陪送之,并派学问僧灵云等从行。其后,中日两国便不时互派使者往访。天智天皇八年,唐使刘德高赴日时,随行者达两千人之众。如此规模的外交使团真可以说是空前绝后了。当然,相较而言,日本使者遣唐的次数更为频繁。至平安朝文德天皇御宇时,前后 250 年间,共派出遣唐使十七八回,平均十四五年间便有一回。其中,舒明、孝德、齐明三朝尤多,达六回。每回除正副使臣外,还有一批留学生、僧随行。他们抵唐后一方面致力于考察唐王朝的典章制度,以之作为有助于本国的政治、经济改革的"他山之石"(事实上,遣唐归来的南渊请安、高向玄理等人在"大化改新"中发挥了极大的作用,而孝德天皇实行"大化改新"的一个直接原动力也是欲效唐风、以救己弊的强烈的愿望);另一方面则如饥似渴地吸收唐王朝的灿烂文化,包括哲学、宗教及音乐、绘画、舞蹈、诗歌等各种文学艺术。而如同人们所熟知的那样,当时,随着经济高潮的到来,一个"汪洋浩涵,包孕万有"的文化高潮也正席卷着整个中国大地。尤其是诗歌,更进入了它最为璀璨夺目的黄金时代。写诗,在当时已不仅是一种好尚,而且成为跻身仕途和进行社会交际所必不可少的修养。因此,来自日本的使臣及留学生、僧,滞唐朝间要进行交往,就必须掌握汉诗的写作技巧,以不致在唱酬之际捉襟见肘。这样,不仅他们本人诗艺日进,归国后还可将在唐时悟得的诗家三昧传授给同道,带来诗艺的普遍提高。同时,由于他们频繁来往于中日之间,许多唐诗中的优秀作品也得以及时流播于日本诗坛,并左右日本诗坛的风会。白居易的诗集在他生前便已传至日本,风靡于日本诗坛内外。这些,无疑对日本汉诗的发展起到了强有力的推动作用。

诚然,至平安朝中、后期,因为本邦典章制度已备,日本使者遣唐的频率较前大为减慢,从行的缙绅子弟也日渐稀落。桓武天皇延历二年(783),藤原葛野麻吕作为大使赴唐时,从行的留学生仅橘逸势一人。仁明天皇承和五年(838)以后,遣唐使制度已名存实亡。醍醐天皇宽平六年(894),更根据菅原道真的奏请,干脆废除了遣唐使制度。但这仅仅表示外交意义上的公使互访业已中止,并不意味着中日两国之间的经济与文化交流也已断绝。实际上,不仅两国的贸易商船从不间断地行驶在浩瀚的洋面上,保持着昔日"弘舸巨舰,千舳万艘,交贸往还,昧旦永日"的盛况,而且许多有志的僧侣也仍然把赴唐留学当作平生理想,必欲付诸实施。据统计,遣唐使制度废止后,赴唐的留学僧反倒较前大为增多。当我们回顾中日两国之间文化交流的历史包括诗歌交流的历史时,不能不对这些僧侣的胆略、志趣及业绩表示特别的赞赏与钦敬。的确,在中日文化交流史上,历代僧侣功不可没。佛教传入日本,是在继体天皇十六年(522)南梁司马达等赴日时。后此不久,钦明天皇十三年(551),百济王贡释迦金铜像及经论若干卷,佛教渐盛。敏达朝以降,异邦贡佛像、佛经者史不绝书。因为佛经都用汉文写就(即属于汉译佛经),所以佛经的宣讲,显然也有助于汉文学的兴隆。而通过佛经的研习,僧侣们除了惊叹撰写经论的中国高僧的学殖外,还更加体认到中国文化的博大精深,而亟欲亲赴中国大陆请益求教。这种强烈而迫切的问道的意欲与虔诚的佛教徒所固有的殉道精神结合起来,便驱使他们争先恐后地向大洋彼岸的中国进发。当时,船舶尚不坚固,而海上风涛多变,"柂折、棚落、潮溢、人溺"等不测之祸时常发生。因此,遣唐实在是一种艰险的使命。然而,许多有志的僧侣却甘冒九险,必欲一行。平安朝时代,赴唐的著名高僧有八位,史称"入唐八宗"。即以传教、弘法两大师为首,包括圆行、圆仁、常晓、惠连、宗睿、圆珍等。此外,义真、坚慧、圆载等也名垂史册。这些高僧大多能文善诗,旅唐期间,问道求法之余,每每与文坛或诗坛名流相交结,彼此切磋、唱和。当其回国时,携归的当然不仅仅是佛教经典,也包括唐人的诗文集以及他们自己的汉文学创作。慈觉大师圆仁用汉文记其旅唐行踪,撰成《巡礼记》,与智证大师圆珍的《行历抄》以及后代阿阇梨的《参天台五台山记》、瑞忻的《入唐记》、策彦的《初渡集》、《再渡集》,合称为五大纪行书。虽然圆仁并无汉诗存世,但在唐时他却与栖白等诗僧过从甚密,想来其诗才亦非泛泛。栖白有《送圆仁三藏归本国》诗,诗云:

> 家山临晚日,海路信归桡。
>
> 树灭浑无岸,风生只有潮。
>
> 岁穷程未尽,天末国仍遥。
>
> 已入闽王梦,香花境外邀。

圆珍旅唐时也频频以文会友,各地高僧名流所赠诗文积达十卷。其中,清观法师赠句"叡山新月冷,台峤古风清",曾被菅原清公许为"绝调"。圆载留唐 39 年,既蒙宣宗恩遇,又与诸鸿儒结为方外之交。回国时,陆龟蒙、皮日休等各赋送别诗。陆龟蒙《闻圆载上人挟儒书泊释典归日本国更作一绝以送》云:

> 九流三藏一时倾,万轴光凌渤澥声。
> 从此遗编东去后,却应荒外有诸生。

不幸其所乘商船途中为风浪所没,溺海而死。《本朝高僧传》的作者慨叹道:"若使载公布帆无恙,化导之盛,故土有赖焉。不幸戢化于龙宫海,命乎悲夫。"降及五山时代,赴宋、元留学的僧侣亦络绎不绝,且同样于研修经学之暇,潜心诗道,锐意求进。唯其如此,日本诗坛的盟主地位最终归于五山学僧。

还应当指出的是,中日两国之间的文化交流除了采取直接的方式外,有时还通过种种间接的渠道来进行,其中之一便是以渤海国为媒介。渤海国是中国东北方的少数民族靺鞨人建立的地方政权。自唐武后时建国,迄于五代后唐庄宗,凡 229 年间,始终受唐王朝的封诏。因此,渤海国与日本之间的经济、文化交流,就其实质而言,应属于多民族的中国与日本之间的交流链条上的一个环节。平安朝的统治者对渤海使臣甚为重视。本来,随着律令制的渐次松弛,平安京政府已被迫采取紧缩财政的方针,以致为接待外国使臣而在山阳道诸国设置的驿馆年久失修,破败不堪。但为迎接渤海使节,却不惜耗费财力,对北海道方面的迎宾设施加以扩充,既在贺泽建松原馆、能登建客院,又诏令修缮由登陆地点至京城之间的道路、桥梁。对渤海使臣如此重视,说到底,是出于对唐王朝的敬仰。渤海使臣遣日的次数比日本使臣遣唐的次数更为频繁。就 9 世纪后半叶而言,天安三年(859)至宽平六年(894),不到五十年间,即遣日六次,且每次从遣人员都在 100 人以上。而日方的接待官则都由深具汉文学修养者充任。这样,交接之际,便往往举办较大规模的诗宴,主宾酬唱为欢。就中,先后出任渤海使臣的裴颋、裴璆父子与先后充任日方接待官的菅原道真、菅原淳茂父子更因此结成两代笔墨深交,传为中日文化交流史上的佳话。菅原淳茂《初逢渤海裴大使有感吟》一诗云:

> 思古感今友道亲,鸿胪馆里话余尘。
> 裴文籍后闻君久,菅礼部孤见我新。
> 年齿再推同甲子,风情三赏旧佳辰。
> 两家交态人皆贺,自愧才名甚不伦。

这种诗酒酬唱的风习,既是当时诗道昌盛的一种表现,反过来,又可以在一定程度上推动汉诗的发展。此外,唐代适应新的时势而不断改编的各种字书、韵书及诗式、诗格之类的诗歌理论著作,也常常通过渤海使臣传到日本。这对日本汉诗的进一步发展自然也不无裨助。

似乎可以这样概括：如果说中国不愧为世界诗歌王国的话，那么，这一诗歌王国始终向它的隔水相望的东邻敞开着交流的大门。而东邻的许多不甘坐井观天或望洋兴叹的志士才人也就不断地出入于这敞开的大门，不仅观其体制、染其风习，而且究其壶奥，探其金针，以裨益于本朝诗坛。如此不断循环，东邻终于也成为一个盛开着诗坛奇葩的国度，并成为中国古典诗歌在海外的最佳衍生场所。

三、中国文化制导下的东瀛文化政策与日本汉诗的推进

日本汉诗的形成与发展，在很大程度上得力于东瀛历代天皇对汉诗创作的崇尚与奖掖，得力于他们所实行的文化政策，而由这种崇尚与奖掖，由这些文化政策，同样可以观照不断东渐的中国文化的潜移默化的影响。

在近江、奈良、平安朝时期，历代天皇都崇尚文学，雅好汉诗。这即便不是模仿唐太宗、唐玄宗等中国帝王的文采风流，也是沿袭他们的流风余韵。试看其例——

弘文天皇即位前，常与著名的文人学士切磋诗道，并不拘尊卑，联镳出游，其情形有类"邺下风流"。《怀风藻》的编者称他"天性明悟，雅爱博古。下笔成章，出言为论。时议者叹其洪学。未几文藻日新"。当他居东宫时，有《述怀诗》云：

道德承天训，盐梅寄真宰。

羞无监抚术，安能临四海。

其典重浑朴，直摩汉魏之垒。

天武天皇继先朝之绪业，文武兼修，尤通国史，曾诏川岛皇子等编修帝纪，又诏境部石积等撰《新字》四十四卷。受其沾溉，诸皇子也都酷嗜汉诗。其中，大津皇子临终前犹口不绝吟哦。他的绝命诗载于《怀风藻》：

金乌临西舍，鼓声催短命。

泉路无宾主，此夕谁家向。

文武天皇广涉经史，尤重儒教，间亦亲事汉诗创作。《怀风藻》收其御制三首。其中，《咏雪》有句："林中若柳絮，梁上似歌尘。"江村北海《日本诗史》评之为"齐梁佳句"。又《咏怀》有句："犹不师往古，何救元首望。"虽有发语拙直之病，济世之心却灼然可见。

村上天皇幼习《白氏文集》，即位后追慕前代宇多、醍醐诸帝的文采风流，志在复兴一度衰沦的风骚之道。应和中行幸冷泉院之际，召词臣赋"花光水上浮"诗，命菅原文时作序。临当返舆时，序文始成，中有"谁谓水无心，浓艳临分波变色；谁谓花不语，轻漾激兮影动唇"等句。村上天皇爱赏不已，便重新呼酒开宴，一毕其欢。又于天德二年举办"殿上诗合"，集大江朝纲、大江维时、菅原文时等当代诗坛宿将于一堂,竞技斗胜,风雅冠乎前代。不仅如此,与"年中行事"相应,他还不时举办各种名目的诗会、诗宴,诸如"内宴"、"子日御游"、"仲春释奠"、"梅花宴"、"钓殿御游"、"曲水宴"、"花宴"、"藤花宴"、"三月尽"、"五月五日"、"纳凉诗宴"、"七夕"、"八月十五夜"、"仲秋释奠"、"重阳"、"残菊宴"、"红叶贺"等等。不用说,在这些诗会、诗宴上,他自己都率先创制新篇,以示范于词臣。除此而外,他还另有御制若干,如应和元年十月十五日的《寒叶随风散》、应和元年十月三十日的《松径露后贞》、应和元年十一月九日的《池边雪》、应和二年四月十一日的《令侍臣赋梦吐白凤诗》、应和三年四月二十六日的《风云夏景新》、应和三年二月三日《庭花晓欲开》、应和三年三月八日的《风来花自舞》、应和三年十月四日的《菊花色浅深》、《无风叶自舞》、应和四年三月二十九日的《留春春不驻》等等。由此可知其创作意欲极为旺盛。

说到举办诗会、诗宴,当然不是村上天皇御宇时期所独有的一种文学现象;历代天皇中,如村上天皇般经常举办诗会、诗宴者甚众。固然,他们所举办的各种诗宴不管如何花样翻新,都可以在中国找到它的源头,所谓"万变不离其宗";但其频率之高、种类之多,却似较中国尤有过之。其中,最值得注意的是三月三日的"曲水诗宴"与九日九日的"重阳诗宴"。

"曲水诗宴",起源于中国的古代风俗:农历三月上巳日("上巳日",即上旬之巳日,魏以后始固定为三月三日),古人每就水滨宴饮,祓除不祥。后人因引水环曲成渠,流觞取饮,相与为乐。

（见黄朝英《靖康缃素杂记》）其后，东晋王羲之与友人修禊于兰亭时，流觞之际，又复赋诗相娱。王氏《兰亭序》记曰："又有清流激湍，映带左右，引以为流觞曲水，列坐其次。虽无丝竹管弦之盛，一觞一咏，亦足以畅叙幽情。"这就是曲水诗宴的由来。《文选》中收有南朝作家颜延年与王融的《三月三日曲水诗序》，可知曲水诗宴在南朝时颇为流行。日本的曲水诗宴，形式与中国相仿；不同的是，它往往由帝王亲自举办，规格甚高。自圣武天皇神龟五年（728）以来，连年举办，蔚然成风。平城天皇大同三年（808）始告中断。此后，名义上不再由朝廷出面举办，但实际上朝廷出面举办的曲水诗宴在宽平年间仍不绝如缕。如宽平二年所赋《三月三日于雅院赐侍臣曲水宴》（见《菅家文草》、《田氏家集》、《扶桑集》）、宽平三年所赋《对雨玩花》（见《菅家文草》、《田氏家集》）、宽平四年所赋《花时天似醉》（见《菅家文草》、《田氏家集》、《本朝文粹》、《和汉朗咏集》）、宽平六年所赋《上巳樱花》（见《菅家文草》）、宽平七年所赋《烟花曲水红》（见《菅家文草》）等等，都是该年曾举办曲水诗宴的明证。

"重阳诗宴"，也起源于中国的古代风俗。早在《续齐谐记》中，已有重阳登高以及饮菊酒、采茱萸的记载。唐诗中有不少篇章咏及这一出于辟邪信仰的风俗，如王维的《九月九日忆山东兄弟》："遥知兄弟登高处，遍插茱萸少一人。"杜牧的《九日齐山登高》："但用酩酊酬佳节，不用登临恨落晖。"日本天皇亲自举办重阳宴，始于天武天皇十四年（688）。将重阳宴发展为重阳诗宴，则始于嵯峨天皇大同四年（809）。不言而喻，它也带有浓郁的

"唐风"。纪齐名《九日侍宴赐群臣观菊花应制诗序》有云：

> 往古来今，良宴嘉会，莫不籍野而旷其游，登山以远其
> 望。既谓之避恶，亦宜于延年。采故事于汉武，则茱萸插宫
> 人之衣；寻旧踪于魏文，亦黄花助彭祖之术。今日观古，不
> 其然乎？

明言其仿效中国旧俗之处。细检平安朝时代的汉诗别集与总集，不时可觅得历次重阳诗宴所赋写的诗题，如贞观三年所赋写的《重阳菊酒诗》（见《类聚国史》）及《菊暖花未开》（见《类聚国史》《田氏家集》）、贞观四年所赋写的《鸿雁来宾》（见《类聚国史》《菅家文草》）、贞观五年所赋写的《景美秋稼》（同上）、贞观八年赋写的《山人献茱萸杖》（同上）都是有关这类诗宴、诗会的记录。贞观十年所赋写的《喜晴诗》（见《类聚国史》《菅家文草》《本朝文粹》）、贞观十二年所赋写的《天赐难老诗》（同上）、贞观十七年所赋写的《红兰受露》（见《类聚国史》《菅家文草》）、元庆二年所赋写的《吹花酒》（同上）、元庆六年所赋写的《九日侍宴应制》（见《类聚国史》《菅家文草》《田氏家集》）、元庆七年所赋写的《九日侍宴赐群臣观菊花诗》（见《类聚国史》《菅家文草》《江谈抄》）、元庆八年所赋写的《玉烛歌》（见《类聚国史》《菅家文草》）、仁和元年所赋写的《九日侍宴应制》（同上）、宽平元年所赋写的《钟声应霜鸣》（见《记略》《田氏家集》）、宽平三年所赋写的《仙潭菊》（见《记略》《菅家文草》）、宣平二年所赋写的

《秋雁橹声来》(见《记略》、《菅家文草》、《本朝文粹》)、宽平五年所赋写的《观群臣佩茱萸》(见《记略》)、宽平六年所赋写的《天际识宾鸿》(见《记略》、《菅家文草》、《和汉朗咏集》、《江谈抄》)、宽平七年所赋写的《秋日悬清光》(见《记略》、《菅家文草》)、宽平八年所赋写的《菊花催晚醉》(同上)、宽平九年所赋写的《观群臣插茱萸》(同上)、《闲居乐秋水》(见《记略》、《菅家文草》、《本朝文粹》)、昌泰元年所赋写的《秋思入寒松》(同上)、昌泰二年所赋写的《菊散一丛金》(见《记略》、《菅家文草》、《江谈抄》)、昌泰三年所赋写的《秋思》(见《记略》、《菅家后草》),等等。有时,诗宴已散,而主办者兴犹未尽,则于翌日(农历九月十日)另择场所再设诗宴,作为"重阳诗宴"的延续与补充。如宽平六年的《雨夜纱灯》、宽平八年的《秋深》等诗题,便都是在九月十日续开的诗宴上所赋。

至于七月七日的"七夕诗宴",其盛况也绝不亚于"曲水诗宴"与"重阳诗宴"。七夕聚会赋诗,始于圣武天皇天平六年(734)。平城、嵯峨二天皇继之,遂成定例。9世纪后半叶,仅宇多天皇宽平年间,就有《乞巧诗》、《七夕秋意诗》、《代牛女惜晓更诗》、《七夕祈秋穗诗》、《七夕诗》等作品传世。检《记略》及《菅家文草》可知,它们分别产生于宽平元年、二年、三年、六年、七年的"七夕诗宴"。

除了每逢传统节会必张诗宴外,历代天皇往往还根据时序与景物的变换而举办各种名义的诗会,如"寒食、三月尽"诗会,"残菊、九月尽"诗会等等。诚然,在这类诗宴、诗会上产生的汉诗,大多属应景之作,鲜见文质炳焕、气盛言宜、"诚于中而形于外"者,有的一味称颂帝德,甚至有阿谀谄媚之嫌;但帝王亲自举办诗宴并带头创制汉诗这一做法本身,却不失为一种有力的提倡与鼓励。它对于在全国范围内养成爱好并从事汉诗创作的风尚,显然具有积极的作用,从而也就有可能在一定程度上推动日本汉诗的发展,所谓"上有所好,下必甚焉"——当时,以天皇为表率,亲王及公卿大夫亦经常举办诗宴、诗会。纪齐名《仲秋陪中书大王书阁同赋望月远情多应教诗序》云:"清秋八月,遥夜三更,公卿大夫,十有余辈,乘朝务之余暇,属秋景之半阑,会于中书大王之书阁矣。"橘在列《赋冬日可爱序》则云:"贞观之初,大阶平,寰海静。有丞相开客馆,以延英才……第其高下,随以赏赉。盛哉洋洋之美! 虽周公吐哺、魏帝虚席,何以加旃? 相公两子,年皆成童,风度清格,文藻日新,亦预在学士之列。"这都是有关这类诗宴、诗会的记录。

经常主办诗宴、诗会,这只是日本历代统治者重视与提倡汉诗的一个方面。另一方面,他们还采取了一系列有利于汉诗发展的政策、措施,诸如优遇学士、兴办学校、奖励学业及以诗赋取士等等。尽管其中的某些政策、措施,并非始终延续的,如以诗赋取士的制度便仅在平安朝时代一度实行;但即便如此,它们在汉诗发展过程中所起到的推动作用仍然是不可低估的。

在优遇学士这一点上,日本平安朝时代的统治者,与中国唐王朝的统治者的做法极为相似,以致可以说前者是在刻意对后者进行模仿——一种出于仰慕和崇敬心理的模仿。元正天皇曾赐 23 位学士以良田；又诏令当时的 15 位著名学士退朝后侍于东宫，教习太子。教习之际，除令太子恭谨以事外，还时加赏赐。而太子（圣武天皇）即位后，也大有先帝之风范，不仅新置文章博士之官，而且养文章生、赐太学生以衣食。在用人方面，他不重门阀府第，唯重真才实学，尤其是汉文学修养。因此，圣武朝诸般政务皆得刷新。每当上巳、七夕、重阳等节令，他不仅亲自举办诗宴，而且还对与宴赋诗的学士厚加赏赐。曾书"仁义礼智信"五字，随字赐物，得仁者赐袍，得义者赐丝，得礼者赐锦，得智者赐布，得信者赐"段常布"。受其影响，皇后光明子对学士亦优渥有加。正仓院御物中的"鸟毛屏风文"相传出自皇后的手笔：

> 种好田良，易以为谷。君贤臣良，易以自丰。
> 谄辞之语，多悦令情。正直之言，倒心逆耳。
> 正直为心，神明所佑。祸福无门，唯人所招。
> 父母不爱，不孝之子。明君不纳，不益之臣。
> 清贫长乐，浊富长忧。孝当竭力，忠则尽命。
> 君臣不信，国家不安。父母不信，家国不睦。

这主要是对群臣的训诫，但从中却可以看出皇后极重视君臣关系的和谐、融洽。既然声言"明君不纳，不益之臣"，那么对有益之臣必然分外重视。而那些精通汉文学和儒家思想的学士正是所谓"有益之臣"，受到他们的优遇与重视。

重视与优遇学士，还表现在最高统治者常常降尊纡贵，与学士一起品评诗作,较量短长,敦请对方实事求是地评价自己的御制。村上天皇曾于内宴赋得"露浓缓语园花底,月落高歌御柳阴"一联。自赏之际,菅原文时亦吟就"西楼月落花间曲,中殿灯残竹里音"一联。村上天皇自觉不如,便试探着向菅原文时询问二联之优劣。文时始而奉答曰:"圣作非臣作所能及。"这当然不是他的真实看法。村上天皇察知细里,复又询问,而其龙颜也越加和悦。文时这才据实以告:"君作实逊于臣作。"村上天皇闻后开怀大笑。这种不恤尊荣、竭诚切磋的态度,较之隋炀帝因羞恼薛道衡吟出"暗牖悬珠网,空梁落燕泥"的佳句而置其于死地的妒贤嫉能行径,相去何其远也!它使我们联想起南唐中主李璟与宰相冯延巳的一段类似的问答:"中宗从容问曰:'吹皱一池春水',干卿底事?延巳对曰:安得陛下'小楼吹彻玉笙寒'之句。"(《南唐书·冯延巳传》)相形之下,村上天皇似乎更显得心无芥蒂。显然,只有真正重视与优遇学士才能如此。

此外,最高统治者对仕途偃蹇、沉沦下僚的学士一旦得悉其确实精通汉学或擅长汉诗,即刻予以拔擢。据释超然《和汉骈事》卷上载,文章博士橘直干,上书请兼民部大辅。其书用骈文写就,颇富词采。冷泉天皇诏侍臣颂读一过。至"依人而异事,虽似偏颇;代天而授官,诚悬运命"处,冷泉天皇稍有不悦。然而,待得"箪瓢屡空,草滋颜渊之巷;藜藿深锁,雨湿原宪之枢"等句推出时,那一丝不悦立即消失得了无踪影,而代之以深深的自责:"此亦一世文士,何如此沈穷?朕之过也?"第二天便应其请,授以民部大辅之职。《和汉骈事》将这则逸闻与武则天读骆宾王檄文的佳话载录在一起,因为它们都充分反映了最高统治者求贤若渴、惜才如命的心态。据说,冷泉天皇还特意命书圣小野道风工录了橘直干的这篇表文,称之为"二绝"。后来,宫中不幸发生火灾,天皇移幸冷泉院。当他向侍臣了解文物古玩的损失情况时,不问他物,仅询表文"无恙否"？其重文爱才一至于此。

正因为最高统治者能做到重视与优遇学士,文坛与诗坛都呈现出人才"彬彬其盛"的局面。尤其是平安朝时代,缙绅大夫为了永保其爵禄,竞相以文学传家,乃致产生了文学集于一门的现象。以藤原氏而言,其祖慊足夙习周孔之道,建有安社稷、定新制之功,是垂光烈于史册、贻美风于后昆的"大化"元勋之一。其子不比继承先祖基业,既参与枢机,复留意翰墨,辞藻为一时之冠。不比有四子。长子曰武智麻吕,集毕生精力究百家旨趣、探三玄意趣,文人学士竞以游学其门为荣。世称南家。次子曰房前,亦属意诗文,以才学名噪一时。世称北家。（房前有三子,皆是翰墨场中人物。其中,清河以遣唐使身份得见玄宗,风仪为玄宗所称赏。）三子曰宇合,历任遣唐副使、持节大将军、参议等文武要职,政务之暇,力穷坟典,心寄文藻,被奉为翰墨之宗。世称式家。四子曰麻吕,智辩多能,诗文兼擅,自号圣代狂生,以琴酒诗赋为乐。世称京家。这就是日本汉文学史上常常提及的所谓"藤原四家"。在当时,文学集于一门的现象,实由藤原氏而趋于繁盛。反之,由藤原氏又正可观照当时文学集于一门、父子相传、乐此不疲的现象。声名差可比肩于藤原氏的有大伴氏、纪氏、石上氏、菅原氏、大江氏等。

在优遇学士的同时,最高统治者注意兴办学校、奖励学业。《怀风藻·序》有云:"淡海先帝(天智天皇)之受命也……以为调风化俗,莫尚于文。润德光身,孰先于学。爰则建庠序,征茂才。"这是日本兴办学校之始。三善清行《封事》则云:"朝家之立大学也,始于大宝年中。""至于大平之代,右大臣吉备朝臣,恢弘道艺,亲自传授,即令学生四百人习五经、三史、明法、算术、音韵、籀篆等六道。"可知大平年间,大学生数已达 400 人左右。虽然教科书以经传为主,但另有如下规定:"凡学生虽讲说不精而娴于文藻,才堪秀才、进士者,听举送。"这说明,汉诗文创作是当时大学教育的主要内容之一,备受重视。此外,有必要附带提及的是,在平安朝时代,汉诗文创作也是诸王子从学士修习的内容之一。读一读源顺的《七月三日陪第七亲王读书阁,同赋弓势月初三应教诗序》即可了然:

先朝第七亲王读书阁,去年以来笔砚生尘。匣中水龟,含冬冰而徒咽;帘外华鸟,恨春风而空归。人物相伤,盖有以矣。于是侍读工部橘郎中正通,江州庆司马保胤等,从容进曰:昔齐黄门侍郎颜之推,有言曰:诵经书,一月废置便荒芜。诵读之间,既其如此,况飞奋藻?何不核练乎?我王虽诚天才秀逸,风藻清繁,然犹及十二月,久废其文。味三百篇,恐忘其仪。频献燕弗,令继陈篇。大王曰:善!当赋何事?正通等复跪曰:初三夜月似一张弓,望兔影之细悬,迷乌号之高插。不生桂兮才生魄,谁断疑于控弦之流;不穿杨兮只穿云,犹栖心于射的之岭。虽满虽亏可赏可玩者也。
大王感其言而赋,老吏应其教而序。云尔。

　　基于"润德光身,孰先于学"这样的清醒的、深刻的认识,日
本历代统治者大多对办学事宜倾注以心力。仍以平安朝时代而
言,孝谦天皇以女性而登皇位后不仅从吉备真备受习《礼记》及
《汉书》,为国人树立了勤学与敬师的表率,而且多次行幸大学
寮,参加释奠仪式。又赐大学直讲以稻谷,褒奖其劝学之功。平
城天皇敕令诸王及五位以上大臣的子孙皆入大学分业教习,并
视其学业之优异程度量才授职。桓武天皇登基前,曾亲任大学
头。即位后,不仅颁下了"王者以教学为先"诏,而且采取了一系
列行之有效的劝学措施,如增加大学生的定员、在大学增设创业
田(由原先的二十町增至一百二十町)等等。他还经常亲自监试
大学生的对策。又根据大江音人与菅原清公的奏请,在大学寮
内建立文章院,分为东西二曹,由熟精汉文学的江、菅二家分别
掌管。在他的鼓励下,举国上下,形成办学高潮,私立学校纷纷
创立。如藤原氏的劝学院、橘氏的学管院、和气氏的弘文院、在
原氏的奖学院、恒贞亲王的淳和院、空海的综艺种智院等等。学
校如此隆盛,汉学必随之勃兴,而汉诗也就增添了发展的动力。
　　以诗赋取士,也是最高统治者采取的有利于汉诗发展的政
策、措施之一——从某种意义上说,甚至是最有实效的政策、措
施之一。不过,要说明这一点,不能不首先廓清一个疑云密布的
问题,那就是:在热衷于模仿唐制的日本奈良、平安朝时代,究竟

有没有实行过科举制度？

史学界的答案是倾向于否定的。周一良先生在《唐代中日文化交流的几个问题》一文中指出："日本并没有把唐朝的一切制度都输入进来，而是有所取舍。例如，有两种在唐朝极流行、很重要的制度，日本就不曾仿效，即科举考试制与宫廷宦官制。"周先生还进一步分析了"日本学习中国而奈良、平安时代始终未引进科举制的原因"，那就是"缺乏实行科举考试制度的条件与土壤"。这一看法已得到史学界的普遍认可。

但是，当我们聚焦于日本汉诗时，却可以发现有不少汉诗作品咏及科举；由这些汉诗作品又不难推导出日本平安时代曾一度实行过科举制度的结论。市河宽斋编辑的《日本诗纪》（国书刊行会明治四十四年四月版）卷十七收有菅原道真的《绝句十首，贺诸进士及第》。这组诗着力表现含辛茹苦的士子在功名途中跋涉的艰难，用典型化的手法塑造了一组科场群生的形象，在反映生活的深度和广度方面都有所开拓。从这组作品的内容看，它们应当是对现实生活的真实写照，而不是袭用中国古典诗歌既有的题材。细绎这组作品，我们至少可以推知以下几点：

其一，日本平安朝时代曾举行过进士考试，进士及第后即可授官。《贺和明》诗云：

> 此是功臣代代孙，神明又可佑家门。
> 况为进士扬名后，今待公卿采择恩。

不仅点出"进士"这一科名,而且说明主人公作为及第进士,此时正等待"公卿采择",准备步入仕途。

其二,进士及第殊为不易,许多士子曾蹭蹬科场。《贺和平》诗云:

> 无厌泥尘久曝鳃,场中出入十三回。
> 不遗白首空归恨,请见愁眉一旦开。

主人公曾十三回铩羽而归,却毫不气馁,依然奋力拼搏,终得一第。《贺橘风》诗云:

> 当家好爵有遗尘,不若槐林苦出身。
> 四十二年初及第,应知大器晚成人。

主人公及第时年已四十有二,故而被视为"大器晚成"者,但参照中国本土"五十少进士"的标准,则又当归于"春风得意"者之列了。《贺田绕》诗云:

> 人共贺君我独伤,曾知对策苦风霜。
> 龙门此日平千尺,努力前途万仞强。

在主人公进士及第、春风得意之际,作者独以黯然神伤之态重提其成功前的困顿与艰辛,既是为了引发知己之感,也是希望主人公能珍惜这来之不易的成功。

其三,有资格参加进士考试的不仅限于贵族子弟,也包括庶族士子。《贺野达》诗云:

> 亲老在家七十余,每看膝下泪涟如。
> 登科二字千金值,孝养何愁无斗储?

登科后"何愁无斗储",恰可反证主人公登科前家中委实"无斗储"。而之所以一旦登科,家庭经济状况便立可改变,不正因为登科即意味着入仕、意味着可以"食君之禄"吗?同时也说明登科者必然是庶族举子——即使出身于贵族,也必定属于家道中落者。

研读菅原道真的这些汉诗作品,我们是否可以以此为依据,肯定日本平安朝时代曾在一定时间、一定范围内引进并移植过科举制度呢?按照通常的理解,所谓科举,即设科取士;既然日本平安朝时代曾多次举行过进士科的考试,士子可以通过考试进入仕途,在我看来,这就意味着日本在模仿唐制时并没有对科举制度完全加以拒绝——无论如何,菅原道真诗中的"进士"、"对策"、"及第"、"龙门"、"登科"等词,都是与科举考试有关的专门术语。

如果说孤证不足以说明问题的话,那么,这里不妨对同时代另外两位诗人的作品再作辨析。

纪齐名编撰的《扶桑集》中,收有菅原淳茂的《对策及第后伊

州藏刺史以新诗见贺,不胜恩赏,兼述鄙怀》一诗。该诗抒写了
作者几度被困场屋后终于金榜题名、一遂夙愿的欣喜心情,其中
分明糅合着昔辱今荣的感慨:

> 穷途泣血几兼秋,今日欢娱说尽不?
> 仙桂一枝攀月里,儒风四叶压人头。
> 我心似脱重狴苦,君赏胜对万户侯。
> 魂若有灵应结草,遗孤继绝岂无由?

菅原淳茂为菅原道真之子,应当说是出自高门,却未能凭藉
祖荫而径直得官,同样必须参加科举考试,而且"对策及第"前,
他也曾经有过"穷途泣血"之叹。这就是说,进士及第,在他亦非
易事。难怪他及第后会如此难抑"欢娱"之情。由诗题可知,"伊
州藏刺史"当时曾赋诗致贺,菅原淳茂此诗乃酬答之作。联系菅
原道真的《绝句十首,贺诸进士及第》,或许可以说,以汉诗贺人
及第,在当时已形成一种风习。

当然,也有自伤久试不第的汉诗作品,如收入《扶桑集》的三
善善宗的《落第后简吏部藤郎中》一诗即属其例。该诗倾诉了仕
名蹭蹬、进退失路的忧伤,从中见出科举考试对其命运的无情播
弄。诗云:

　　被病无才频落第,明时独自滞殷忧。

　　青山不拒为僧去,白社那妨作客游。

　　水菽难供违母色,田园已卖失孙谋。

　　如今干禄君知否?辙鲋何须江汉流。

　　诗中有喟叹,也有怨愤。"频落第",表明作者已屡败科场。"无才",与其说是自愧,莫若说是以反语寄愤。以"辙鲋"自比,则分明是感叹处境困窘,希望吏部藤郎中能援之以手,或濡之以沫。"何须江汉流"云云,无非是说自己所求不高,施以"杯水"即可。如果说菅原淳茂诗中的抒情主人公是一位几经挫折的成功者的话,那么,此诗的抒情主人公则是一位长与挫折相伴而濒于绝望的失败者。当然,这位失败者并没有放弃自己的追求,而思作困兽之斗——由献诗"藤郎中"这一举动本身,即可感知其"斗"志犹存。这类对自己不第的咏叹,与以上引录的那些贺人及第的汉诗作品一样,之所以出现于日本平安朝时代,完全有赖于科举制度的实行。很难想象它们是凭空杜撰而成。

　　不过,翻检有关文献,我们又不难发现,日本平安时代的"科举",毕竟与中国唐代的科举有很大不同:不独开设的科目很少,而且应试者似乎限于大学寮的生员。《本朝文粹》卷二所载《太政应补文章生并得业生复旧例事》记云:

　　太政官去十一年十五日符偁:案唐式,照文、崇文两馆学生,取三品已上子孙,不选凡流。今须文章生者取良家子弟,寮试诗若赋补之。选生中稍进者,省更复试,号为俊士。
取俊士翘楚者,为秀才生者。今谓良家。偏据符文,似谓三
位已上。纵果如符文,有妨学道。何者? 大学尚才之处、养
贤之地也。天下之俊咸来,海内之英并萃。游夏之徒,元非
卿相之子;扬马之辈,出自寒素之门。高才未必贵种,贵种
未必高才。且夫王者之用人,唯才是贵。朝为厮养,夕登公
卿。而况区区生徒,何拘门资? 窃恐悠悠后进,因此解体。
又就文章生中,置俊士五人、秀才二人。至于后年,更有敕
旨:虽非良家听补之进士者。良家之子,还居下列。立号虽
异,课试斯同。徒增节目,无益政途。又依令有秀才、进士
二科。课试之法,难易不同。所以元置文章得业生二人。
随才学之浅深,拟二科之贡举。今专曰秀才生,恐应科者稀
矣。望俊士永从停废,秀才生复旧号,选文章生,依天平
格……

这道官符是身兼中纳言、左近卫大将、春宫大夫等职的安世
良峰于天长四年(827)六月十三日所奏呈。从中可以了解到许
多信息,与菅原道真等人的汉诗作品互为参证:以诗赋取士的制
度前此早已实行;但在当时,只有照文、崇文两馆的生员有资格
参加"省试";而要进入照文、崇文两馆学习,又必须是"三品已上
子孙"。要言之,有资格应试者仅限于位列三品以上者的子弟。
这就在一定程度上堵塞了贤路,使那些具有真才实学的庶族子
弟失去了公平竞争的机会。因此,安世良峰奏请取消这一限制,

而着意强调"高才未必贵种,贵种未必高才","王者之用人,唯才是贵"。取消的结果必然促使庶族子弟将更多的精力用来钻研诗赋的写作技巧,以期在以诗赋为主要内容的考试中获胜。安世良峰活动的时代早于菅原道真半个世纪左右,而从菅原道真的《贺诸进士及第》诗看,在菅原道真活跃于政坛和诗坛的时代,有资格参加进士考试的,似乎已不限于"三品已上子孙"。那么。我们是否可以说,安世良峰奏请的内容终于得到了朝廷的恩准,从而使"省试"在本质上更接近唐代的进士考试了呢?

有鉴于上述种种,我认为,日本虽然没有完全照搬中国唐代的科举制度,却在某种程度上对科举制度进行过移植,并在一定范围内举行过具有本国特色的科举考试。

值得注意的是,安世良峰的官符中还提到"案唐式"。的确,以诗赋取士,这完全是仿效唐代的制度。后人多以为,唐诗之繁荣,全赖以诗赋取士。严羽《沧浪诗话》即云:"或问唐诗何以胜我朝?唐以诗取士,故多专门之学,我朝所以不及也。"这固然失之偏颇——唐诗的繁荣,是多种内、外部因素综合作用的结果,并不取决于某一制度;但以诗赋取士,对于唐诗的繁荣,确实"功绩存焉"。而日本的情况也是如此。虽然记录这一制度实行过程的文献已付阙如,因此无法了解其详细情形,但不难推想,它曾给"文章生"的应试者带来多少悲欢!

与唐代的情形相仿佛,日本的"应试诗"也有韵字、句数、体式等方面的重重禁忌,因而鲜见佳作,只有小野末嗣的《奉试赋得王昭君》等篇尚堪讽诵:

一朝辞宠长沙陌,万里愁闻行路难。

汉地悠悠随去尽,燕山迢迢犹未殚。

青虫鬓影风吹破,黄月颜妆雪点残。

出塞笛声肠暗绝,销红罗袖泪无干。

高岩猿叫重烟苦,遥岭鸿飞远水寒。

料识腰围损昔日,何劳每向镜中看。

虽然新意无多,情景之间尚能相互融合,而对偶亦较工整。在应试诗中已算是难得的了。此外,中良槻的《奉试咏尘》亦可一读:

康庄飙气起,搏击细尘飞。

晨影带轩出,暮光将盖归。

随时独不竞,与物是无违。

动息如推理,逍遥似知几。

形生范冉甑,色化士衡衣。

欲助高山极,还羞真质微。

不粘不脱,得咏物之致。但借鉴初唐谢偃《尘赋》的痕迹殊为明显。这两首诗,题下都标明"六韵为限"。所谓"六韵为限",即全篇只能有六个韵字,也就是规定全篇的规模为十二句。加以诗题也被限定在极其狭小的范围内,应试者自然很难发挥其创造性与想象力,最终只能心有不甘地归于平庸。但实行以诗赋取士的制度的意义,实在远远超过了应试诗本身,那就是,它使汉诗创作不仅成为有志于仕途者的兴趣之所在,同时还成为他们的功名之所系;从而也就使他们不惜为之抛洒心血、耗费精力。而追根溯源,实行这一制度,岂不也有赖于中国文化的东渐?

第二章　东瀛汉诗的历史流程及嬗变轨迹

一、《怀风藻》：日本汉诗发轫的标志

正如巡视中国古典诗歌的发展历程，不能不首先瞩目于孔子删定的第一部诗歌总集《诗经》，并以它为起点来展开追踪与扫描一样，考察日本汉诗递嬗演变的历史，也不能不首先聚焦于日本最早的汉诗总集《怀风藻》，并以之作为观照和探索的基点。诚然，日本汉诗的发轫与《怀风藻》的问世在时间上并不是同步进行的，因为只有在汉诗已形成一定数量的积累的前提下，才能产生《怀风藻》这样的有着明确编纂宗旨的作品总集。所以，汉诗发轫于前、《怀风藻》问世于后，是毋庸置疑的事实。但由于现存文献的匮乏，要探究日本汉诗发轫之初的情形，只能以《怀风

藻》作为唯一可依据、可信赖的材料。从这一意义上说,《怀风藻》不失为日本汉诗发轫的标志。

(一)

辑录诗文,以集名之,兴于东汉。对此,《四库全书总目》卷一四八叙之甚详。而在卷首冠以序文,略述编撰此集的缘由、宗旨、体例、时间等等,则是一般的诗文总集或选集的习惯做法。高明的编撰者更借以阐释自己的文学思想,如梁太子萧统的《文选序》。《怀风藻》的编撰者固不及萧统高明,但该集的序文也足以体现其汉文学修养及驾驭汉文、鉴赏汉诗的功力。兹录序文如下:

> 逖听前修,退观载籍。袭山降跸之世,橿原建邦之时,天造草创,人文未作。至于神后征坎,品帝乘乾,百济入朝,启龙编于马厩;高丽上表,图乌册于鸟文。王仁始导蒙于轻岛,辰尔终敷教于泽田。遂使俗渐洙泗之风,人趋齐鲁之学。逮乎圣德太子,设爵分官,肇制礼义。然而专崇佛教,未遑篇章,及至淡海先帝之受命也,恢开帝业,弘阐皇猷,道格乾坤,功光宇宙。既而以为调风化俗,莫尚于文;润德光身,孰先于学。爰则建庠序,征茂才,定五礼,兴百度,宪章法则,规摹弘远,夐古以来,未之有也。于是三阶平焕,四海殷富。旒纩无为,岩廊多暇。旋招文学之士,时开置醴之宴,当此之际,宸翰垂文,贤臣献颂,雕章丽笔,非惟百篇。但时经乱离,悉从煨烬,言念湮灭,辄悼伤怀。自兹以降,词

人间出,龙潜王子,翔云鹤于风笔;凤翥天皇,泛月舟于霞渚。神纳言之悲白鬓,藤太政之咏玄造。腾茂实于前朝,飞英声于后代。余以薄官余闲,游心文囿,阅古人之遗迹,想风月之旧游,虽音尘眇焉,余翰斯在,抚芳题而遥忆,不觉泪之泫然。攀缛藻而退寻,惜风声之空坠,遂乃收鲁壁之余蠹,综秦灰之逸文,远自淡海,云暨平都,凡一百二十篇,勒成一卷,作者六十四人,具题姓名,并显爵里,冠于篇首。余撰此文意者,为将不忘先哲遗风,故以怀风名之云尔。于是天平胜宝三年,岁在辛卯,冬十一月也。

由这篇洋洋洒洒的序文,我们至少可以了解到以下几点:

一是日本汉诗形成的过程。编撰者在序文中回顾了由汉籍传入到汉诗产生的历史,并用简练而优美的文笔对它进行了艺术的概括,明确告诉读者,日本汉诗诞生于"淡海先帝",即天智天皇御宇时,而天智天皇及其臣子便是最初的一批诗人。他们的作品多撰于宴饮之际,总数在百篇以上,但几经乱离,如今已荡然无存。

二是日本汉诗演进的情形。自淡海朝汉诗破土而出后,诗人间出,其中包括"龙潜皇子"、"凤翥天皇"及"神纳言"、"藤太政"等大臣。他们在日本汉诗发展史上起到了承先启后、继往开来的作用,所谓"腾茂实于前朝,飞英声于后代"也。而且,他们的作品已不限于吟咏风月与颂扬帝德(虽然仍以吟咏风月与颂扬帝德为主),也有自悲身世、自伤流年者(虽然自悲身世、自伤流年的作品并不多见,从总体上看只是一种点缀),所谓"神纳言之悲白鬓"也。

三是《怀风藻》编撰者的身份。既以"薄官"自称,则必为朝绅无疑。当然,其官位未必低下,所谓"薄官",很可能只是自谦而已。这位时有"余闲"的"薄官",曾多年潜心文苑,历览坟典。每当追想前朝的文彩风流,他总是心驰神往、泪下沾襟,可知他性格沉静而情感丰富,遗憾的是其姓名迄犹未详。

四是《怀风藻》的规模。全集共收入作品 120 首、作者 64人。这是作者"收鲁壁之余蠹,综秦灰之逸文",即苦心搜取、多方征求的结果。不难想像,他曾为此而倾尽心力。

五是《怀风藻》这一集名的含义。命名为《怀风藻》,是取"不忘先哲遗风"之意,而这也正是那位无名氏编撰该集及撰写这篇序文的宗旨。

六是《怀风藻》撰成的时间。这一时间当是天平胜宝三年,即公元 751 年 11 月。

《怀风藻》在编次方面也有着自己的鲜明特色。其中值得称道的是依时代先后决定作者的编排顺序,而不考虑其地位、身份方面的因素,此即编撰者所谓"略以时代相次,不以尊卑等级"。这在当时不能不说是独具胆识的。也许,正因为意识到这样做难免引起固守尊卑等级观念者的非议,作者才故意隐去自己的姓名,以使他们失去攻讦的目标。与此后的《凌云集》及《文华秀丽集》相比较,《文华秀丽集》按照诗的部类加以编排,固然无可厚非;但《凌云集》完全依作者官位高下来确定编排的先后,则显然比《怀风藻》要媚俗多了。说到底，"略以时代相次"虽然是理所当然的做法之一，但在当时，非至公无私、超脱荣辱、不计毁誉者不能为之。

除此而外，另一为人口碑的编次特色是作品前缀有作者小传。这样做，是本乎"知人论世"的原则，使读者于诵其诗之际略知其人，将其人品与诗品比照并观。作者小传的文字长短不等，短则百字左右，长则几近三百字，内容除题其姓名、显其爵里外，还追述其生平梗概、性格特征，间亦略示己意，予以道德评判。如《河岛皇子小传》、《大津皇子小传》等，不惟叙事简练有法，而且善于传写人物性格，以寥寥数语，揭示精神风貌。又善对人物处境及结局作辩证分析，所论多剀切之言。虽然忠君思想是作者对人物作道德评判的出发点，但落实到每个具体人物时，却并不过于迂执。作品文笔凝炼、畅达，多用骈语，以见整饬之美。虽系日人操翰，却似中土方家手笔，鲜见扞格、壅塞或拼凑之处。不仅如此，字里行间还充溢着浓烈的感情色彩：对人物的悲剧性结局，往往感慨系之，既怜其不幸，复怨其不争，坦露出一种悲天悯人的情怀。因此，通篇可作史料读之，也可作短小精悍的传记散文细细寻味。

（二）

审视《怀风藻》中的作品，侍宴应诏之作的连篇累牍，不能不成为我们率先注目的现象。诚然，在这些侍宴应诏之作中，往往包孕着作者探索诗艺的热情，但就诗论诗，终究内容浮泛，品位

不高。粗加统计,全集中以侍宴从驾及燕饮雅集为题材者竟达
56首。这清楚地说明,在当时的贵族文化圈子里,创作汉诗很
大程度上是出于"悦上媚上"和"自娱自遣"的需要。抱着"悦上
媚上"这一并不高尚的目的,他们不免在作品中堆砌大量的颂扬
帝德的文字,并为自己躬逢盛世而欢欣鼓舞——至少从表面上
看,洋溢着一种欢欣鼓舞的情绪。试看其例:

> 惠气四望浮,重光一园春。
>
> 式宴依仁智,优游催诗人。
>
> 昆山珠玉盛,瑶水花藻陈。
>
> 阶梅斗素蝶,塘柳扫芳尘。
>
> 天德十尧舜,皇恩沾万民。
>
> ——纪麻吕《春日应诏》

> 玉管吐阳气,春色启禁园。
>
> 望山智趣广,临水仁狎敦。
>
> 松风催雅曲,莺哢添谈论。
>
> 今日良醉德,难言湛露恩。
>
> ——巨势多益须《春日应诏》

这两首同题之作想必赋写于阳春烟景、从驾出游之时。这
一时间背景本身并不足以说明问题。因为此时此际倘若有若干
真情实感挥洒到诗篇中去,未尝不能新警动人。问题在于它们

是"应诏"而作,理所当然地必须送呈颁诏的"圣主"浏览,这样,作者便不可能无所顾忌地陶写自己的真实心声,而只能费心揣摩圣主的好尚,并根据圣主的好尚来进行构思。在他们想来,歌功颂德的文字总是圣主所喜闻乐见的。于是,他们便使出全身解数,在诗中镶嵌进各种歌功颂德的文字,当然,都想镶得自然些、嵌得巧妙些,使人看不出刻意逢迎的痕迹。所谓"难言湛露恩"、"皇恩沾万民"云云,措辞虽异,但说来说去,无非是"皇恩浩荡"这一层意思。这还算是含蓄些的,有的就更露骨了。如:

俯仰一人德,惟寿万岁真。

——万利康嗣《侍宴》

适遇上林会,忝寿万年春。

——田边史百枝《春苑应诏》

叼奉无限寿,俱颂皇恩均。

——大石王《侍宴应诏》

帝德被千古,皇恩洽万民。

——息长臣足《春日侍宴》

皇慈被万国,帝道沾群生。

——背奈王行文《上巳禊饮应诏》

　　从结构上看,这一类作品有一个固定的模式,那就是先用大半篇幅描写眼前所见景物,不管工切与否,都要搜索枯肠,凑足三联以上,然后"即景兴感",抒发躬逢盛世、普天同庆的感恩戴德之情。造成这种模式的原因,不仅是技巧不够练达、手法不够丰富的缘故,更是以媚上取宠为宗旨的侍宴应诏之作所难以避免的。由于当时尚处在汉诗的"实验"阶段,这类侍宴应诏之作在诗体实验方面所作的带有探索意义的努力固然是可贵的,但如果从诗性精神和诗学理想的角度来审视,对它们表现出的思想倾向却不敢违心地加以恭维。

　　侍宴应诏之作的大量产生,有赖于多种社会条件,但其直接诱因之一却是最高统治者频繁举办各种诗宴。在典章制度、宫廷礼仪乃至生活规范无不刻意仿效华夏文明古国的近江、奈良朝,最高统治者既重"武功",亦重"文治"。而倡导汉诗、举办诗宴,在他们看来,正是体现其"文治"的一个重要环节。同时,这又是对中国宫廷的文采风流的一种追求。基于这样的出发点,他们便乐此而不倦了。于是,各种侍宴也就借助君臣巧立的名目,几无间断地举办于舞榭歌台或花前月下。相沿既久,出席诗宴与即兴赋诗,几乎成为君臣们生活中不可或缺的内容。如果说在应诏侍宴之初,缙绅大夫们还因担心赋诗不工、难邀圣庞而多少有些战战兢兢的话,那么,在频繁与宴、经验渐丰之后,他们则不仅祛除了恐惧不安的心理,能从容应对、灵活周旋于其间,而且越来越陶醉并迷恋这种皇家诗宴所特有的富贵气息及其绮丽氛围,由衷地希望它能永远接纳自己。因为他们在诗宴上既能获得一次次重新估量与证实自己的才华,并进而向天皇及同僚显示自身价值的机会(这种机会是舍此而难逢的),又能受到艺术方面的熏染,一点一点地窥得被他们视为人类文化最高结晶的汉诗壶奥。因此,在侍宴的过程中,他们确实是欢欣鼓舞的——这种欢欣鼓舞的情绪,与其说更多地来源于太平盛世的开明政治的陶冶,不如说更多地来源于他们对自己春风常度的现实处境的庆幸和未可限量的前程的展望。对诗宴的日益笃好,使缙绅大夫们已不满足于奉诏出席宫廷诗宴,而渴望有更多的饮酒赋诗的场合。于是,私家举办诗宴便逐渐蔚为风气。相形之下,私家举办的诗宴似乎更便于他们骋才使气,同时也更利于他们在汉诗的王国里自由竞争。藤原宇合的《暮春曲宴南池序》或许可以证明这一点:

> 夫王畿千里之间,谁得胜地;帝京三春之内,几知行乐。则有沉镜水池,势无劣于金谷;染翰良友,数不过于竹林。为弟,为兄。醉花醉月,包心中之四海;尽善尽美,对曲里之长流。是日也,人乘芳夜,时属暮春。映浦江桃,半落轻锦;低岩翠柳,初拂长丝……月下芬芳,历歌处而催扇;风前意气,步舞场而开衿。虽欢娱未尽,而能支纪笔,盍各言志,探字成篇云尔。

择"胜地"以"行乐",在当时是缙绅大夫们的共同愿望。此"乐"既包括燕饮之乐,也包括吟咏之乐,所以,用"诗宴"来作为他们行乐方式的命名,实在是再贴切不过了。由这篇诗序可知,他们颇想仿效西晋石崇的"金谷俊游",并自觉其实际声势已不减金谷,这便是序中所谓"势无劣于金谷"也。就他们政治及经济地位的显赫而言,这倒并非是一时豪语。不过,以"竹林"之聚来比拟他们这群"染翰良友"的文场诗会,则似有些不伦不类——他们表面上既不像竹林七贤那样放浪形骸,骨子里更缺乏竹林七贤愤世嫉俗的精神,而令他们所陶醉、所沉迷的"历歌处而催扇"、"步舞场而开衿"的声色场面,也是竹林七贤所不齿的。或许只有一点是与竹林七贤相似的,那就是聚饮赋诗时的怡悦之情。但细细较来,竹林七贤的怡悦更多地表现为出世者的自适,而他们的怡悦则更多地表现为入世者的自得。换言之,竹林七贤意在以诗自遣,他们则意在以诗自娱。这又有所区别了。因此,他们的宴饮雅集,更接近于石崇等人的"金谷俊游"。不管他们在酒酣耳热之际如何苦心运思,归结到本质上,却和石崇之流一样,把赋诗作文视为一种风流韵事——把赋诗作文仅仅当作风流韵事来看待,自然不可能充分发挥汉诗"兴观群怨"的功能,一如儒家诗教所倡导的那样。

不过,统观《怀风藻》中的侍宴应诏之作,又不难发现另一倾向:尽管它们不足以体现儒家诗教——儒家诗教标榜"美刺"之旨,而它们充其量只是贯彻了一个"美"字——但却也以反映儒家思想、融合儒家故实、化用儒家章句为能事。这与整个近江、奈良朝都以儒教为本位的政治思想背景自然不无关系。举例来说,它们在歌功颂德时,往往将天皇比作唐尧、虞舜、殷汤、周文等备受儒家推崇的圣主,如"天德十尧舜,皇恩沾万民"(纪麻吕《春日应诏》);"帝尧叶仁智,仙跗玩山川"(伊与部马义《从驾应诏》);"论道与唐侪,语德共虞邻"(比良夫《春日侍宴应诏》);"错缪殷汤网,缤纷周池萍"(藤原总前《侍宴》)等等。它们在模山范水时,则习于化用《论语·雍也》中儒家"智者乐水,仁者乐山"的旨意,如:"纵歌临水智,长啸乐山仁"(藤原万里《游吉野川》);"凤盖停南岳,追寻智与仁"(纪男人《扈从吉野宫》);"仁山狎凤阁,智水启龙楼"(中臣人足《游吉野宫》);"山幽仁趣远,川净智怀深"(大伴王《从驾吉野宫应诏》);等等。而有关儒家始祖孔子的种种故实也常常被它们融入篇中,如藤原万里的《仲秋释奠》:"运伶时穷蔡,事衰久叹周。悲哉图不出,逝矣水难留。王俎风萍荐,金垒月桂浮。天纵神化远,万代仰芳猷。"如果说,最后两句所表达的是对孔子的万古景仰之情的话,那么,前四名则隐括了有关孔子的一系列故事:首句慨叹孔子厄于陈蔡的遭际。《论语》中曾多次述及孔子厄于陈蔡事,如《子罕》篇云:"从我于陈蔡者,皆不及门也";《卫灵公》篇亦曰:"明日遂行,在陈绝粮,从者病,莫能兴"。次句语出《论语·述而》篇:"甚矣吾衰也! 久矣吾不复梦见周公。"第三句本诸《论语·子罕》篇:"子曰:凤鸟不至,河不出图,吾已矣夫。"第四句则是由《论语·先进》篇点化而来:"子在川上曰:逝者如斯夫,不舍昼夜。"这至少表明当时的缙绅阶层对儒家经典是相当熟悉的,对儒家思想也有较深领悟。

模山范水与写景咏物之作在《怀风藻》中也占有较大的比例,其数量达 22 首,仅次于侍宴应诏之作而居于第二位。这个统计数字还只是指以模山范水、写景咏物为宗旨,并始终围绕这一宗旨来铺展笔墨的作品,绝不包括旨在歌咏升平而以若干篇幅描摹山水景物者,也即不包括侍宴应诏之作中涉笔山水景物或以山水景物起兴的篇什。当然,模山范水之作本来可为写景诗这一概念所包容,因为模山范水乃写景诗的"题中应有之义"。之所以特意标出,盖因当时的缙绅阶层自以为深得儒家"智者乐山,仁者乐水"之旨,而对游山玩水及模山范水有着浓厚的兴趣,动辄将玩赏过或正在玩赏的山水纳入笔底,加以刻画。这就有必要对它们投以特别的注意力了。且看其中两篇:"暂以三余暇,游息瑶池滨。吹台弄莺始,桂庭舞蝶新。沐凫双回岸,窥鹭独衔鳞。云垒酌烟霞,花藻涌英俊。留连仁智间,纵赏如谈伦。虽尽林池乐,未玩此芳春。"(犬上王《游览山水》)"山上随临赏,岩溪逐望新。朝看度峰翼,夕乱跃潭鳞。放旷多幽趣,超然少俗尘。栖心佳野域,寻问美稻津。"(真人广成《游吉野山》)旨在模山范水并表现游山玩水之乐趣,但成为其主要描摹对象的,实际上并不是山水本身,而是点缀在山水间的其他景物,诸如"弄莺"、"舞蝶"、"沐凫"、"窥鹭"、"潭鳞"、"吹台"、"桂庭"、"花藻"等等。这是因为作者还缺乏像六朝的大小谢和唐代的王孟李杜等人那样直接表现山水之形态及山水之神韵的功力与技巧,只能避难就易,将相对来说较易把握的山水间的景物作为描写的重点。这样,也就根本谈不上突出山水本身的个性,并在山水中渗透自我,使山水成为人格化的山水了。不仅如此,由于尚不具备体物入微的观察力和牢笼百态的表现力,即便出现在《怀风藻》

作者笔下的山水间的景物,也往往是零乱的,而不是和谐的;是割裂的,而不是有机的;是板滞的,而不是生动的。这实际上也是产生于同一时代的其他写景诗的通病。如:"桑门寡言晤,策杖事迎逢。以此芳春节,匆值竹林风。求友鹦妫树,含香花笑林。虽喜遨游志,还愧乏雕虫。"(释智藏《玩花鹦》)"聊乘休暇景,入苑望青阳。素梅开素靥,妖莺弄娇声。对此开怀抱,优是畅愁情。不知老将至,但事酌春觞。"(葛野王《春日玩莺梅》)一写"花鹦",一写"莺梅",都是以花鸟为描写对象,但两诗中直接描写花鸟的笔墨却都只有一联——前诗为第三联,后诗为第二联。而具体到这两联,又都是以一句写花,一句写鸟,用笔简略到如此地步。这当然不能解释为惜墨如金,而是出于同样的原因——笔力弗逮。唯其如此,作者才让花鸟略一亮相后便匆匆隐至幕后,而使审美主体玩赏花鸟的过程及感受成为笔墨的主要落点。换句话说,作品所着重显现的不是花鸟的活动,而是抒情主人公自身的活动。因此,在诗题中加上一个"玩"字,倒是十分贴切而不失高明的。否则,便显得太"旁逸斜出"了。从这个意义上看,似乎有理由认为,当《怀风藻》的作者自觉不可能对山水花鸟作穷形尽相的刻画时,便煞费苦心地在诗题中镶嵌进一个"游"字或"玩"字,使笔墨落点有所转移,借以掩饰自己的"技穷"。这样,映现在字里行间的花鸟或山水形象只能是模糊与单调的,而不可能达到栩栩如生、惟妙惟肖、形神兼备的要求。

与侍宴应诏之作及写景咏物之作相比较,述怀言志之作在数量上居于劣势(严格意义上的述怀言志之作只有十篇左右)。

但如果从"诗言志"的古训出发把"言志"看作汉诗的第一要义，并据此进行价值评判的话，那么，也许可以说，这一类作品因较为真实地抒写了作者的胸襟怀抱，其成就不仅高出于言不由衷、一意逢迎的侍宴应诏之作，而且也为用笔生涩、颇见拼合与刻削痕迹的写景咏物之作所不及。当然，这并不是说这一类作品在艺术技巧方面如何卓然拔乎同侪，事实上，从纯技巧的角度看，这一类作品同样多有不如人意处，不过，因为所撼写的是"心画心声"，相对来说，就显得较为真率自然，而不会给人"为文造情"之感。且看以下三首作品："年虽足戴冕，智不敢垂裳。朕常夙夜念，何以拙心匡。犹不师往古，何救元首望。望毋三绝务，且欲临短章。"（文武天皇《述怀》）"文藻我所难，庄老我所好。行年已过半，今更为何劳？"（越智直广江《述怀》）"贤者凄年暮，明君冀日新。周占载逸老，殷梦得伊人。搏举非同翼，相忘不异鳞。南冠劳楚奏，北节倦胡尘。学类东方朔，年余朱买臣。二毛虽已富，万卷徒然贫。"（藤原宇合《悲不遇》）三诗作者因身份、境遇及思想倾向、与世态度有别，展示在他们笔端的胸襟怀抱也各不相同。文武天皇作为君临天下、励精图治的一代帝王，他所倾吐的是效法先圣以匡补时政、救济万民的炽热心声。虽然他的语言是拙朴而平直的，但语言方面的缺陷，却无损其感情的充沛与流畅。从字里行间，我们所触摸到的是一个为国为民而夙夜忧思的抒情主人公形象。越智直广江身为朝廷命官却崇尚老庄清静无为的生活哲学，不愿成日案牍劳形，受名缰利锁的束缚，尤其是今日生年过半以后。这里，在"今更为何劳"的自诘中，既隐含着对昔日矻矻碌碌的仕宦生活的不满，也包蕴着及早抽身、悠游余生的愿望。藤原宇合则是从一个怀才不遇者的角度来释放其才高见弃、老大无成的不平之鸣，这在精神实质上与中国古代"感士不遇"的传统主题是一脉相承的。作者胸罗万卷，渴望用世，但迄犹沉沦下僚，不得展其宏图。尽管如此，却不作弃世、遗世之想，而始终执著于用世与济世之初衷。"二毛虽已富，万卷徒然贫"固然是一种慨叹，却不带有任何绝望的色彩。作者之所以一吐心底积郁，未尝不抱着"冀明君之见察"的目的，而这一目的本身，又表明作者仍然期待着建功立业的机会来临。显然，这三首诗所抒写的都是作者的胸臆语，所流露出的都是作者的真性情。唯其如此，它们才比那些矫情匿志的侍宴应诏之作要感发人意得多。

从形式上看，《怀风藻》中的言志述怀之作并不都是直抒胸臆，径吐块垒，一如上引三诗者。它们有时以咏怀古迹的形式出现，有时则与写景咏物结合在一起，将景物作为抒情的媒介。前者如藤原万里的《过神纳言墟》二首其二："君道谁云易，臣义本自难。奉规终不用，皈去遂辞官。放旷遁嵇竹，沈吟佩楚兰。天阊若一启，将得鱼水欢。""神纳言"，指持统朝任纳言官的三轮高市麻吕。谏帝勿听，挂冠而去，当时以忠臣称。此诗是作者过其宅墟时有感而作。诗中隐然有以神纳言自况之意。因此，对神纳言心事的忖度以及对神纳言挂冠后清寂生活的悬想，无不染上了作者的主观色彩，可视为作者对今后生活道路的自我设计。一方面学嵇康之"放旷"，一方面又效屈子之"沈吟"，说明作者始终为用世还是遁世的问题所困扰,既痛感"为臣不易"、"天阊难启",想急流勇退,过吟啸竹林的放旷生活,又难以忘情国事,舍弃为实现"美政"而上下求索、九死不悔的初衷。这样,他便只有在篇末寄望于"天阊若一启",以求暂时调和思想深处的矛盾了。后者如大神安麻吕的《山斋言志》:"欲知闲居趣,来寻山水幽。浮沉烟云外,攀玩野花秋。稻叶负霜落,蝉声逐吹流。只为仁智赏,何论朝市游。"在作者心目中,"仁智赏"的乐趣远非"朝市游"所能比拟。为了证明这一点,他极力表现山水景物的清幽、秀丽与高朗,赋予它迷人的魅力。这也就是说,其意不在描写山水景物本身,而在通过描写山水景物来显示自己的高洁志趣。正因为这样,诗题才命曰"山斋言志"。

以男女恋情为题材的作品,充彻于同一时代的和歌总集《万叶集》中,而在《怀风藻》中却寥寥无几。这或许是受"诗庄歌媚"这一观念的影响与制约。涉笔于男女恋情的作品只有石上乙麻吕的《秋夜闺情》、荆助仁的《咏美人》及 4 首"七夕诗"。本来,"七夕"诗有其规定情境,应当是最适合描写男女恋情的。但收入《怀风藻》的 6 首"七夕"诗中,著作权分别属于安倍广庭与藤原总前的两首,却只状"七夕"之景,全不及"牛女"之情。藤原史、山田史三方、吉智首的 3 首也仅仅是在篇末略点题旨,或云:"面前开短乐,别后悲长愁";或云:"所悲明日夜,谁慰别离忧";或云:"河横天欲曙,更叹后期悠"。不过"曲终奏雅"而已,并没有展开对牛郎织女离别相思之情的描写,更谈不上对传统主题进行开拓。剩下的 1 首为百齐麻吕所作,抒情寄怨的成分要多

一些:"仙期星织室,神驾遂河边。开睑飞花映,愁心烛处煎。昔
惜河难越,今伤汉易旋。谁能玉机上,留怨待明年。"但该诗结构
支离破碎,倾泻在诗中的情感也苍白而浮泛,不甚切合牛郎织女
彼时彼地的心境。因此,统观《怀风藻》中以男女恋情为题材的
作品,实在"乏善可陈"。

(三)

作为日本汉诗发轫期的作品总集,收入《怀风藻》的汉诗作
品在形式方面自然带有发轫期所不可避免的稚拙。总括其特
点,大约有以下诸端:

其一,以五言八句的体式居多。全集收入五言诗 109 首,七
言诗仅 7 首,前者数量占压倒优势。而在五言诗中,全篇 4 句者
18 首,全篇 8 句者 72 首,全篇 10 句者 6 首,全篇 12 句者 10 首,
全篇 16 句者 2 首,全篇 18 句者 1 首。这一统计结果足以说明
五言八句是当时流行的诗体。相对而言,较为晚起的七言诗在
当时则鲜有问津者。这与中国古典诗歌五言体产生、流行于前,
七言体问世、昌盛于后的发展过程恰好相似。再就收诗较多的
几位作家来考察:藤原万里与藤原史皆收诗 5 首,并列第 2 位。
其中,除藤原史的《元日应诏》1 首为五言十二句外,其余都是五
言八句的流行体式。而收诗居第 3 位的石上乙麻吕的 4 篇作品
(即《飘寓南荒赠在京故友》、《赠椽公之迁任入京》、《赠旧识》、
《秋夜闺情》)则无一例外,都以五言八句为限。当然,收诗最多
的藤原宇合是唯一的例外:他为《怀风藻》所载录的 6 篇作品中,

《暮春曲宴南池》与《奉西海道节度使》是五言四句,《悲不遇》与《游吉野川》是五言十二句,《在常陆赠倭判官留在京》是七言十八句,《秋日于左仆射长王宅宴》是七言八句——竟无一属于当时流行体式。这可以有两种解释:藤原宇合本有《衔悲藻》两卷,作品数量当不在寡,今见于《怀风藻》的 6 首,只是其中的一小部分。这就不能排除以下的可能,即藤原宇合的作品同样以五言八句的体式居多,只不过造化弄人,使他这类趋附时尚的作品全部亡佚,以致后人难以确知他对当时的流行体式究竟偏嗜与否及擅长与否。这是一种解释。另一种解释是:不着力于当时流行诗体,正说明藤原宇合是超乎时流、拔乎时俗的不可多得的诗坛先驱者。

其二,多用对句。全集中没有对句的作品仅两首,那便是葛野王的《游龙门山》与释道融的《阙题》。前诗为五言四句:“命驾游山水,长忘冠冕情。安得王乔道,控鹤入蓬瀛。”后诗为七言四句:“我所思兮在无漏,欲往从兮贪嗔难。路险易子在由已,壮士去兮不复返。”其形式仿东汉张衡《四愁歌》,而又融入荆轲《易水歌》句意。不用对句,是情理中事。除此而外的其他作品,则或多或少都嵌入了对句。其中颇多通篇皆对者,如藤原宇合的《悲不遇》及《秋日于左仆射长王宅宴》。后诗因属七言体,尤堪注目:“帝里烟云乘季月,王家山水送秋光。沾兰白露未催臭,泛菊丹霞自有芳。石壁萝衣犹自短,山扉松盖埋然长。遨游已得攀龙凤,大隐何用觅仙场。”同属七言体而通篇皆对的另有纪古麻吕的《望雪》:“无为圣德重寸阴,有道神功轻球琳。垂拱端坐惜岁暮,披轩褰帘望遥岑。浮云叆靆萦岩岫,惊飚萧瑟响庭林。落雪霏霏一林白,斜日黯黯半山金。柳絮未飞蝶先舞,梅芳犹迟花早临。梦里钧天尚易涌,松下清风信难斟。"作为当时流行的五言八句体式,而通篇皆由对句构成的则俯拾皆是,如大伴揿人的《初春侍宴》:"宽政情既远,迪古道惟新。穆穆四门客,济济三德人。梅雪乱残岸,烟霞接早春。共游圣主泽,同贺击壤仁。"虽然对得不甚工整,但大体上都可归于对句之列。当然,就总的比例而言,通篇皆对的作品毕竟是少数,大多数作品都是部分或大部分篇幅由对句构成。这中间,有各种各样的情形。有的前半对,后半不对,如中臣人足的《游吉野宫》其二;有的前半不对,后半对,如大神安麻吕的《山斋言志》;有的首尾不对,中腹对,如藤原总前的《七夕》;有的除尾联不对外,其余皆对,如比良夫的《春日侍宴应诏》;有的除第二联不对外,其余皆对,如藤原总前的《侍宴》;有的仅首联对,余皆不对,如石上乙麻吕的《赠椽公之迁任入京》;有的仅第二联对,余皆不对,如大津连首的《春日于左仆射长王宅宴》;有的仅第三联对,余皆不对,如纪男人的《扈从吉野宫》;有的则第一、第三联对,第二、第四联不对,如上刀利宣令的《秋日于长王宅宴新罗客》。多用对句,表明当时的汉诗作者已有意识地模仿新体诗(即永明体)的格律,追求语言的整饬美(或曰骈偶美)。虽然因功力不足、经验未稔而时见拼凑痕迹,并常常显得生硬、造作、呆板、拙劣,却已符合对偶的基本要求,具备了对句的基本形态,而且其中也不乏较为工巧、灵动者,如知名度并不太高的释弁正的《在唐忆本乡》:"日边瞻日本,云里望云端。远游劳远国,长恨苦长安。"全诗不仅两两相形,以整见劲,而且颇具语言的回环宛转之美,在当时不失为独具灵光之作。

其三,平仄多有未协。与多用对句的倾向相适应,当时的汉诗作者已注意到永明体以来渐趋细密的声律要求,并开始有意识地根据这近乎严苛的声律要求进行创作。但正如后代的斋堂竹堂所感叹的那样,"拟将汉语学吟哦,犹觉牙牙一半讹"。由于既受到先天条件的限制,后天的实践又暂付阙如,所以全集中完全合乎近体声律的作品仅两首,一为石上乙麻吕的五言律诗《飘寓南荒赠在京故友》,一为藤原宇合的五言绝句《奉西海道节度使》。其余作品的字声平仄则都有不协律处,如宋部连大隅的《侍宴》:"圣衿爱韶景,山水玩芳春。椒花带风散,柏叶含月新。冬花消雪巅,寒境泮冰津。幸陪滥吹席,还笑击壤民。"其字声平仄为:仄平仄仄仄,平仄平平平;平平仄平仄,仄仄平仄平;平平平仄仄,平仄平平平;仄平仄平平,平平平仄平。与五言律诗既定的平仄格式相去较远。又如山田史三方的《三月三日曲水宴》:"锦岩飞曝激,春岫晔桃开。不惮流水急,惟恨杯迟来。"其字声平仄为:仄平平仄仄,平仄仄平平;仄仄平仄仄,仄仄平平平。不协律处也甚多。虽然取意尚可,终非合格的五言绝句。再如黄文连备的《春日侍宴》:"玉殿风光暮,金墀春色深。雕云遏歌响,流水散鸣琴。烛花粉壁外,星灿翠烟心。欣逢则圣日,束带仰韶音。"其字声平仄为:仄仄平平仄,平平平仄平;平平仄平仄,平仄仄平平;仄平仄仄仄,平仄仄平平;平平平仄仄,仄仄仄仄平。同样不协声律。其他作品与此相类,稍加寻绎,即可发现其中至少有一处或几处不合律。这种与业已固定的声律形式的乖违,并非熟谙个中三昧后为求出新而故意打破常格,一如杜甫创造出"拗律"以矫圆熟之弊。恰恰相反,倒是声律未熟、运用未娴所致。

其四,用韵雷同。全集中押仄声韵的作品只有 5 首。它们是大友皇子的《侍宴》,押去声四寘韵;同氏的《述怀》,押上声十贿韵;大津皇子的《春苑宴》,通押去声十三问、十四论韵(韵字"闻"属去声十三问,"苑"、"远"、"论"属去声十四论);同氏的《临终一绝》,通押去声廿三漾、廿四敬韵(韵字"向"属去声廿三漾,"命"属去声廿四敬);释道兹的《在唐奉本国皇太子》,通押去声廿六宥、上声廿五有韵(韵字"春"属去声廿六宥,"久"属上声廿五有)。值得注意的是,这五首作品中,除了释道慈的一首外,其余四首都系于卷首,是全集中作年最早的篇章。据此,也许可以得出以下的推论:在汉诗"东渐"的最初阶段,包括大友皇子、大津皇子在内的一批始作俑者对押仄声韵还是平声韵并不特别在意,或者说并不存重平轻仄、厚此薄彼之心。到后来,随着汉诗的律化,用韵的情形才发生了向平声韵的倾斜,平声韵字承欢日甚,仄声韵字则尽失其宠——似乎只有这样推断,才能解释《怀风藻》中的作品除上述五首都押平声韵这一胜于雄辩的事实。如果作进一步的考察,又可发现全集中几乎没有平声韵与仄声韵通押者,像释道慈的《在唐奉本国皇太子》那样,上声与去声通押或上平声与下平声通押的也极为罕见。但与此同时,用韵雷同的现象却又令人深感汉诗创作在当时无论如何是一门充满遗憾的艺术:全集中押上平声十一真韵者多达 32 首。就中,"新"、"春"、"尘"等韵字出现的频率尤高,几乎可以说是连篇累牍。如藤原史的《元日应诏》:"年花已非故,淑气亦惟新。鲜云秀五彩,丽景耀三春。济济周行士,穆穆我朝人。感德游天泽,饮和惟圣尘。"文武天皇的《咏雪》:"雪罗囊珠起,雪花含彩新。林中若柳絮,梁上似歌尘。代火辉霄篆,逐风回洛滨。园里看花李,冬冬尚带春。"大神麻吕的《从驾应诏》:"卧病已白鬓,意谓入黄尘。不期遂恩诏,从驾上林春。松岩鸣泉落,竹浦笑花新。臣是先进辈,滥陪后车宾。"此外,押下平声十一尤韵者达 13 首,押上平声一东韵者达 10 首,通押下平声七阳八庚九青韵者亦达 13 首。因此,说它用韵有雷同化的倾向,并不是夸大事实。

形成上述特点的原因并不复杂。显而易见的一个原因是受六朝诗的影响。虽然整个平安朝时代的日本汉诗都处在刻意模仿中国古典诗歌、主动而又自觉地接受其影响的阶段,但在不同的时期,模仿的对象与接受影响的方面又有所歧异。如果说,平安朝时期的汉诗主要接受以《白氏文集》为代表的唐诗的影响的话,那么,近江、奈良朝时期(即《怀风藻》产生的时代)的汉诗则主要接受以《文选》为代表的六朝诗的影响。这并不意味着在近江、奈良朝的汉诗作者心目中,六朝诗要优于唐诗,因此更值得摹仿,而是因为他们处于初唐之际,除少数受遣入唐者外,尚未能充分接触唐诗,所以便取法于六朝诗。其形式多为五言,原因正在这里。盖五言诗产生于东汉,而兴盛于六朝,成为六朝的流行诗体。唯其如此,《文选》所选录的494首诗歌作品(包括乐府诗)中,五言诗占440首,而七言诗仅9首。这与《怀风藻》中五言诗同七言诗的比例大体上是一致的。同样是时代风气使然,而后者显然是对前者的附和与趋同,这是一方面。另一方面,《怀风藻》中的作品多用对句,也是顺应魏晋以来,尤其是齐永明以来诗歌务求对偶的趋向。至于平仄未谐的原因,除了创作主体自身的局限外,也与他们在客观上受六朝诗浸润已久、而未得及时研习唐代近体有关。江村北海的《日本诗史》即持这一看法:"《怀风》《凌云》二集所收五言四韵,世以为律诗,非也。其诗对偶虽备,声律未谐,是古诗渐变为律体。齐梁陈隋,渐多其作,我承其气运者。"冈田正之的《日本汉文学史》不仅认为这一看法"深得要领",而且进一步指出:"《怀风藻》中偶有全篇或四句合乎平仄律者,犹如古乐府的《子夜歌》酷肖五绝声调、北齐萧子悫的《上之回》、庾信的《舟中得月》诸作酷肖五律声调一样,乃不期然而然也。"这似乎可备一说。

　　形成上述特点的又一较为明显的原因是:诗艺、诗学尚未成熟。对偶非工、平仄未谐,固然是诗艺、诗学尚未成熟的必然产物,即便五言诗多而七言诗少,从某种意义上说,也不失为诗艺诗学尚未成熟的明证之一。七言诗与五言诗孰难孰易?通常也许会认为,五言诗文字既较七言诗为少,自更需锤炼功夫。其实,这是一种误解。文字愈多,便愈难驾驭。如果不是这样的话,就很难解释何以先有四言诗、再有五言诗,然后才产生出七言诗了。事实上,初习诗者,往往也是先致力于五言,待到渐入门径、稍窥壶奥后，再转攻七言。因此，《怀风藻》的作者较多地着力于五言诗，既是受六朝影响，也是因为尚处于诗学初兴、诗艺未备的发展阶段之故。而在五言诗中，又是八句者多，十句以上者少，显见其笔力仍欠畅达、恣肆。观乎平安朝时期的作者，则多有长篇巨制，可以证明这一点。而押韵雷同，无疑也是因"黔驴技穷"故——尚不能自由驱遣韵律也。

二、从"敕撰三集"看东瀛汉诗艺术的演进

如果说日本第一部汉诗总集《怀风藻》的问世标志着日本汉诗已度过最初的试验阶段而正式发轫的话，那么，《怀风藻》问世后，日本汉诗则以一发而不可遏之势，迅速向前演进，尽管直至绵延四百年的平安朝时代结束时，日本汉诗仍然未能像人们所期望的那样，到达真正成熟的境界，但与那一境界间的距离却日渐缩短，而"敕撰三集"便是矗立在通向那一境界的道路上的第一块里程碑。

所谓"敕撰三集"，是平安朝初期奉天皇敕命而编纂的三部汉诗总集的合称，它们分别是《凌云集》、《文华秀丽集》和《经国集》。由奈良朝演变为平安朝，既是历史意义上的改朝换代，也是文学意义上的时移世迁。将主要反映平安朝初期的诗坛风貌的"敕撰三集"与主要反映奈良朝诗坛风貌的《怀风藻》相比较，那就可以看到，伴随着思想内容方面向"深度"和"广度"的拓展，

"敕撰三集"在艺术形式方面也提高了其"精度"与"密度"。因此，"敕撰三集"恰好可以成为我们观照日本汉诗艺术演进的一个视窗。

就"诗体"而言，演进与提高的标志至少有以下诸端：

其一，七言诗的数量较前大为增加。在总计444首汉诗作品中，七言诗多达199首，接近总数的一半。如果孤立地看，这也许还不足为奇；但如果联系《怀风藻》总计收诗120首、七言诗却只有7首，仅占总数的6%的情形，就会明白这实在是了不起的进步了。这样说，必须确立的一个前提无疑是：七言诗是较五言诗更难驾驭，因此也后于五言诗兴起与成熟的诗体。中国诗体演进的轨迹正可证明这一前提。基于这一前提，可以说：七言诗的激增，绝不仅仅反映了作者兴趣的转移，它更是诗体本身不断由易到难、由简到繁、由生到熟，进行阶段性进化的结果。换言之，七言诗的激增，只是一种表象；透过这一表象可以捕捉到的深层意义是：诗体内部已经发生、并正在继续发生令人耸神荡目的"革命"。

其二，在七言诗中，七言绝句又占较大比重。据统计，敕撰三集所收录的199首七言诗中，一篇八句者为94首，一篇四句者则为91首（余数为一篇八句以上者），其数约略相等。而在183首五言诗中，一篇八句者达121首，一篇四句者仅15首（余数亦为一篇八句以上者）。两相比较，表明了七言绝句正在"走红"、"走俏"的趋势。不仅如此，它的意义也许还在于从一个侧面反映出由模仿六朝诗逐渐过渡到模仿唐诗的诗坛走向。正如所有汉诗研究者所熟知的那样,绝句来源于古代歌谣,而得名于文人联句。联句,又称"连句",指二人以上同作一诗,每人一句,每句押韵,联续下去终成全篇。至晋代贾充及其妻李夫人联句时,始发展到每人两句。及陶渊明与愔之、循之联句,又进而发展到每人四句,并成为定型。与联句相对,"绝句"也应运而生——如果诸人同作一诗,一人先作四句,他人续作,则诗篇蝉联而下,终成一章,称"联句"或"连句";若一人作四句,无人相续,这仅有的四句便成绝响,被称为"绝句"或"断句"了。五言绝句早在齐梁年间已盛行于世;而七言绝句在齐梁年间则仅仅开始萌芽,直到唐代才正式定型并趋于繁盛。由于七言绝句灵活轻便,而又风神绰约,适宜于表现生活中一瞬即逝的意念和感受,因而为唐代诗人所普遍采用,以致被誉为唐代的抒情歌词。享有唐代"绝句三大家"之誉的李白、王昌龄、杜牧,他们所运用的体式主要是七言绝句而非五言绝句。唐代的其他绝句高手,如李益、刘禹锡、李商隐等,也都更擅长七言绝句。此外,由于唐时模仿古乐府之作已不合乐,唐代诗人大多采用七言绝句这一体式写作配乐演唱的歌词。如王维的《渭城曲》、李白的《清平调》、刘禹锡的《竹枝词》、白居易的《杨柳枝词》等。因此,七言绝句也被视为唐人乐府。王士禛《万首唐人绝句选序》即云:"考之开元、天宝以来,宫掖所传、梨园弟子所歌、旗亭所唱、边将所进,率当时名士所为绝句尔。故王之涣'黄河远上',王昌龄'昭阳日影'之句,至今艳称之。而右丞'渭城朝雨',流传尤众,好事者至谱为《阳关三叠》。他如刘禹锡、张祜诸篇,尤难指数。由是言

之,唐三百年以绝句擅场,即唐三百年之乐府也。"文中虽然统称
"绝句",而不分五、七言之阈域,但所标举的例证,却无一不是七
言绝句。因此,可以认为:五言绝句尚属六朝旧制,七言绝句才
是唐代新声。既然如此,敕撰三集多七言绝句而少五言绝句这
一现象,便足以证明诗坛风会已由偏向六朝诗转变为偏向唐诗。

其三,长篇古诗亦较前增多。一般说来,无论古体或近体,
篇幅越长,则越难组织经营。如果没有移步换形、因难见巧的艺
术功力,是无法胜任长篇巨制的创作的。《怀风藻》的作者之所
以绝少尝试长篇巨制的创作,恐怕正因为自知功力不逮。《怀风
藻》中篇幅最长的五言古诗是麻田阳春的《和藤江守咏裨睿山先
考之旧禅处柳树之作》,计十八句;其次是巨势多益须的《春日应
诏》其二(姑射遁太宾),计十六句;篇幅最长的七言古诗则是藤
原宇合的《在常陆赠倭判官留在京》,亦为十八句;其次是纪古麻
吕的《望雪》,仅十二句。统而观之,篇幅最长者也在二十句以
内。敕撰三集则不同:三集中所收录的二十句以上的五七言古
诗便达二十八首。举例来说,五古长篇有嵯峨天皇的《答澄公奉
献诗》(二十句)、滋野贞主的《和澄上人题长宫寺二月十五日寂
灭会》(二十四句)、小野岑守的《归休独卧寄高雄寺空海上人》
(四十四句)等;七古长篇有巨势识人的《和滋内史奉使远行观野
烧之作》(二十句)、嵯峨天皇的《和内史贞主秋月歌》(二十四
句)、杨秦师的《夜听捣衣》(三十八句)等。另外,菅原清公、朝野
鹿取赋有七言体《奉和春闺怨》诗,其篇幅分别为四十二句和三
十四句。朝野鹿取诗云:

妾本长安恣骄奢，衣香面色一似花。

十五能歌公主第，二十工舞季伦家。

使君南来爱风声，春日东嫁洛阳城。

洛阳城头桃与李，一红一白蹊自成。

锦褥玳筵亲惠密，南鹏东鲸还是轻。

贱妾中心欢未尽，良人上马远从征。

出门唯见扬鞭去，行路不知几日程。

尚怀报国恩义重，谁念春闺愁怨情。

纱窗闭，别鹤唉，似登陇首肠已绝，

非入楚宫腰忽细。水上浮萍岂有根，

风前飞絮本无蒂。如萍如絮往来返，

秋去春还积年岁。守空闺，妾独啼，

虚座尘暗，空阶草萋。

池前怅看鸳比翼，梁上惭对燕双栖。

泪如玉箸流无断，发似飞蓬乱复低。

丈夫何时凯歌归？不堪独见落花飞。

落花飞尽颜欲老，早返应看片时好。

诗中所描写的内容和所抒发的情感，固然不出唐人窠臼，但却不是唐人同类诗作的拙劣翻版，而有所变化生新。更重要的是，从诗体的角度看，它已屈伸自如，颇具章法，尤其是中途转换笔墨时，前后衔接较密，能令人既不觉其断裂，也不嫌其突兀。从而显示出作者已初步具备驾驭七古长篇的功力——所谓"初步具备",意味着其功力还不够精深,以致有时难免顾此失彼。

其四,新添杂言一体。在《怀风藻》中,杂言歌行体还处于孕育阶段,仅隐隐可察其胎息。而在敕撰三集中,它不仅脱胎而出,而且迅速成长壮大,成为宫廷汉诗沙龙的宠儿,并大有威压既有诸体、"夺嫡固宠"之势。这样说,最重要的依据当然是,三集中共收有杂言歌行62首,而且它们大多是二十句以上的长篇歌行,如收入《凌云集》的嵯峨天皇的《奉和圣制春女怨》(二十二句)、《神泉苑花宴赋落花篇》(二十四句)、小野岑守的《于神泉苑侍宴赋落花篇应制》(二十六句)、桑原宫作的《伏枕吟》(二十六句);收入《文华秀丽集》的嵯峨天皇的《神泉苑九日落叶篇》(三十句)、巨势识人的《神泉苑九日落叶篇应制》(三十一句);收入《经国集》的空海的《入山兴》(五十句)、嵯峨天皇的《秋千篇》(二十九句)、《九日玩菊花》(二十八句)、《清凉殿壁山水歌》(二十四句)、滋野贞主的《奉和秋千篇》(三十二句)、巨势识人的《奉和捣衣引》(三十句)、良岑安世的《奉和太上天皇青山歌》(三十一句)等等。就中,空海的《入山兴》不仅篇幅长于李白的千古绝唱《梦游天姥吟留别》,堪称煌煌巨制,而且句式的变化亦不板滞:

问师何意入深寒,深岳崎岖太不安。上也苦,下时难,山神木魅是为瘅。君不见,京城御苑桃李红,灼灼纷纷颜色同。一开雨,一散风,飘上飘下落园中。春女群来一手折,春莺翔集喙飞空。君不见,君不见,王城城里神泉水,一沸一流速相似,前沸后流几许千。流之流之入深渊,不入深渊转转去,何日何时更竭矣。君不见,君不见,九州八岛无量人,自古今来无常身。尧舜禹汤与桀纣,八元十乱将五臣。西嬉媒母支离体,谁能保得万年春。贵人贱人总死去,死去死去作灰尘。歌堂舞阁野狐里,如梦如泡电影宾。君知否,君知否,人如此,汝何长?朝夕思,堪断肠。汝日西山半死士,汝年过半若尸起。住也住也一无益,行矣行矣不须止。去来去来大空师,莫往莫往乳海子。南山松石看不厌,南岳清流怜不已。莫慢浮华名利毒,莫烧王界火宅里,斗薮早入法身里。

明人徐师曾《文体明辨序说》释"歌行"之意云:"放情长言,杂而无方者曰歌;步骤驰骋,疏而不滞者曰行;兼之曰歌行。"这一定义在方家眼中固属皮相之见,但却大致概括出了歌行体的基本形式特征。而验之空海此作,恰好具备上述特征。作者以七言为基本句式,中间频繁而又比较均匀地用"君不见"这一三字句相提顿,以间缓其势,有利于感情的回旋,并更有力、也更有效地作用于读者的视觉与知觉。不过,总的来说,其句式还不够丰富多变,不仅远逊于李白的《梦游天姥吟留别》,亦输嵯峨天皇的《秋千篇》及《清凉殿画壁山水歌》等诸种句式皆备的作品一筹。这里,需要补充说明的是,大力开发七言歌行体这一汉诗新品种,也是弘仁前后的诗坛努力向唐诗靠拢的一种表现,或者说,也是接受唐诗影响的结果。因为七言歌行虽非唐人首创,却是在唐代臻于极盛。而有识者大多认为,七言歌行的兴盛,其意

义或许并不亚于近体诗的成立。唐代许多诗坛大家与名家都娴
于七言歌行的写作。尤其是李白,相对于七律而言,七言歌行是
他更为得心应手、驾轻就熟的体式。他的许多脍炙人口的名篇,
如《梦游天姥吟留别》、《蜀道难》、《将进酒》、《行路难》等,都采用
七言歌行体。同样,假如从李贺、韩愈等人的诗集中将属于七言
歌行体的作品删荑一尽,那么,他们的成就也就无足观瞻了。可
以说,正是在唐人的多方开拓和惨淡经营下,七言歌行体才大放
异彩,其演变趋于多样化,而不再囿于固定程式,从而不仅使前
代的曹丕、鲍照等人所运用的初期形式相形见绌,而且连格律一
旦定型就不再变易的近体诗,也不如它姿态横生、时有新变了。
从这一角度看,敕撰三集中新添杂言一体,且所添之数甚巨,岂
不也是刻意学唐的风气使然?

其五,出现了长短句的词。《经国集》卷十四收有嵯峨天皇
的《渔歌子》五首及有智子内亲王和滋野贞主的奉和之作七首。
虽然编者将它们标作"杂言体",但实际上它们正是日本诗坛上
最早出现的一批词作。众所周知,文人填词之风始于唐中叶。
较早的作者有张志和、刘长卿、韦应物、白居易、刘禹锡等。其
中,张志和的《渔父词》(又作《渔歌子》)五首通常被视作文人词
的先声。据沈汾《续仙记》所记,这组词是作者往谒湖州刺史颜
真卿时所作:真卿"与门客会饮,乃唱和为《渔父词》。其首唱即
志和之词"。"真卿与陆鸿渐、徐士衡、李成矩共和二十五首,递
相夸赏。"《词林纪事》所引《西吴记》、《历代诗余》所引《乐府纪
闻》等所记略同。不仅一时唱和者甚众,而且此后不断有仿作

者。北宋词坛巨擘苏轼尝以张词成句用入《鹧鸪天》和《浣溪纱》词，但清人刘熙载《艺概》认为："其所足成之句，犹未若原词之妙通造化也。"而更重要的是，张志和的这组词还流播海外，为东邻日本的汉诗作者开启了填词的门径。嵯峨天皇的《渔歌子》五首及其臣僚的奉和之作七首，便是对张志和《渔父词》的仿作。唯其是仿作，无论意趣、手法或韵律，都与张氏原词相同、相近或相似。且看嵯峨天皇之作：

其一

江上渡头柳丝乱，渔翁上船烟景迷。

乘春兴，无厌时，求鱼不得带风吹。

其二

渔人不记岁月流，淹泊沿洄老棹舟。

心自效，常狎鸥，桃花春水带浪游。

其三

青春林下度江桥，湖水翩翩入云霄。

烟波客，钓舟遥，往来无定带落潮。

其四

溪边垂钓奈乐何，世上无家水宿多。

闲钓醉，独棹歌，洪荡飘飘带沧波。

其五

寒江春晓片云晴，两岸花飞夜更明。

鲈鱼脍，莼菜羹，餐罢酣歌带月行。

显然以张词为蓝本摹拟而成。当然，这种摹拟本身是不失高明的。所以，神田喜一郎先生在《日本的中国文学》一书中指出："天皇不只是仿效原作之形式，而且深得原作之神髓。"一些中国学者也称赞其"有玄真子之风神，可谓善学者矣"。（见程千帆、孙望《日本汉诗选评》）不过，我在这里所主要着眼的还不是作品本身所达到的艺术成就，而是它们出现在作为敕撰三集之一的《经国集》中的意义——从文学史的角度看，其意义首先在于标志着日本填词之学的滥觞。而词在日本诗坛的兴起，又表明诗体日趋丰富多样，因而也就不失为诗体进步的标志之一。

由敕撰三集所反映出的诗体方面的进步，一如上述。与《怀风藻》相比较，敕撰三集在诗艺方面的提高也是明显的。一些日本汉学家曾盛赞敕撰三集中的部分作品，尤其是嵯峨天皇的作品所体现出的"精湛"诗艺。如果滤去其中出于民族自尊心理的溢美成分，那么，他们的称赞倒也不时能搔着痒处。尽管还谈不上太多技巧，但敕撰三集的作者毕竟已知道什么是技巧，以及如何适当运用技巧。因此，他们所结撰的作品已不是毫无技巧可言。当然，收入三集的数百首作品的艺术水准是参差不齐的。如果去芜存菁，观其高处，那么虽不敢说它们已"不减唐人"，却可以肯定：三集中为数不多的优秀之作已含有某些引人入胜或

耐人寻味的艺术基因。这些基因中包括:

(一)写景灵动。如朝野鹿取的《江上船》:

> 江潮漫漫流几年,日夜送迎往还船。
>
> 已似飞龙游云里,还看翔凤入天边。

"灵动",意味着不呆板、不滞涩,既以矫健之笔表现景物之状态,又以空灵之笔传达景物之精神。这首诗的三、四句正是如此。作者以"飞龙游云里"等摹写江上船的行驶之状,其诗句本身也给人笔走龙蛇之感。

(二)对仗工稳。如巨势识人的《奉和春日江亭闲望》:

> 浩荡三仲□,春晴万里天。
>
> 园林半灼灼,原野尽芊芊。
>
> 日暖鸳鸯水,风和杨柳烟。
>
> 山光霁后绿,红气晚来鲜。
>
> 远树绕湖水,长波接海连。
>
> 潮生孤屿没,雾卷巨帆悬。
>
> 草色洲中短,花香窗外传。
>
> 归声闻去雁,春响送鸣鹃。
>
> 流静看游艇,溪幽听落泉。
>
> 兴余日已暮,江月照仙眠。

除首联和尾联外，其余八联都是对仗句，且大多对仗工稳、妥帖、自然，没有"折臂"或"跛足"者。尤其是"潮生孤屿没"一联，非但工稳，而且简直可以更进一层，用"工巧"一词来称赞它了。

（三）气势宏大。如小野岑守的《江楼春望应制》：

> 春雨蒙蒙江楼黑，悠悠云树尽微芒。
> 桥头孤立一竿柱，湖口竞入千许樯。
> 麦垅新色荒村绿，枫林初叶钓家香。
> 滔滔流水何所似，四海朝宗归圣王。

通篇皆有韵味。而尤为难得的是，在以褥靡相矜、纤弱相高的时代，独以气势宏大见长。这突出表现在诗的尾联：虽作颂美之声，却展现出辽阔的画面，显示了作者的非凡气魄。明人王世贞曾把钱起的《省试湘灵鼓瑟》称作唐代省试诗中"亿不得一"的佳作，我们虽不便对小野岑守的这首应制之作着以同样的评语，但至少可以说它是应制诗中"百里挑一"的杰作。当然，无论是这首诗，还是这首诗以外的其他一些气势较宏大的作品，都还未能呈现出"碧海掣鲸鱼"的壮观，而属于介乎"翡翠兰苕"与"碧海鲸鱼"之间者。

（四）结构严谨。如嵯峨天皇的《夏日临泛大湖》：

> 水国追凉到，乘舟泛大湖。
>
> 风前翻浪起，云里落湖孤。
>
> 浦香浓卢橘，洲色暗苍芦。
>
> 邑女采莲伴，村翁钓鱼徒。
>
> 畏景西山没，清猿北屿呼。
>
> 沿洄兴不已，弹棹转归舻。

其结构之严谨，不仅表现在首尾圆合，脉络连贯，也表现在刻划景物时层次井然：先着笔于高处的"风"、"云"，再落墨于低处的"浦"、"洲"，然后引出活动在不高不低处的"邑女"、"村翁"。这就是说，其描写顺序是由高到低、由景到人、由虚到实，甚是有条不紊。而这当是作者苦心经营的结果。

（五）体察细微。如滋野贞主的《春夜宿鸿胪简渤海入朝王大使》：

> 枕上宫钟传晓漏，云间宾雁送春声。
>
> 辞家里许不胜感，况复他乡客子情。

因公务所需夜宿鸿胪别馆。虽然离家非遥，却是卧听雁鸣，辗转难眠。这种经历与感受是具有一定的典型性的，所以对它进行艺术概括，自有其意义。但作者并未停留于此，而是推己及人，由自己反观客居异邦的渤海来使，设身处地体察到他们的更深一层的寂寞与孤独，并试图用真诚的抚慰和深切的同情稍解其思乡思亲情结。此诗尚能打动读者,非因他故,完全得力于感觉的细腻和感情的深挚。

(六)收束有方。如巨势识人的《嵯峨院纳凉探得归字应制》：

> 君王倦热来兹地,兹地清闲人事稀。
>
> 池际追凉依竹影,岩间避暑隐松帷。
>
> 千里驳鲜覆阶密,一片晴云亘岭归。
>
> 山院幽深无所有,唯余朝暮泉声飞。

所谓"收束有方",是说善于结篇,即诗的最后两句不仅能申发题意、回应前文、绾合全篇,而且新警动人,饶有余味。如果不那么挑剔的话,这首诗基本上是符合上述标准的：将朝暮飞扬的泉声引入幽深的山院,从而平添出无限凉爽之意,把诗题中的"纳凉"二字发挥到极处,使前来避暑的君臣"倦热"顿解;同时,"幽深"一词又与首联的"清闲"遥相照应,揭示出嵯峨院这一纳凉胜地的固有特征,使全篇更具浑成之致。

(七)措辞得体。如桑原腹赤的《和渤海人觐副使公赐对龙颜之作》：

> 渤海望无极,苍波路几千。
>
> 占云遥骤水,就日远朝天。
>
> 庆自紫霄降,恩将丹化宣。
>
> 以君吴札耳,应悦听薰弦。

这是为奉酬外国使臣而作。因而,措辞的得体与否,关乎两国邦交,至为重要。由于这一类作品习于化用事典,以显示作者的博洽,所以,措辞的得体与否,在某种程度上又取决于事典的运用是否贴切:贴切,则使一篇生辉;反之,则通篇皆黯然失色。此诗作者于管弦交响之际,以妙通音律的吴公子季札喻指渤海来朝的使臣,既切合眼前情景,又不太露痕迹地称美了对方,措辞是十分得体的,比《怀风藻》中的同类诗作要高明得多。

上述这些基因,如果能相互融合后并存于某一作品中,那么该作品必然产生出经久不衰的艺术魅力,使读者的心弦为之震颤。但令人遗憾的是,在敕撰三集所收录的作品,包括一部分优秀作品中,它们往往却是相互分离、相互脱节的。即具备此一要素者,往往缺乏彼一要素;融有彼一要素者,于此一要素往往又付阙如。这样,它们所能产生的艺术魅力也就十分有限了。明确地说,敕撰三集的作者(即使是其中的优秀作者)还只是部分地掌握了诗艺,而且这部分掌握的诗艺并没有达到成熟的地步,只能有限地加以运用。其结果也就只能擅美一端而无法尽善尽美了。因此,说敕撰三集在诗艺方面有所提高,只是将它放置在历史的坐标上作纵向比较,即与前代的《怀风藻》相比较而言。就诗艺论诗艺,大部分作品仍有许多稚拙之处,如良岑安世的《暇日闲居》:

暇日除烦愁，春风读楚词。

檐闲啼鸟扰，门掩世人稀。

初笋篁边出，游丝柳外飞。

寥寥高枕卧，庭树落花时。

"初笋"出土的景观不当与"落花"坠树的图像同时呈现，将它们捏合到一起，是明显的破绽。看得出，作者并不是在如实地展示即目所见的情景，而只是从储藏的脑海里的汉诗零部件中不加选择地撷拾春日景象，敷衍成篇。这就不可避免地会前后疏于照应了。

如果对敕撰三集的艺术形式加以综合考察，我们不难发现，在敕撰三集产生的时代，摹拟六朝诗的倾向已为模仿唐诗的趋势所代替。这意味着此时的诗坛风会已较前有所变迁与转移。伴随着这种变迁与转移，在平安朝前期的缙绅诗人心目中，被奉为偶像的已不是汉魏六朝诗的标本《文选》，而是唐诗的典范之一《白氏文集》。如果说在《怀风藻》中更多地看到的是《文选》的影响的话，那么，在敕撰三集以及敕撰三集以后的其他汉诗总集中，更多地看到的则是《白氏文集》的影响。对此，笔者另有专文论述，兹不赘及。有必要加以申发的是：除了白居易与《白氏文集》以外，其他许多唐代诗人及其作品也曾成为平安朝前期的缙绅诗人所模仿和效法的对象。这就是说，平安朝前期的缙绅诗人曾广泛取资于唐人，多方面地接受唐诗的影响，尽管白氏对其影响尤巨，却没有独尊白氏的倾向，而能做到"转益多师"。试看四例：

今宵倏忽言离别,不虑分飞似落花。

莫愁白云千里远,男儿何处是非家。

——淳和天皇《饯美洲椽藤吉野得花字》

今年有闰春犹冷,不解韶光着砌梅。

风夜忽闻窗外馥,卧中想得满枝开。

——淳和天皇《卧中简毛学士》

林叶翩翩秋日曛,行人独向边山云。

唯余天际孤悬月,万里流光远送君。

——巨势识人《秋日别友人》

时去时来秋复春,一荣一醉偏感人。

容颜忽逐年序变,花鸟恒将岁月新。

——藤原卫《奉和春日作》

　　熟悉唐诗的读者不知是否都能发现,这四首绝句并不是一无依傍的,而可以"沿波探源",在唐诗中找到其出处。第一首后二句从句式到情调都脱胎于高适《别董大》:"莫愁前路无知己,天下何人不识君。"第二首后二句反用孟浩然《春晓》:"夜来风雨声,花落知多少。"第三首后二句本于张若虚《春江花月夜》:"愿逐月华流照君。"第四首后二句化用刘希夷《代悲白头翁》:"年年岁岁花相似,岁岁年年人不同。"值得称道的是,这四首七绝借鉴与摹拟唐诗的技巧同样是较为圆熟的,虽将其意或其句楔入诗中,却不露太多的痕迹,因为它们都没有采取"生吞活剥"的做法,而致力于"移花接木",至于"花木"赖以成活的土壤则完全是自配自备的。像第二首虽然在构思上受到孟浩然《春晓》的启迪,却从相反方向加以生发,另运巧思,铸为新词,因而完全称得上是一种带有创造性的模仿。这类深得模仿之要领而较见工巧的作品,多为短小精悍、轻便灵活的七言绝句。相形之下,那些模仿唐人的篇幅较长、容量较大的作品,则鲜见既能入乎其内,又能出乎其外者。这除了说明当时诗人于七言绝句用力最勤、收获最丰外,大概还进一步证实了短章易为而长篇难驭这一道理——说到这里,似乎有必要再度强调:从诗体演变的角度看,七言绝句在敕撰三集中的激增,杂言歌行体在敕撰三集中的兴起,以及长短句的词在敕撰三集中的出现等等,也都昭示了诗坛风会由倾斜于六朝转变为倾斜于唐代的事实。

三、《本朝丽藻》的时代色彩

一条天皇御宇的正历、长德、宽弘年间,向来被誉为日本平安朝汉诗的中兴时期。尽管汉诗之走向衰微已成为不可逆转的历史趋势,但一抹晚霞却还逶迤在诗坛上空。当然,这抹晚霞已不免显现出斑驳的色彩了。反映这一时期的诗坛风貌的汉诗总集,前有纪齐名撰成于和德年间的《扶桑集》,后有高阶积善撰成于宽弘年间的《本朝丽藻》。二书是同一时代的产儿,带有同样的与生俱来的胎记,因而堪称"姊妹篇"。不过,相比较而言,《本朝丽藻》今见本所载录的作品数量要多于《扶桑集》现存本,而且其时代特征也更为明显:尽管以学习白居易相标榜,创作取向却与早年的白居易迥异其趣。

(一)

《本朝丽藻》(以下简称《丽藻》)的编者高阶积善,是白居易的狂热崇拜者,曾首唱《梦中同谒白太保元相公》诗,将白氏奉若神明。当时,具平亲王、藤原为时各有和作,使崇白的声浪达到高潮。虽然其生卒年不详,但可知他主要活动于一条朝,是以一条天皇为首的宫廷汉诗沙龙的主要成员,而他撰成《丽藻》的确切时间尽管史无明载,却不难推断出那也是一条天皇御宇期间,书中将一条天皇之作称为"御制",正透露了这一消息。书中所收录的作品,最早的结撰于圆融天皇天元五年(982),最晚的结撰于一条天皇宽弘五年(1008),因而一般认为《丽藻》撰成于宽弘七年(1010)前后,别具意味的是,《源氏物语》的作者紫式部的出生恰好略早于天元五年,而她留下的记述宫中见闻及感想的二卷《日记》所描写的中心时期又恰好是宽弘五年,因此,《丽藻》中的大部分作品所产生的时代,正是紫式部创作《源氏物语》的时代。此外,清少纳言的《枕草子》成书的时间约略也在一条天皇御宇期间。事实上,《紫式部日记》与《枕草子》中所描绘的人物形象,以一条天皇和具平亲王为首,包括藤原道长、藤原伊周、藤原公任、大江匡衡、藤原广业以及紫式部的父亲藤原为时等，都是《丽藻》的主要作者。作为汉文学的代表作的《丽藻》及《扶桑集》与作为和文学的代表作的《源氏物语》及《枕草子》同在一条朝问世，既表明这一时期文学的繁荣，同时也预示着文坛重心将发生转移：由于和文学中的长篇小说和笔记小说以矫健的姿态崛起于文坛，汉诗除继续受到和歌的强有力的挑战外，又增添了一重新的威胁，从而很难保持它作为文坛的不二重心的优势地位。虽然其内部机制并没有老化，但它的新一代作者仅能勉强做到不隳祖业，而无力遏制和文学对汉诗既有的读者市场的侵夺，当然也就无力在与和文学的角逐中获胜。这样，文坛重心之由汉文学逐渐演变为和文学，就是必然的结果了。要言之，《丽藻》作为汉和文学此消彼长时期的汉诗总集，即便从整个汉语文学史的角度看，也是决不应遭到忽略的。

《丽藻》完本已佚。其主要传本有前田家藏金泽文库本（上卷残卷写本一册）、水户彰考馆所藏本（同上）、前田家藏茶色封面本（下卷写本一册）、神宫文库藏本（同上）、上野图书馆藏青木氏旧藏本（同上）、内阁文库藏弘文学士馆旧藏本（同上）、前田家藏天和书写本（同上）、静嘉堂藏松井简治博士旧藏本（同上）、山岸文库所藏本（同上）、阳明文库所藏本（同上）、德富朱一朗氏旧藏本（同上）、群书类从本（刊本上、下卷）、新校群书类从本（同上）、日本古典文学全集本（同上）等。其集名中，"丽藻"一词，或许是本于陆机《文赋》"游文章之林府，喜丽藻之彬彬"。此外，郭璞《尔雅序》有"洪笔丽藻之客"句，《文选》所录刘峻《广绝交论》

亦有"遒文丽藻，方驾曹王"句，可知"丽藻"一词为六朝文人习于使用。而平安朝诗人也对它分外垂青。空海《文镜秘府论》既云："贫道幼就表舅，颇学丽藻"；大江澄明《北堂文选竟宴》诗复云："胜地古时摛丽藻。"以"丽藻"名集，前虽未见，以"藻"名集者，却不一而足，如《衔悲藻》、《怀风藻》等。因此，高阶积善将"丽藻"作为集名，有着充分的历史论据。而就此集的内容来考察，确乎也只有"丽藻"一词能得其仿佛。

《丽藻》共上下二卷。上卷分春、夏、秋、冬四部。今阙春、冬二部。下卷分山水、佛事、神祇、山庄、帝德、法令、书籍、贤人、赞德、诗、酒、赠答、饯送、怀旧、述怀等十五部。全集收录汉诗凡151首。其中，七言律诗114首，七言绝句27首，七言六韵3首，七言八韵3首，七言十韵2首，七言十二韵1首，五言四十八韵1首。通过这些数字的对比，可以看出：不仅五言诗在当时已被打入冷宫，杂言诗也成了流离失所的弃儿，备承恩顾的唯七言一体而已；而在七言诗中，喜获专宠的又是七言律诗。如果对历史作简单的回顾，还可以进一步看到：五言诗在近江、奈良朝、乃至平安朝初期，虽然是人人致力的流行诗体，但至嵯峨天皇弘仁年间，已只能与七言诗平分秋色。自贞观、宽平期起，更逐渐被后者所压倒而退居历史舞台的一隅。到《丽藻》产生的宽弘年间，它则几乎从历史舞台上消失了踪影，成为缙绅诗人们不屑一顾的旧日黄花。偏爱某种诗体，这本身无可非议，但与此同时对其他诗体概加排斥，就不是正常的合理的现象了。这种现象在当时不是发生在某个人身上，整个创作群体都采取如是的偏颇态度,这就更不是进步的标志,而是退化的表征了——较之诗备众体的弘仁前后,此时独钟七律,以致体式单调,能说不是一种退步吗?

《丽藻》所著录的汉诗分属于 27 位作者,包括一条天皇、具平亲王、藤原道长、藤原伊周、藤原有国、藤原为时、藤原齐信、藤原公任、藤原辅尹、藤原广业、藤原敦信、大江以言、大江匡衡、源为宪、源孝道、源俊贤、菅原宣义、橘为义及高阶积善自己。《续本朝往生传》曾描述《丽藻》及其基本作者曰:"亲王则后中书王(峰按:具平亲王)、上宰则左相(峰按:藤原道长)、仪同三司,(峰按:藤原伊周)、九卿则右将军实资、右金吾齐信、左金吾公任、源纳言俊贤、拾遗纳言行成、霜台相公有国等之辈。朝抗议廊庙,夕预参风月。云客则赖定、明理……文士则匡衡、以言、宣义、积善、为宪、为时、孝道、相如、道济……皆是天下之一物也。"这就难怪一条天皇会自诩"朕得人才,胜于延喜、天历之世"了。在这些作者中,收诗数最多的三位是具平亲王、藤原伊周及大江以言。具平亲王卒于宽弘六年七月二十八日,藤原伊周卒于宽弘七年一月二十八日,大江以言卒于宽弘七年七月二十四日,在不到一年的时间内,这三位诗坛名家相继辞世,无疑是震惊诗坛内外的事件,无妨认为,高阶积善正是为了悼念这三位德劭望隆的诗友而于宽弘七年七月前后撰成《丽藻》的。唯其如此,集中才多录该三人之作。

(二)

纵观《丽藻》所收录的作品,几乎看不到发轫于儒家诗教的讽喻精神和批判意识,看不到对社会现实与国家政治的关心。虽然《丽藻》的作者都把白居易奉为偶像,但由于不适当地将白居易加以神化而导致他作为积极用世的现实主义诗人的一面遭到漠视,他所倡导的"文章合为时而著,歌诗合为事而作"(《与元九书》)的创作原则也遭到摒弃。于是,《丽藻》的作者们非但无意以汉诗来补察时政、泄导人情,反倒一味地粉饰太平、无原则地颂扬圣德皇恩和不顾事实地赞美操纵摄关政治的权臣,以求实现荣达的欲望。且看《丽藻》下卷"帝德"部所录源为宪《感减诸国今年调庸及租税》一诗:

> 王泽旁流及八区,曩时击壤岂相殊?
> 紫泥文出仁风动,黄纸诏传惠露濡。
> 宰吏无征贫户税,官家不纳废田租。
> 九重深处得知否?比屋黎元掩泣娱。

刻意渲染天皇减免租税的诏令带给黎民百姓的欢欣,以夸诞的笔墨描绘出一幅灾年民乐图。所谓"黎民掩泣娱"云云完全是作者幻想的、连他自己也难以为之感动的情景。而设计这些情景的目的只有一个,那就是取悦于天皇。将诗做到这种地步,也可以说是煞费苦心了。收入《丽藻》的 29 首侍宴应制之作和 28 首陪宴应教之作未必都这般卑下,但内容空洞、思想贫乏、充彻着言不由衷的场面话、客套话,却是它们共同的无法根治的弊病。

伴随着对政治、对现实的淡漠,《丽藻》的作者比他们的前辈更加热衷于"嘲风雪,弄花草",更加兴致盎然地在"花间"、"尊前"倾泻其才情。源道济《暮春陪都督大王游览法兴院,同赋庭花依旧开应教》有句:"芳意宁将前日异,浓妆或有每年新。"这本是咏花,但借用来概括《丽藻》的作者群的创作情形,倒也十分恰切:他们吟风弄月、拈花惹草的"芳意"日日无异,只不过变着法儿浓妆艳抹,力图给读者以新的观感而已。试看藤原公任的《夏日同赋未饱风月思》:

何事词人未饱心,嘲风弄月思弥深。
嗜殊滋味吹花色,滴似词饥落水明。
翰墨难干萍未浪,襟怀常系桂华岑。
一时过境无俗物,莫道醺醺漫醉吟。

对于这群自视高雅的缙绅诗人来说,风月之思,永难饫足。他们几乎是怀着一种如饥似渴的感觉来吟赏风月。诗中所袒示的情怀应当是真实的。但我却总觉着其中有某种矫饰的成分在。同赋此题的还有藤原伊周、藤原为时、大江以言、源则忠等人。伊周之作首联云:"风月结交非古今,相思未饱每年心。"为时之作首联云:"未饱多年诗思侵,清风朗月久沉吟。"以言之作首联云:"由来风月思沉沉,遇境方知未饱心。"则忠之作首联云:"风月自通几客心,相携未饱思尤深。"虽然措辞各异,但说来说去,无非表示自己如何醉心风月、如何愿与风月结下生死之契。

吟赏风月,本是一种专属于文人墨客的雅趣,盖"清风朗月不用一钱买",略无铜臭气息和世俗色彩,最适合文人墨客的风雅情怀和孤高性格。因此,在中国文学史上,吟赏风月,是一种代代相继的普遍行为。尤其是在国运衰颓、朝政昏暗的时代或一己仕宦失意的时期,吟赏风月更往往成为文人墨客寄托遁世之情和排遣愤世之意的恰当方式。但中国古代的优秀作家尽管也吟赏风月,却没有将吟赏风月当作他们的现实生活和创作生活的全部,当然也并没有为之耗费他们的精力与才智的全部。而《丽藻》的作者群的情形恰恰相反:除了吟赏风月以外,别无旁骛、别无他求,这就未免过于褊狭了。况且他们也并没有太多的郁积需要借助吟赏风月宣泄,说穿了,他们吟赏风月的全部目的或许仅仅是为了证明自己的风雅——其中不乏附庸风雅者。唯其如此,出现在他们笔下的风月、山水、花草、禽鸟等便失去了真正的高人雅士所欣赏的朴素、清纯、高洁、恬淡,而以浓艳、绮丽为其基本特征。本来,山水清景,岂容脂粉玷污?《丽藻》的作者却偏要将粉黛施乎其间。高阶积善《花落掩青苔》有句:"琼粉误加妆黛上,彩云漫锁碧溪间。"这正是其中的一个典型例子。也有以粉黛形容月光者,如一条天皇的《清夜月光多》即云:"入牖家家添粉黛,照轩处处混华灯。"习以粉黛入诗,是因为他们的生活中本来就离不开粉黛,离不开倚红偎翠的感官享受。平心而论,前代的缙绅诗人们虽也陶醉于声色之乐,却并不在诗中明白表露出来,因而鲜见有所不堪的笔墨。而《丽藻》的作者则已经不注意对此加以掩饰了。大江以言《花木被人知》有句:"匀同唐帝专

房女,妆笑秦声一里兄。"以"唐帝专房女"拟写花木,真可以说是
匪夷所思。一个情趣高尚、不涉狎邪的人是决不可能如此措笔
的。当然,《丽藻》的作者也很少在诗中直接描写自己追逐声色
之乐的情景,但从侧面泄露其中消息者却不难觅得。如藤原伊
周的《怜户部出家》:

> 抚簪昔戏红楼上,对镜今愁白屋中。
> 盛者必衰今见取,剃除双鬓出尘蒙。

作者所寄怜的对象如今已抛却红尘、皈依佛门,但当年却常
与粉黛为伍,对抚簪、画眉之类的男女情事莫不熟谙,只是后来
年华老大、双鬓染霜,又鉴于盛衰之理,这才从脂粉场与名利场
中奉身而退,去修来世善缘。看得出,作者对他早年的风流行为
是津津乐道、并私心慕之的。而诗中的"怜"字则传达出对其晚
年的选择的无限惋惜之意,这种惋惜意味着什么,是不言自
明的。

确实,在平安朝后期,随着摄关政治的日趋腐败,前期的崇
尚节俭之风已告消歇,从皇室到朝绅,无不对生活有着种种奢
欲。恣意享乐、醉生梦死,成为弥漫朝廷内外的风气。于是,他
们既陶醉于声色之乐,也沉迷于饮宴之乐。如果说平安朝前期
的诗宴,重心在"诗"而不在"宴"的话,那么,此时的缙绅诗人们
则是"诗"、"宴"并重,甚至有时"宴"在"诗"先了。因而,《丽藻》
的作者亦多言饮酒。就中,具平亲王的《唯以酒为家》虽也称道

酒趣,却尚有借酒浇愁之意,所谓"榜题亦号忘忧观,一入长休毁誉声"也。而藤原辅尹的《醒时心胜醉时心》更引古证今,融入位卑官冷的身世之感:

> 醉心已胜最应甘,谁以醒时比渐酣。
>
> 与彼停杯思往事,岂如添户契交谈。
>
> 汉高祖乐频欣识,楚屈原忧未酌谙。
>
> 百虑消中疑有恨,老来官散泪难堪。

但这样的作品在当时是并不典型的。堪称典型的是高阶积善的《劝醉不如秋》和大江以言的《寒近醉人消》。后诗云:

> 凛凛冱阴酒数巡,寒消难近醉中人。
>
> 刘公席绝严霜友,王氏乡占爱日邻。
>
> 兰殿宴阑花雪暖,竹林冬至玉山春。
>
> 仰恩斟酌恩无算,便识尧樽百姓亲。

醺然醉意,使得寒光冷气为之消融,一如大地春回、百花送馥。这就难怪作者要"不辞长作醉乡人"了。叶梦得《石林诗话》评晋人饮酒诗曰:"晋人多言饮酒,有至沉醉者,此未必意真在酒。盖时方艰难,人各惧祸,托言于醉,可以粗远世故。"对照《丽藻》作者的饮酒诗,大多却不是如此:盖所谓"意真在酒"者也。以言此诗即然。一句"便识尧樽百姓亲",将其得衔御杯的欣喜之情表现得淋漓尽致。一方面纵情于"色",另一方面又恣意于"酒",《丽藻》的作者较之他们的前辈的确是有些不肖了。尽管决不能将他们视同酒色之徒,但他们在冠冕堂皇的外衣下的某些作为与酒色之徒实在没有太大的区别,所不同的只是他们比一般的酒色之徒多一点优雅的风度和良好的文学修养。迷恋酒色,必然酷爱六朝宫体及元白艳体。在《丽藻》中,有不少作品活脱是六朝宫体与元白艳体的翻版。一条天皇临幸东三条道长府第时,大江匡衡、藤原道长、藤原公任、藤原为时、源时理、纪为基、源孝道、橘为义等曾同赋《度水落花舞》诗应制,藤原道长之作云:

> 花落春风池面清,舞来庭水伴歌莺。
>
> 趋流妆似玉簪乱,逐岸色疑罗袖轻。
>
> 粉妓易迷飘浦暮,伶人难辩过波程。
>
> 唯欢此地古今趣,再有沛中临幸情。

将一条天皇临幸己第比作汉高祖皇袍加身后荣归沛中,已属不伦。这且不去管它。值得注意的是,诗中处处以美人喻落花,而有关美人的描写又都是"玉簪乱"、"罗袖轻"、"粉妓迷"之类的容易使人想入非非的笔墨。这不是齐梁体格,又是什么?其他人的作品也都这般浓丽、香艳,见出庸俗文人的轻薄和轻薄文人的庸俗。如源明理的同题之作:

落花漫卜洞中晴，度水舞来妙曲妆。
飞过沙风红袖举，乱经岸露玉钗倾。
应歌妆脆逐舟去，赴节影翻趋浪行。
温树今迷回雪色，梨园佳妓欲相争。

在看似旖旎的风光中，回旋着的是发源于六朝宫体与元白艳体的绮靡之风，而这种创作上的绮靡之风与缙绅阶层生活的淫靡之风是紧密地联系在一起的。平安朝后期诗道之颓坏，由此或可察其端倪。

（三）

与超脱于现实生活之外、专心致志地“嘲风雪、弄花草”的创作趋向相适应，《丽藻》的作者所致力表现的诗题往往不是采撷自现实生活，而是摭拾自前人佳作——以前人佳作中的隽语秀句为题，在当时是一种时髦，因为在缙绅诗人们看来，这既显得十分典雅，又可以掩盖自己生活积累的不足。于是，所谓句题诗便盛极一时。当然，句题诗并非起源于一条朝，而早在六朝时即已出现。梁简文帝《同庾肩吾四咏二首》，其一题作“莲舟买荷度”，另一题作“照流看落钗”。此外，刘孝威有《侍宴赋得龙沙宵明月》诗，张正见有《赋得落第穷巷士》诗，都是以句为题的例子。唐诗中其例尤多，散见于太宗、玄宗、卢照邻、骆宾王等人诗中，且其生成的处所都是朝廷及诸王举办的诗宴。另如颜粲的《白露为霜》、崔立之的《春风扇微和》等亦属其例。藤原宗忠《作文大体》有云："唐家随物言志,曾无句题。我朝又贞观往还,多以如此。而中古以来好句题。句题者,五言七言中取叶时宜者。"曰唐无句题,显系失考。在日本,则贞观以前亦已见句题之例。如《凌云集》中有以王维诗句"三秋大有年"为题者,《文华秀丽集》中有以杨师道诗句"陇头秋月明"为题者。贞观、延喜以后,句题诗激增。《扶桑集》的重心已开始向句题诗倾斜。至《本朝丽藻》,句题诗更占据了主导地位,成为人们竞骛的形式。由于白居易诗在当时具有无与伦比的权威性,因而《丽藻》中出处可考的句题,大多取自《白氏文集》。如《四月未全热》这一句题取自《白氏文集》卷七所录《泛溢水》一诗;《秋从簟上生》这一句题是取自《白氏文集》卷十四所录《夜坐》一诗;《醒时心胜醉时心》这一句题是取自《白氏文集》卷十五所录《仇家酒》一诗;《唯以酒为家》这一句题是取自《白氏文集》卷十六所录《忆微之伤仲远》一诗;《春色无边畔》这一句题是取自《白氏文集》卷廿三所录《和〈望晓〉》一诗;《寒近醉人消》这一句题是取自《白氏文集》卷廿四所录《西楼喜雪命宴》一诗;《门闲无谒客》这一句题是取自《白氏文集》卷廿五所录《与僧智如夜话》一诗;《闲中日月长》这一句题是取自《白氏文集》卷三十三所录《奉和裴令公新成午桥庄、绿野堂即事》一诗;《书中有往事》这一句题取自《白氏文集》卷三十六所录《闲坐看书,贻诸少年》一诗。此外,尚有其他许多例证,恕不一一引录。《丽藻》另有一些句题,至今出处无考,如《花木被人知》、《度水落花舞》、《雨为水上丝》、《清夜月光多》、《遥山敛暮烟》、《瑶琴治世音》、《未饱风月思》、《劝醉不如秋》等等。其中,有的也许是公推为丽句的时人新咏,而并非采自古诗,有的则也许是由古诗稍加变化、改造而来。既然以句为题,那就只能就所据题意加以发挥,通篇也就被拘囿在既定的范围与框架内,这无异于作茧自缚、画地为牢。因此,有着丰富的生活积累和旺盛的艺术创造力,并渴望自由地驰骋诗思、倾泻诗情的诗人,也许会偶尔试手句题诗的创作,以博同道一粲,却不可能专执于此。所以,专执于句题,在我看来,既是缺乏生活实感的表现,同时也反映了创造能力的枯竭。从这个意义上说,《丽藻》中句题诗如此之多,也就是一种病理的现象,一种汉文学趋于极度衰弱的症状了。

当然,在《丽藻》中也有一二内容既无关声色、形式又不是句题、因而较具有真情实感和深旨奥义的作品,如藤原伊周的《暮春与右金吾眺望施无畏寺上方》:

> 今日引君出世尘,施无畏寺许交亲。
> 情欢偶入烟霞兴,官耻俱为献纳臣。
> 山雨钟鸣荒苍暮,野风花落远村晨。
> 此时眺望忘归路,暂作腾腾闲放人。

常年公务缠身,难得一日闲放,因而一旦暂作"腾腾闲放人",作者感到十分惬意,以致在野趣流溢的自然景色间流连忘返。但他却没有按照这类作品的惯常思路,过多地渲染自己的出世之想和归隐之志,而仅仅着力抒写自己暂得闲放的恬悦之情,因为他并不想完全脱离既往的生活轨道,抛弃多年苦苦追逐才得来的荣华富贵。这就有别于"志深轩冕而泛咏皋壤,心缠机务而虚述尘外"的假名士。我们说该诗较具有真情实感,正是着眼于此。同时,作者在诗中还吐露了他耻为献纳之臣的心声。这样,作品的意义就不仅仅在于情感的真实,而且也在于思想的叛逆了——在当时,敢于吐露这种心声,是需要有叛逆的勇气的。又如藤原为时的《重寄》:

言语虽殊藻思同,才名其奈昔扬雄。

更催乡泪秋梦后,暂慰羁情晚醉中。

去国三年孤馆月,归程万里片帆风。

婴儿生长母兄老,两地何时意绪通。

惜别之情,本不容造作、无须虚饰,但在《丽藻》产生的时代,诗人们却偏偏要造作之、虚饰之,这或许是因为送别、赠别之类在他们往往只是一种必须履行的义务和不得不应酬的礼节,因而其离愁别恨缺乏应有的浓度与深度,非造作与虚饰一番不可。然而,这首诗却不是如此。它所寄赠的对象是客居日本多年而今即将返回故国的宋人羌世昌。此前,为时已有《觐谒之后,以诗赠大宋客羌世昌》等作,故谓之"重寄"。诗为送别而作,笔墨的落点却不是自身的怨离伤别之情,而是对方的思乡怀归之意以及对方的幼子老母的思亲盼归之念。这样,作者便主要致力于揣摩与体会对方及其亲属的心境,并用细腻而又深婉的笔触将它展现在诗中。尽管作者并没有作"黯然销魂"式的长吁短叹,但读来却给人意绪相通、真情弥漾之感,不过,这样的作品在《丽藻》中是稀如凤毛麟角的。

(四)

《丽藻》所收录的作品在形式上的弊病不只是以浓丽、香艳为美和以句为题,它至少还包括探韵、次韵这一游戏之风愈演愈烈。早在奈良朝时期,探韵之风已肇其端。至嵯峨天皇弘仁年间,探韵成为诸般作诗游戏中最受缙绅诗人喜爱的一种,故而敕撰三集中探韵之作连篇累牍。到《扶桑集》和《丽藻》产生的时代,尽管以句为题这一新的游戏方式也许对缙绅诗人更具诱惑力,但他们原先对探韵的兴趣却并没有转移,至少没有完全转移,因为这两种游戏可以并行不悖。这样,在《丽藻》中,探韵之作仍占有很大的比重。其中,有的尚得体势,差可一读。如大江以言的《暮春于右尚书营中丞亭同赋闲庭花自落以心为韵》:

> 送春花下一相寻,自落闲庭助醉吟。
> 脆是天为人散地,飘非风意鸟驯林。
> 游尘红定蹊初合,行履珠归迹半深。
> 徒见多年开复落,今年初识有芳心。

从命题方式看,这是一首句题诗;从押韵方式看,这又是一首探韵诗。这意味着它是集句题诗与探韵诗于一身,即同时进行双重游戏。就探韵这一方面而言,韵字大致熨帖,强内容以适韵字的迹象并不明显。这或许是因为作者毕竟名列"正历四家"、功力比较深厚的缘故。不过,更多的探韵之作则遍体疵瑕,不堪入目。如源孝道的《暮春于白河同赋春色无边畔诗以情为韵》:

春色眇焉处处生,望无边畔几多情。
天涯不定烟霞外,海角难分景气程。
四面红花风岂限,寸眸绿草境难名。
莫嘲乘醉沉吟苦,王泽盛中乐太平。

诗前有小序,序文不通之至,而诗作本身也为韵字所限,介乎通与非通之间。《丽藻》的作者又极喜次韵,几乎每与诗友唱和赠答,必次韵不可。可以说,次韵之风虽然此前已畅,却以此时为烈。《丽藻》所收录的具平亲王的《偷见御制有感自以次本韵》、《奉读重押情字御制,不堪抃舞,敬押本韵》、《和高礼部再梦唐故白太保之作》、《和户部尚书同赋寒林暮鸟归》、《户部尚书重赋丹字,见赠妙词,吟咏反复,欲罢不能,怒课庸弩,以尽余意》等便都是次韵之作。严羽在《沧浪诗话》中曾批评和韵、次韵之风曰:"和韵最害人意。古人酬唱,不次韵。此风始盛于元、白、皮、陆。本朝诸贤,乃以此而斗工,遂至往复有八、九和者。"而《丽藻》的作者也正是如此。这类作品,很少有伴随着纯粹意义上的创作感兴的,而往往出于社交需要和游戏冲动。这注定了他们不可能厚实与诚挚。由于韵字相同,次韵者与被次者的诗思、诗境也就十分相近,从而使复杂的艺术创造沦为同一模型中的简单的加工改制——改制出的"产品"当然面目大同小异。《丽藻》的作者的审美趣尚既然偏于浓华、艳丽一路,带有唯美的倾向,那就必然讲究对偶、注重用典。由于《丽藻》的作者多致力于七言律诗,而七言律诗本来就有对偶方面的要求;同时,又已有人着手摘编前人及时人佳句,作为初学汉诗者的导读指南,这就更激发了《丽藻》的作者竞一句一联之巧的热情。于是,他们便竭力追求对偶的端严、整饬、工切,用丽藻艳辞来编织符合他们的审美标准的对句。尽管从总体上看,《丽藻》中的作品的对偶远未达到缙绅诗人们所追求的目标,而多有不尽如人意之处,但其中确有一些得自苦心锻炼的佳联,如源道济《水树多佳趣》中的"流清自备圣人鉴,松古唯谙君子心";藤原齐信同题之作中的"翡翠成行烟暗色,琉璃绕地浪清音";善为政《晴后山川清》中的"潭心月映金波涨,岭面云开翠黛纤";源为宪《见大宋国钱塘湖水心寺诗有感继之》中的"湖中月落龙宫曙,岸上风高雁塔秋"等等。然而,将精力过多地消耗在对偶上,则难免于完整、浑融的艺术境界有所欠焉。因此,即使是《丽藻》中的较优秀的作品,也往往有句无篇或有联无篇。称得上意境完整、浑融的作品,在我看来,只有具平亲王的《遥山敛暮烟》:

回望四山向暮程，红烟敛尽远空晴。

溪东唯任残阳照，岭上何妨满月生。

纨扇抛来青黛露，罗帷卷却翠屏明。

秋深眼路无纤霭，其奈香炉旧日名。

　　但充其量也就是意境比较完整、浑融而已，还谈不上完美、浑成，而这已经是《丽藻》中最出色的作品了。至于注重用典，也是与唯美及崇雅的倾向相联系的。本来，将富于历史与文化积淀的典故运用到诗中，应当能起到深化诗的情感内涵、强化诗的意象功能的作用。但被《丽藻》的作者强行镶嵌到诗中的典故却并没有能起到这样的作用。因为他们不仅往往是落入俗套、缺乏弹性与张力的，而且往往是游离于作品既定的思想框架和形象体系之外，因而可有可无、甚至无胜于有的。如大江匡衡、藤原道长、藤原伊周等人同赋《度水落花舞》诗应制时，都把一条天皇临幸道长府第比作汉高祖行幸沛中，道长所作既云："唯余此地古今趣，再布沛中临幸情"；伊周所作亦云："凤辇宴酣方欲幸，可怜沛老狎恩情。"这显然就属于那种不唯无助于拓展诗境、升华诗思，反倒添出一番尴尬，使作品变得不伦不类的用典。而造成这种结果的原因是：由于《丽藻》的作者太注重用典，或者说太注重用典后有可能赢得的学富才雄的赞誉，当谋篇之际搜寻不到合适的典故时，便将不那么合适、或根本不合适的也硬塞进诗中。这样，就不是典故为人所役使，反变成人为典故所役使了。说到底，这既是创造精神枯竭的表现，也是主体意识薄弱的表现。而创造精神的枯竭和主体意识的薄弱,在我看来,正是《丽藻》在思想艺术方面形成的种种病理现象的根源。

四、《本朝无题诗》:贵族化特征与平民化倾向

在日本平安后期问世的汉诗总集中,《本朝无题诗》最为引人注目。一方面,它仍不免带有平安朝汉诗所共有的贵族族化特征;另一方面,它又具有一定的庶民化倾向,或者说在局部范围内表现出由贵族化向庶民化演变的努力。而这,对于时代潮流显然是一种未必自觉的反动。

(一)

"无题诗",本是晚唐诗人李商隐独具一格的创造。《元诗体要》别立"无题"一门曰:"无题之诗,起唐李商隐,多言闺情及宫事,故隐讳不名,而曰无题。"其实,以"无题"为题的原因比这要复杂得多。据《四库全书总目提要》,李商隐的无题诗中,"有确有寄托者","有戏为艳体者","有实属狎邪者","有失去本题者","有与《无题》相联误合为一者"。要言之,凡诗旨不便明言、诗意难以概括、诗情有悖教化者,统名之曰《无题》。在日本平安朝时代,所谓"无题",则是专指与句题这一概念相对立者。这也就是说,非句题诗即为无题诗。《作文大体》"勒韵"条与《王泽不竭钞》卷上"无题"条都将句题与无题并举,是很有说服力的证据。

《本朝无题诗》的篇幅，各书所载不一：《本朝书籍目录》载为13卷，《日本书籍考》及《群书一览》载为3卷。今见传本，有两个系统，一是三卷本系统，以内阁文库古写本为代表；一是十卷本系统，以群书类从本为代表（下文将要进行的评述便依据群书类从本）。《本朝无题诗》大约撰成于二条天皇应保二年（1162）至长宽二年（1164）前后，即后于《本朝丽藻》（以下简称《丽藻》）一百五十年左右、《王朝无名汉诗集》三十年左右。但入选作者中的藤原明衡等，却是自《丽藻》产生的时代起即已开始其创作活动的诗人。因此，集中所收录的作品实际上是横贯《丽藻》问世后的一百五十余年间的，而并非全部创制于二条天皇御宇期间。

《本朝无题诗》（以下简称《无题诗》）共收录作者30人。其中，藤原周光、藤原忠通、释莲弹、三宫、藤原通宪、藤原显业、藤原实兼等7人仅见于此集，这意味着如果此集失传，藤原周光等人的姓名及作品便将湮没无闻。除上述7人外，其余23人则兼为《王朝无名汉诗集》的作者。统观这支作者队伍，尽管其中也有藤原忠通那样的位居摄政关白的权贵，但绝大多数却处于统治阶级的中下层，未必有不时得预宫廷诗宴的荣幸。这就有别于《丽藻》的作者几乎全是宫廷汉诗沙龙的成员，其中且包括主宰沙龙的天皇及亲王在内的情形。换言之，其作者队伍的贵族化成分要大大低于《丽藻》。这样，才有可能将笔触伸向贵族社会以外的生活领域，取得有限的突破。以藤原周光而言，由于沉沦下僚，荣达无望，他不仅倾全力于汉诗创作，试图藉此显名当代、留芳后世,而且得以跻身于朝绅大夫步履难及的生活天地,并在其中寻觅与捕捉诗意。而寻觅与捕捉的结果则集中体现为一组融风景、风俗、风情于一体的村居生活素描。它们中间包括《关路有旅行之人,遥见畲田之农耕,又青柳夹岸、黄莺啭树》、《石濑之边有风钓鱼人,浊醪满樽,鱼脍堆俎》、《田家秋雨,有恋故乡之人,郊外草衰,篱下菊残》等篇。

《无题诗》所收录的作品总数为773首,其中,五言诗仅4首,其余均为七言诗。而在七言诗中,七言律诗又多达587首,超过作品总数的百分之七十五。这一比例当然是不恰当的,但与平安朝后期的其他汉诗总集却是完全一致的。这样,多收七言律诗,便是时代风尚使然,而不仅仅是编者的私好了。作品的标题有一字者,有十字以上者,但无一属于"句题"。这并不是因为此集的作者都与句题了无相干。事实上,他们大多从事过句题的创作,以藤原忠通的别集《法性寺入道集》而言,冠于卷首的《草树色初春》、《山水花皆满》、《当水草初生》、《月下对花柳》、《道场花木新》、《浮水落花多》等篇便是句题诗。因此,此集中不见"句题",真正的原因是编者对句题诗概未采录而非无可采录。将此集命名为《本朝无题诗》,是昭示了编者有意排斥"句题"、弘扬"无题"的主观倾向的。

(二)

考察《无题诗》的创作特征,我们不能不如实地指出,《无题诗》的作者仍然将其才力的大半倾注于吟赏风月;若论吟赏风月的高情逸兴,他们较之《丽藻》的作者,实在"未遑多让"。这种高情逸兴,自春及冬,从不衰减。

藤原忠通《春日言志》有云:"三冬去后属正月,一夜迎晴兴莫穷";《初冬即事》复云:"素影苍苍望沿清,宴游自本兴旁生"。可知风月之游是怎样使无题诗的作者长年累月地如醉如痴。当然,他们并不满足于在清风朗月下吟啸徐行,那样未免过于素朴;他们的风月之游总是与饮宴之乐相伴始终,所以忠通诗中所谓"游宴"或"宴游",倒是深得其仿佛。尽管《无题诗》的编者并没有专立风月这一部门,但吟赏风月之作却充彻在行幸、宴贺、花下、月前、春、夏、秋、冬等部门之中。人生有限,而风月长存,于是,那一轮亘古如斯的明月引起了诗人多少遐想、多少感慨?仅藤原敦光一人,就有《赋月》、《赋迟出月》、《夏夜月前言志》、《八月十五夜玩月》、《城北玩月》、《玩月》、《对月言志》等作。以"玩月"为题,这本身固然给人一种游戏风月之感,不足为训,但诗中有时倒也不乏严肃的意味:"玩月终宵四望清,琼筵含笔接群英。洛城十二衢中晓,秦甸一千里外晴。高仰轩宫光更洁,唯欢台室景弥明。蓬壶秋宴路空隔,藻镜昔誉眼自惊。松节凌霜三代节,鬓眉添雪七旬情。悬车期近身将隐,纵戴圣恩是几程?"一方面深爱月光之皓洁,陶然于眼前景色;另一方面又触景生情,勾起迟暮之感。虽题作"玩月",却并不溺于玩赏。而《对月言志》一诗更是略无游戏成分:"终宵对月入诗魔,其奈西园飞盖何。寒燠四时光暗转,山川万里影斜过。华阳洞静岚吹雪,扬子津幽冰叠波。迎霁风情凝思少,伤秋霜鬓满头多。还忘三乐老来泪,未咏五噫归去歌。官冷久为朝市隐,闲中嗜学自抛佗。"所渲染的不是月色的清丽与皓洁,而是月光的清寒与朦胧,借以烘托自己失意不平的情怀。如果不是故作"愁苦之词"的话,此诗倒是笔酣墨饱、情景俱切。吟风弄月,本当是赏心乐事。但这里,"乐事"却被作者转化为"苦情"而失去了它固有的色彩。藤原忠通、藤原茂明、藤原周光的《八月十五夜玩月》等作品也流露出相类似的感伤之情。藤原忠通之作云:"三五之天云尽去,佳宾言志忘苍苍。月前酌酒宜伤意,灯外题诗足断肠。鸳子楼边晴后梦,华阳洞里晚来霜。自元此地有秋兴,今夜定多皎皎光。"如果说敦光诗中的感伤之情主要体现为个人的不幸遭际的投影的话,那么,此诗中的感伤之情则更多地反映了时代折光。作者权倾天下,炙手可热,并没有怀才不遇的悲愤。然而,当他"月前酌酒"、"灯外题诗"时却不能像他的前辈——《丽藻》的作者那样心旷神怡、眉飞色舞,而居然"伤意"、"断肠"。个中缘由或许就在于:他与他的诗友所生活的时代较之《丽藻》产生的时代,国势更加衰颓、前景益发黯淡,他们都已敏锐地感觉到那江河日下的趋向和大厦将倾的危机,从而不可避免地产生出一种世纪末的情绪。怀着这种世纪末的情绪,他们一方面把吟赏风月当作享受人生、解脱忧患的途径之一,渴望在风月世界中得到在现实世界中所难以得到的某种满足;另一方面,吟赏风月之际又往往不期然而然地在心头咀嚼植根于时代土壤的苦涩之果,并让苦涩的况味浸入诗中,以致常常难以实现乘兴而来时所紧紧拥抱着的忘情世事的初衷。唯其如此,他们对风月的吟赏,较之前人便减去了几分轻佻，而增加了几分厚重。如果说《无题诗》中的吟赏风月之作与《丽藻》中的吟赏风月之作有什么不同的话，这是最主要的一点。

自然，世纪末的情绪不仅流露在"月前"，而且也表现在"花下"。大江佐国《云林院花下言志》云："春光渐暮寂寥时，邂逅引朋入古寺。一道寺深花簇雪，数奇命薄鬓垂丝。耳绕林底传歌鸟，身类泥中曳尾龟。遮莫人生都□是，不如酌酒又言诗。"《红梅花下命饮》云："红梅一种南枝绽，命饮酒徒豫北赊。随分他年栽此树，岂图今日见其花？上番香染争仙雪，下若味浓酌晚霞。诗席引朋交共谈，窗前不耐夕阳斜。"前诗中的似雪繁花非但没有唤起作者的赏心悦目之感，反倒使他联想到自己鬓白似雪，并进而为"数奇命薄"而叹惋。"泥中曳尾龟"的比喻，虽非自轻自贱，却有自嘲自讽之意。而篇末更径直托出对现实人生的失望，并将饮酒赋诗视为解脱人生烦恼的良方。这与一般的"嘲风雪，弄花草"之作是有淳薄之分的。后诗的结句所表达的则是那一时代的典型感受，它糅合着无可奈何的喟叹和无可名状的怅惘，与李商隐的"夕阳无限好，只是近黄昏"有相似的神韵。

当然，《无题诗》作者的"花下"之吟并不都是如此感伤，准确地说，如此者只是部分篇章而已。也有赏花之际宠辱皆忘、逸兴遄飞的。三宫的《花下命饮》、《池亭玩花》等作即属其例。不过，既然有了前一类作品，那就不是《丽藻》时代的"花下"之吟在历史空谷中的回响了。两相比较，我们注意到：《丽藻》中的"嘲风雪、弄花草"之作大多以句为题；而《无题诗》中的同类作品不仅是自拟新题,而且往往在题目中加上"即事"、"言志"一类的字眼。"即事"例,有藤原茂明的《早春即事》、三宫的《春夜即事》、藤原知房的《月下即事》、源时纲的《长乐寺花下即事》等;"言志"例,则有藤原忠通的《春日言志》、藤原宗光的《春宵言志》、藤原周光的《早春言志》、大江匡房的《月下言志》、菅原在良的《花下言志》等。这或许是为了提示读者:它们不是像《丽藻》中的作品那样一味发挥前人余意,而采取了即景骋怀、即事名篇这种比较贴近生活的做法,并多多少少地将"言志"的成分交织进了诗中。

除此而外,我们还注意到:阘弱不振的时代情绪,使得《无题诗》的作者在吟咏风花雪月时常常下意识地表现一种残缺之美、衰飒之美。其中最突出的例子是习以"残菊"为题。如藤原敦基的《残菊》、《赋月前残菊》,大江佐国的《玩池边残菊》,大江匡房的《赋残菊》以及藤原明衡的同题之作等等。在它们中间,敦基的《残菊》与匡房的《赋残菊》均为三十韵,是咏物诗中罕见的长篇巨制,而有幸成为这两篇作品的吟咏对象的为什么是残菊,而不是其他花草,笔者以为,只有深入到特定的时代环境所造成的作者的心理机制中去,才能解释其原因。

（三）

较之《丽藻》,《无题诗》在题材领域的拓展,主要表现在将养尊处优的缙绅阶层所不熟悉、同时也无意去熟悉的庶民生活纳入了视野。《无题诗》所收录的描写庶民生活的作品有藤原通宪的《游河阳赋渔父》,藤原周光的《赋渔父》,藤原忠通的《赋渔

歌》、《见卖物女》,三宫的《见卖炭妇》等十余首。数量虽然不多,
却开拓了一个平安朝后期诗人所未曾涉猎的新的领域(即使在
平安朝前期,涉足于这一领域的人也寥寥无几)。当然,如果硬
要给这些作品贴上现实主义的标签,那也许会令人啼笑皆非。
因为从创作宗旨到创作方法,它们都与现实主义风马牛不相干,
充其量只是题材具有一定的现实性。如果对这些作品严加审
视,谁都不难发现:作者并没有明确的指陈民瘼、揭露时弊、以尽
讽喻之责的主观意图,一如前代的菅原道真那样;同时,他们所
表现的题材也未必是从现实生活中挖掘、提炼而得,很有可能只
是自前人作品采撷、化合而来。例如其中以渔父、渔歌为题材的
那几首便很难说是不是对唐人的《渔歌子》、《渔父词》一类作品
施行改头换面术的结果;而《见卖炭妇》则一望即知其前身是白
居易的《卖炭翁》。对唐人旧作依傍得比较少的,似乎只有一首
《见卖物女》:"可怜鄙服一疲女,夕日沉时卖物回。增直阶前贪
止住,唱名门外暂徘徊。贫家虽招全无顾,润屋不唤强欲来。秋
月春花其意旧,此时题目与相摧。"以"可怜"一词领起全篇,但除
了荆钗布裙("鄙服")和面露倦容("疲女")外,看不出女主人公
有更多的可怜之处。相反,作者的描写倒处处提醒人们:此女既
精明,又势利,肚里藏着一副嫌贫爱富的花花肠子。较之唐人秦
韬玉笔下的那位"苦恨年年压金线,为他人作嫁衣裳"的贫女,她
实在既不可爱,也不可怜。生活中也许确有这样的女子。但如
此刻画卖物女的形象,却是不够典型的。在诸如此类的作品中,
主人公们虽处身于社会底层,并从事某种微贱的职业,但却没有

谁是叫天不应、呼地不灵的被侮辱与被损害者。由此,我们至少可以得出两点结论:第一,作者与他们笔下的主人公的实际生活有很大很厚的隔膜。第二,作者是为写庶民而写庶民,并不想借事以讽。因而作品非但找不到微言大义,连起码的同情与关切也无觅踪影。有时,甚至是抱着玩赏的态度,居高临下地对庶民生活作远距离的扫描。《无题诗》中以庶民生活为题材的作品大致如此。唯一例外的是,藤原敦光的《秋日即事》有那么一点揭露之意:"身带扶风不自由,司存难协我心忧。城门坏作樵苏地,道路变为禾稷畴。官使有宣催户口,职家无力责厅头。京中低屋威权重,河内写田宰吏收。兵士衣粮空欲断,桥梁材木更难求,唯渐龄满八旬算,怼仕官途未得休。"看其光景,似乎是从现实中截取几个横断面来反映日益加深的社会矛盾和政治危机,其中也触及到生活在社会底层的庶民生活的艰辛。这在同时代的诗人中,要算是最深刻的了。虽然诗中的描写是抽象化而非形象化的,将它看成对作者得之于书本或公文的某种概念与感想的表现也未尝不可,然而,包蕴在其中的内容却毕竟是他人所回避的。不管作者是有意还是无意,事实上他已一脚踩入了时人所默认的禁区。

借描写山居景色和田园风光,表现闲适之志和隐逸之趣,也是《无题诗》区别于《丽藻》的特色之一。这方面值得一提的作品有藤原敦光的《山家秋意》、藤原周光的《夏日山家即事》、中原广俊的《冬日山家即事》、释莲禅的《田家春望》、源经信的《秋日田家眺望》等等。这些作品的情调大多是冲淡、甘美的(尽管有时也不无忧伤),画面大多是清新、秀丽的(尽管有时也不无衰飒),并且两者往往能相互契合,因而多少具有唐代田园诗的况味,如中原广俊的《冬日山家即事》:"一访土宜披草莱,山家闲处立徘徊。门穿洞里白云入,路踏林间红叶来。篱落芬芳残老菊,庭沙气色有寒苔。非唯胜地摇情感,诗境醉乡兴两催。"虽然残菊与寒苔作为秋冬之际的景物,色调偏于阴冷,但作者攫入诗中的白云与红叶却浓淡相映,使画面变得色彩斑斓。因此,从总体上看,诗境还是清丽的。而作者对呈现在眼前的山居景色则是由衷地喜爱、并渴望它能感发自己的恬然自适之情的。又如源经信的《秋日田家眺望》:"晚趋田家欲去不? 句牵临眺暂淹留。路过郊外残花悴,宅枕汀心卧柳秋。云巢茅檐山雨洒,岚披松户野烟幽。洲芦波上月明夜,只伴渔舟棹钓舟。"仍以描绘风光景物为主,给人写景如画之感。但除了抒情主人公的情感活动外,却看不到按理应反映在诗中的田家儿女的形影与心态,也看不到包括春种秋收在内的田家生活的运转轨迹。这与唐代的田园诗又毕竟有一定距离。说到底,作者只是偶尔向田家"眺望"那么一下,并不可能真正深入到田家生活中去,发现浮游在表层时绝对寻觅不到的东西;并且,他们"眺望"的目的,也只是为了发一阵诗兴,如此而已! 当然,个别作品也曾写到与田家的聚会欢饮,但由于具体情境与陶渊明、孟浩然等人的作品过于相像,令人不免怀疑究竟实有其事,还是作者硬要跳到既定的情境中充当一个可爱的角色。如藤原实范的《冬日会小野山庄访土俗》:"忽出洛阳感更摧,山家土俗访相来。墙樊后苑唯红树,席展前庭是绿苔。脍课水郎尝一箸,酒微村老劝三杯。今寻幽境城东北,莫笑鄙才接风才。"尽管另具体貌,但作品的思路以及内在的精神却近似于孟浩然的《过故人庄》。不过飘散在《过故人庄》中的浓厚的泥土气息,在此诗中已经不见了。主人劝酒布菜的热情如故,客人却没有兴趣与他"把酒话桑麻",去显示对农事的关心了。

较之《丽藻》,《无题诗》对题材领域的拓展还表现在:有一批作品致力于描述五光十色的旅途见闻,抒写孤寂难耐的羁旅之感。编者将它们汇入"旅馆"这一部门,总数达44首。此外,收入"月前"部的释莲禅的《客馆对月》等篇,实际上也属于同一题材。因此,可以说他们的数量是颇为可观的。涉猎这一题材的诗人有藤原明衡、藤原通宪、中原广俊、大江佐国、释莲禅等。而以释莲禅用力尤勤,劳绩尤著。他的《水路春行》、《摄州免原旅宿即事》、《自滨殿移民家矣》、《乘舟到新宫凑》、《着阿惠岛述志》、《宿苇屋泊》、《于室积泊即事》、《于渡津述怀》等若干篇什,都是平安朝后期难得的景真情亦真的佳作。如《着椒泊愁吟》:"不堪船咏送秋心,左顾右望景气深。宾雁南飞嘶雾色,客帆东去伺风音。水乡新月逐宵访,华洛故人何处寻?露体存亡难互识,潸然为后等闲吟。"释莲禅,俗名藤原资基,生卒年及出家时间今皆无考。他并非游方之僧,却曾云游天下,有不少漂泊奇遇。所以,他表现的旅途见闻和羁旅之感都是自身亲历的,而不是得之于想像。这样,出现在诗中的一切,才有可能是真切的、自然的、抹上了浓烈的感情色彩的。这首诗在题中标出一个

"愁"字,这自然是提示读者:本篇意在抒发羁旅之愁。而开篇又以"不堪"二字领起,见出其愁已难以按捺。这就造成先声夺人之势。接着改用沉婉之笔刻画秋景,而将自怜孤独、自伤漂泊之意渗透其中。然后再转出对"华洛故人"的忆念之情,感叹生死茫茫、重逢无期。命曰"愁吟",至为恰切。

在收入《无题诗》的作品中,既有真切的羁旅愁吟,也有摅自胸臆的坎坷不遇、憔悴难荣之叹,而后者同样是《丽藻》中所缺乏的。有趣的是,在《无题诗》中,那些直接以"言志"、"述怀"为题的作品往往是诗友聚会时所共同赋写的,因而大多只是作无病呻吟式的空泛抒情。虽然言愁述恨,却并无实质性的痛苦啮咬着作者的心灵,如藤原宗光的《春宵言志》、藤原周光的《秋日言志》、藤原忠通的《早夏述怀》、三宫的《春日述怀》等等。倒是另一些命题并不如此程式化的作品是从心底里流溢出的真情实感的结晶。如藤原敦光的《除夜独吟》其一:"行年三十今宵尽,倩顾生涯足动情。性懒才疏官又贱,犹惭事事已无成。"其二:"七旬老母在堂上,喜惧交深思不休。瓢饮屡空无寸禄,伤哉水菽尚难愁。"母老、家贫、官贱、禄薄,这是作者在除夕之夜独对残灯、忧愤无已的原因。而在当时,身世、家境一如作者的士子并不在少数。因此,其抒情的真实性与典型性是无须怀疑的。不过,行年刚届三十,就如此悲观颓唐,看不到一丝一毫"长风破浪会有时"那样的对前途的自信,却不是一个积极进取的才志之士所应采取的态度。因为对今生今世已经极度失望乃至濒于绝望,《无题诗》的作者便转而企求来生来世的幸福美满。集中所大量收录的以游览佛寺、谈论佛理为内容的作品大多包蕴着这种虔诚的、却注定是虚妄的企求,如藤原敦光的《春日游胜应弥陀院》既云:"愿念无他偷拭泪,唯凭西土往生因";释莲禅的同题之作亦云:"壮年早遁世缘后,西土托生偏染肝";藤原明衡的《秋日长乐寺即事》更云:"适结一缘来此地,时时礼佛契生生"。与佛教结缘如此之深,不能不说是时代环境与时代心理所致。当然,企求来生来世之乐,并不等于愿意完全放弃今生今世之乐。事实上,他们一方面礼佛至恭,另一方面却又常常把佛寺当作宴游行乐之地。藤原忠通《暮春游清水寺》有句:"文宾诗客吟咏暮,此处宴游争得还。"不知六根未净的他们是否意识到:这对佛祖该是有些唐突的。

(四)

《无题诗》在艺术上没有太多的迥然拔乎《丽藻》之上的特色可供缕述。诚然,集中所收录的都是即事名篇的"无题诗",而没有以句为题者,在这一点上《无题诗》要比《丽藻》进步得多。但文字游戏的倾向并没有在《无题诗》中绝迹。尽管鲜见探韵、次韵和题中取韵者,勒韵之作却屡见不鲜,如藤原中宪的《赋瞿麦》、大江佐国的《玩鹿鸣草》、藤原敦光的《赋菊花》、藤原敦基的《赋月前残菊》、惟宗孝言的《对窗前竹》等;而《丽藻》中所没有的探题之作也跻身此集,夺得了若干席位,如藤原周光的《探一物得砚》、菅原在良的《探一物得簟》等。菅原在良之作云:"一物分题虽得簟,微凉暗至岂相亲。游鳞从隔三商用,水魄未收六尺珍。依暑气残莹冷露,从秋风起委纤尘。由来青□足为贮,刘孝仪词催感频。"如果隐去首句,则形同字谜,只不过这则字谜本身制作得比较精巧、比较典雅而已。同时,《无题诗》还收录了《丽藻》中所不见的离合诗,那便是藤原忠通的《春日言志》:"三冬去后属正月,一夜迎晴兴莫穷。霞隔古乡迷旧迹,雨飘双户破孤梦。响清涧水渡江浪,音冷庭松拂朵风。春浅共怜残雪白,日高同惜落梅红。雁归片片碧云外,鸟啭关关幽谷中。柳动青丝相乱夕,木枝正软胜梧桐。"或许因为作者惨淡经营的缘故,诗本身并不拙劣,至少比《本朝文粹》所收录的离合诗要浑灏流转些。但它终究是游戏之作,难免带有游戏之作所固有的旨意浅薄、了无余蕴之弊。此外,一题共作的现象在《无题诗》中也很普通。如《傀儡子》这一诗题,同时赋写者就有藤原忠通、藤原实光、藤原基俊、藤原茂明、藤原敦光、中原广俊等6人;《游长乐寺》这一诗题,同时赋写者则有藤原忠通、源经信、藤原敦光、藤原敦基、菅原在良、惟宗孝言、大江佐国、中原广俊、藤原知房等9人。这也多少反映出当时依然存在的文字游戏的倾向。

就艺术风格而言,《无题诗》有《丽藻》之秾丽,却无《丽藻》之香艳。在《无题诗》中,看不到对女子体貌的轻冶描状,看不到声色之欲的游弋,看不到倚红偎翠、征管逐弦的场面,也看不到令人有所不堪的笔墨。这似乎并不是因为在《无题诗》产生的时代缙绅诗人们的生活态度与创作态度复归于严肃;揆情度理,缙绅阶层生活上的淫靡之风与创作上的绮靡之风此时只会较前愈甚。这也许只能解释为:《无题诗》的编者本着其既定的编选宗旨,对过于绮靡、香艳的作品概不采录。事实上,绮靡之风更多地与句题诗的形式联系在一起,既然专取"无题",不取"句题",那么,绮靡之风纵能袭入集中,也难成劲吹之势了。不过,收入《无题诗》的作品在追求词藻的华美、对偶的工巧这一点上,与《丽藻》中的作品并无二致。这就是说,它们在形式上仍然偏于"唯美"、"尚雅"的一路。诚然,集中的那些描述旅途见闻和庶民生活的作品,通常采用白描手法,不敷粉,不着色,但在数量上占据绝对优势的吟赏风月之作却总是着力将秀辞丽藻镶入苦苦琢成的对句,给人"铺锦列绣,雕缋满眼"之感,如藤原敦光的"风飘紫艳争仙桂,月照浓妆混瑞蕣"(《赋菊花》);大江匡房的"锦绣林间连紫袖,玻璃坛上礼金容"(《春日游长乐寺》);源时纲的"红蕊风轻摇紫伞,翠条露重媚罗裙"(《赋蔷薇》)等等。不过,也有一些对句虽重敷粉着色,却不是一味讲究大红大紫,而是注意画面色彩的调配与映衬,以求达到浓淡相映的艺术效果。如:

花落山坛红雪馥,岭当佛阁翠微横。

——藤原敦宗《春日游寺》

三日余花红寂寞,六旬残鬓白蹉跎。

——藤原敦光《春日广隆寺即事》

红桃花落和风老,黄鸟声驯暖日长。

——藤原茂明《暮春偶吟》

垂杨临岸水心绿，落日烧池波色红。

——藤原忠通《夏日即事》

玉琴暗调蝉声急，红烛自连萤影疏。

——藤原时衡《夏日作》

　　如果说这些都称得上是《无题诗》中的妙句佳联的话，那么，其妙处与佳处主要便在于深得色彩的浓淡相映之美。至于措辞的工稳，倒在其次。从中见出《无题诗》的作者对艺术辩证法还是有所领悟的。当然，集中罕见"绚烂之极，归于平淡"者，又说明他们对艺术辩证法的领悟终究是肤浅的、片面的。此外，《无题诗》的作者和他们的前辈一样习于用典，并把用典的繁富与否，视为衡量雅与非雅、博与非博的准绳，以致不仅常常毫无分寸地堆砌各种故实，而且动辄将古人驱遣到诗中，让他们为自己的博雅作广告。如藤原明衡在《炉边闲谈》一诗中既云："李老五千文可学，桐孙一两曲相催"，复云："微功久积孙康牖，片善未逢郭隗台"。炫博矜雅的意向是十分明显的。

　　《无题诗》中的作者大多是嗜诗成癖的。如果说《丽藻》的作者藤原为时等人曾同赋《闲居唯友诗》，向读者展示自己"苦嗜独题如合志"的情景的话，那么，类似的情景在《无题诗》作者的笔下则得到了更生动也更深刻的表现：藤原季纲《春日游长乐寺》有云："万般不独深观念，唯有诗魔未得降"；藤原忠通《秋三首》之一有云："终宵对月入诗魔，其奈西园飞盖何"。不约而同，都感叹身为"诗魔"所缠,终身不得解脱。这种感叹看似苦涩,其实在它的深层却糅合着甜蜜——有幸与汉诗结下不解之缘的甜蜜。说到底,这是一种故作无奈的毕生钟情于汉诗的自誓。既然如此,他们自当不惜倾注全力来钻研与探索诗艺,但遗憾的是,他们并未能取得同样曾为诗魔所"苦"的菅原道真那样的成就。这一方面是因为时代拘囿了他们的才思与生活视野,另一方面也是因为他们都不自觉地步入了创作的"误区",将才思过多地消耗于探题、勒韵、一题共作等文字游戏和对形式美、声律美的不恰当的追求。举例来说,以他们的先天条件,七言排律本不是最适合他们驰骋才思的体式,他们却偏偏要借七言排律大试特试其身手。《无题诗》中共收录七言排律一百七十余首,而这应当还不是他们所创作的七言排律的全部。其中虽有不失精严者,如藤原敦光、藤原基俊、藤原时登等人的《暮春长秋监亚相山庄尚齿诗》;但在声律的束缚下,大多诗情干涩、诗境板滞,有的甚至语无伦次,支离破碎。这种不量力而行的做法,既造成艺术生命的浪费,也使他们在艺术探索的道路上事倍功半,从而难以达到本来可以达到的艺术高度。这对后人不啻是一种教训。

第三章　东瀛汉诗对中国古典诗歌的模拟与师法

一、作家篇：白居易与日本汉诗

对白居易其人其诗的影响，学术界所推重的几种文学史著作已经详加评述。但令人略感遗憾的是，它们大多只进行了纵向的追踪，即仅仅从时间（历史）的角度探讨其人其诗对后世的影响，致力于辨析前后代之间的传承关系，而没有进行横向的扫描，即从空间（地理）的角度探讨其人其诗对邻国的影响，致力于辨析左右邻之间的借鉴关系。由这种非立体化的考察方式所得出的结论，纵然有可能是精粹的，却无论如何不可能是全面的。如果我们把视野拓展到与中国毗邻的东瀛，将作为中国古典诗歌的重要分支的日本汉诗也作为接受影响的对象加以观照，那就不会仅仅注目于宋初以徐铉、李昉、王禹偁为代表的白体诗人，而且还会高度重视日本平安朝诗人奉白居易为偶像、奉白居易诗为楷模的一系列实例，并从中寻绎出其不同寻常的意义——这正是本章所要讨论的问题。

（一）

如同人们所熟知的那样，在中国文学史上，曾有不少大师或名家成为后代某一诗派学习、模仿的偶像，如杜甫之于江西派、李商隐之于西昆派等等。但无论杜甫还是李商隐，都未能成为影响一代风气、被所有的属诗者无一例外地顶礼膜拜的人物。换言之，他们只是在有限的时空内被奉为偶像。而在日本平安朝时期，瓣香白居易的热潮竟能席卷诗坛的每一个角落，将所有的诗坛中人都裹挟入其中！虽然白居易在他生活的中唐时代也曾极为"摩登"，但充其量也就摩登了二十年左右——元稹《白氏长庆集序》说白诗"二十年间，禁省观寺邮堠墙壁之上无不书，王公妾妇牛童马走之口无不道"。这已是一种殊荣，但比起白居易在日本平安朝所受到的长达四百年的尊崇，又似乎不足挂齿了。

有别于李白、杜甫，白居易生前曾多次对自己的诗文进行整理、编辑，并誊写数本，分藏各处，从而使它们得以《白氏文集》、《白氏长庆集》、《白香山集》等集名流播遐迩。据《白氏长庆集后序》，此集在白居易生前即已传入日本。序云：

> 白氏前著《长庆集》五十卷，元微之为序；后集二十卷，自为序；今有续后集五卷，自为记；前后七十五卷，诗举大小凡三千八百四十首。集有五本：一本在庐山东林寺经藏院，一本在东都胜善寺钵塔院律库楼，一本付侄龟郎，一本付外孙谈阁童。各藏于家、传于后。其日本、新罗诸国及两京人家传写者，不在此记。

这篇序文乃作者自撰，时在会昌五年（846），即作者去世的前一年。而序文中称，日本、新罗已有其文集的传写本，这当是根据从日本、新罗方面反馈回来的消息，而绝非意在抬高身价的"虚词诳语"。征诸日本史传，仁和天皇承和五年（838），即唐文宗开成三年，太宰少贰藤原岳守对唐人货物进行海关检查，因发现其中有"元白诗笔"，便奏于天皇。天皇大悦，擢其爵位为"从五位上"。事见《文德实录》。所谓"元白诗笔"，即白居易与元稹的诗文集。这是正史中有关《白氏文集》传来的最早记载。其时间要远远早于白居易自撰序文的会昌五年，足证白氏序文所记无讹。此外，由《江谈抄》所记录的有关嵯峨天皇的一则轶闻，也可以推知《白氏文集》传入日本的时间不仅是在白居易生前，而且不会迟于承和五年：嵯峨天皇秘藏《白氏文集》，轻易不肯示人，而私下把玩、观摹之。行幸河阳馆时，将"闭阁唯闻朝暮鼓，登楼遥望往来船"一联示小野篁。小野篁以为是天皇即兴所得之句，便奏曰：倘易"遥"字为"空"字，则益佳。天皇叹道：卿之诗情同于"乐天"也。原来，这本是白居易的诗句，天皇只改动了其中的一个"空"字;如果按照小野篁的意见再改回去,那就完全恢复了白氏原句的面貌。而小野篁是在并未见过白氏原句的情况下提出上述建议的,这就使天皇惊叹其诗思与白居易暗合了。嵯峨天皇于承和元年(834)退位、承和九年(842)逝世。因此,几乎可以肯定这是承和五年以前的事。而如果当时《白氏文集》尚未传入,天皇也就无从秘藏了。

必须说明,在平安朝前期,传入日本的唐人诗集为数众多,《白氏文集》只不过是其中最受推崇、从而也流传最广、影响最大的一种而已。日人林鹅峰《本朝一人一首》卷十有云:

> 文选行于本朝久矣。嵯峨帝御宇,白氏文集全部始传来本朝。诗人无不效文选、白氏者。然桓武朝僧空海熟览王昌龄集,且其所著秘府论,粗引六朝之诗及钱起、崔曙等唐诗为例。嵯峨隐君子读元稹集。菅丞相曰:"温庭筠诗集优美也,公任、基俊所采用。"宋之问、王维、李顾、卢纶、李端、李嘉祐、刘禹锡、贾岛、章孝标、许浑、鲍溶、方干、杜荀鹤、杨巨源、公乘亿、谢观、皇甫曾等诸家尤多。加之李峤、萧颖士、张文成等作,久闻于本朝,然则当时文人,涉汉魏六朝唐诸家必矣。藤实赖见卢照邻集,江匡房求王勃、杜少陵集,且谈及李谪仙事,则何必白香山而已哉!

《白氏文集》以外传入日本的唐人诗集当然不止林氏所标举的这些,如空海归朝时曾进献《刘希夷集》四卷、《贞元英杰六言诗》三卷、《杂咏集》四卷、《朱书诗》一卷、《朱千乘诗》一卷、《王智章诗》一卷、《刘廷芝诗》四卷等；藤原佐世的《本朝见在书目录》则著录有当时流入的杨炯、骆宾王、沈佺期等集名。既然如此，则传入日本的唐人诗集的数目甚是可观。这些唐人诗集，比较普遍地为缙绅诗人们所喜吟乐诵。如菅原道真在《梦阿满》一诗中称其亡子七岁时即"读书谙诵帝京篇"，句下且自注道："初读宾王古意篇。"可知缙绅诗人们所喜吟乐诵者同样不只是《白氏文集》。进而也就可以说，对他们的汉诗创作产生影响的也绝不只是《白氏文集》。然而，从另一角度看，最受东瀛诗坛推崇、流传最广、影响最大的又毕竟是《白氏文集》；白居易及《白氏文集》在平安朝诗人心目中的地位是其他任何唐人唐集都难以企及的；即使是成就高出于白居易的李、杜也无法在平安朝诗人的祭坛上与他相颉颃。

（二）

平安朝诗人对白居易及《白氏文集》的推崇几乎达到了无以复加的地步：醍醐天皇在《见右丞相献家集》一诗中自注道："平生所爱《白氏文集》七十五卷是也。"具平亲王在《和高礼部再梦唐故白太保之作》中自注道："我朝词人才子，以白氏文集为规摹，故承和以来言诗者，皆不失体裁矣。"藤原为时则在同题之作中自注道："我朝慕居易风迹者，多图屏风。"这三条自注已足以说明问题，但却不是我们所能搜寻到的全部实例。翻检有关文献，类似的实例随处可觅，如都良香《都氏文集》卷三收有《白乐天赞》,中云:"集七十卷,尽是黄金";小野美材将《白氏文集》书写于屏风之上,并识曰:"太原居易古诗圣,小野美材今草神。"这是白氏在故国所未能赢得的赞誉。又如藤原公任编纂《和汉朗咏集》时,于本朝诗坛取 51 人,中国诗坛取 31 人。其中,日本诗人入选佳作数为:菅原文时 49 首,菅原道真 34 首,源顺 32 首,大江朝纲 27 首;中国诗人入选佳作数为:元稹、许浑各 11 首,谢观 8 首,公乘亿、章孝标各 7 首,独白居易达 142 首之多。这种不平衡也昭示了平安朝诗人对白居易其人其诗的推崇之甚。

确实,在平安朝时期,白居易及《白氏文集》具有无与伦比的权威性。因为天皇及太子都耽读《白氏文集》,以致出现了侍读《白氏文集》的专业户——大江家。大江匡衡《江吏部集》卷中有记:"近日蒙纶命,点文集七十卷。夫江家之为江家,白乐天之恩也。故何者?延喜圣主,千古、维时,父子共为文集之侍读;天历圣代,维时、齐光,父子共为文集之侍读;天禄御宇,齐光、定基,父子共为文集之侍读。爱当今盛兴延喜、天历之故事,而匡衡独为文集之侍读。"玩其语意,颇以大江家独占侍读《白氏文集》之专利而自豪。

在当时,有不少诗人对白居易思慕至极而夜寝成梦。最早将梦境记录下来的是高阶积善,其《梦中谒白太保元相公》一诗云:

清句已看同是玉，梦中不识又何神。

二公身早化为尘，家集相传属后人。

风闻在昔红颜日，鹤望如今白首辰。

容鬓宛然俱入梦，汉都月下水烟滨。

细味此诗，与其说是实写梦中情形，不如说是托言梦境，以更深一层抒发作者对白居易、元稹的仰慕之忱。诗成后，一时奉和者甚众。不过，具平亲王与藤原为时等人在和作中已将元稹撇至一边，而仅在虚构的梦境中向白居易倾诉衷肠。这表明，绝大部分平安朝诗人都不认为元、白可以并称。具平亲王所作云：

古今诗客得名多，白氏拔群足咏歌。

思任天然沉极底，心从造化动同波。

中华变雅人相惯，季叶颓风体未讹。

再入君梦应决理，当时风月必谁过。

这实际上表达了平安朝诗人们的共同心声。

既然奉白居易为偶像，必然不仅规摹其诗，而且也仿效其生活情趣。以平安朝诗坛的冠冕菅原道真为例：他之所以在仕宦得意时期热衷于"游宴"，即完全是因为白居易晚居洛阳时以"游宴"作为日常生活内容之一。对此，其《暮春见南亚相山庄尚齿会》一诗说得很明白："风光借得青阳月，游宴追寻白乐天。"白居易曾经视琴、酒、诗为"三友"。他的《北窗三友》诗有云："今日北窗下,自问何所为? 欣然得三友,三友者为谁? 琴罢辄举酒,酒罢辄吟诗。三友递相引,循环无已时。"而一心步白氏后尘的道真也在《九日后朝,同赋秋思应制》一诗中袒露了同样的情趣:"不知此意何安慰? 饮酒听琴又咏诗。"此外,道真晚年还作有《读乐天北窗三友诗》,重申了自己与琴、酒、诗的至死不渝的交谊。白居易有"诗魔"之称。在《与元九书》中,他自道:"知我者以为诗仙,不知我者以为诗魔。何则? 劳心灵,役声气,接朝连夕,不自知其苦,非魔而何?"至于道真,虽无"诗魔"之谥,却也曾自觉形近"诗魔"。其《秋雨》一诗有句:"苦情唯客梦,闲境并诗魔。"贬居太宰期间,他不仅每日吟诵《白氏洛中集》十卷,而且闭门绝户,呕心沥血地创制汉诗新篇,所作所为,纯属"诗魔"之行径。因为处处仿效与追步白居易,道真对白氏生平的一点一滴都极为留意,并常常顺手将其撷拾到诗中,如《诗草二首,戏视田家两儿……予不堪感激,重以答谢》一诗有云:"我唱无休君有子,何因编录命龟儿。""龟儿",是白居易嫡侄小字,居易曾命其编录唱和集。道真对白氏生平行事之熟谙,由此可见"一斑"。而在整个平安朝时期,又岂独道真如此? 说到底,道真只是白居易的崇拜者和模仿者中最为出类拔萃的一个而已。

(三)

当然,平安朝诗人们更多地模仿的毕竟还是《白氏文集》中的诗歌作品。模仿的角度是千差万别的:有效其诗之风格者,有袭其诗之辞句者,有蹈其诗之意旨者,有摹其诗之情境者,也有鉴其诗之章法技巧者。具体例证，不仅充斥于被誉为"本朝之白乐天"的菅原道真等诗坛名家的别集，而且在一些知名度不高的诗人的作品中也俯拾皆是。如释莲禅的《听妓女之琵琶有感》：

> 琵琶转轴四弦鸣，妖艳帘中薄暮程。
>
> 清浊未分空侧耳，弛张始理自多情。
>
> 飞泉溅石逆流咽，好鸟游花商韵轻。
>
> 萧瑟暗和风冷晓，松琴谁玩月秋晴。
>
> 不思客路入胡曲，无饱妓窗激越声。
>
> 肠断何唯溢浦畔，夜舟弹处乐天行。

即使不在篇末点出"乐天"二字，读者也一眼便能看出这是由白居易的《琵琶行》翻转而来，因为不仅描写对象相同、情感指向相近，而且几乎每句都能在《琵琶行》中找到出处："琵琶转轴四弦鸣"，是融合了《琵琶行》中的"转轴拨弦三两声"与"四弦一声如裂帛"；"弛张始理自多情"，是脱胎于《琵琶行》中的"未成曲调先有情"；"飞泉溅石逆流咽"，是来自《琵琶行》中的"幽咽泉流水下滩"；"好鸟游花商韵轻"，是本于《琵琶行》中的"间关莺语花底滑"，如此等等。尽管作者进行了一定的再创造，但全篇却是以模仿与蹈袭的成分为主。

再看三宫（辅仁亲王）的《见卖炭妇》：

卖炭妇人今闻取，家乡遥在太原山。

衣单路险伴岚出，日暮天寒向月还。

白云高声穷巷里，秋风增价破村间。

土宜自本重丁壮，最怜此时见首斑。

　　虽然不便说这完全是模仿白居易的《卖炭翁》，但至少可以肯定它在题材与构思方面受到了《卖炭翁》的启发。同时，稍加寻绎，在诗中也能发现某些脱化于《卖炭翁》的痕迹，如"衣单路险"一句，便极易使人联想到《卖炭翁》中的"可怜身上衣正单"等语，而自然地推测它们之间有着某种渊源关系。说得刻薄些，作者只不过采用了改头换面术，将一个中土的穷老汉变成了有几分怪异的东洋老妪而已。如果说它还有那么一点生新之处的话，那就是没有让穷老汉被宫中太监抢劫一空的遭遇在东洋老妪身上重演。至于藤原敦光的《卖炭翁》，则完全是对白氏原作的缩写，已臻机械模仿之极致：

借问老翁何所营？伐薪烧炭送余生。

尘埃满面岭岚晓，烧火妨望山月程。

直乏泣归冰沍路，衣单不耐雪寒情。

白衫宫使牵车去，半匹红纱莫以轻。

　　继此诗之后，又有《和李部大卿见卖炭翁愚作所赠之佳什》一诗，再次对白氏原作进行了"缩写练习"；而他的《缭绫》一诗，也是根据白氏新乐府中的同题之作改制而成的"袖珍本"。

　　上述作品所模仿的都是《白氏文集》中的名篇,非名篇者也同样能激起平安朝诗人模仿的热情。如白居易喜咏蔷薇,源时纲、释莲禅、藤原敦光等人便争相仿效,迭相赓和,并且唯恐读者不明其渊源有自。源时纲故意在《赋蔷薇》诗中注明:"白氏有蔷薇涧诗"。释莲禅则在同题之作中强调:"昔日乐天吟丽句,此花豪贵被人知。"又如白居易有题咏牡丹之作数种,大江匡房、藤原通宪等平安朝后期诗人便也纷起效尤,大咏牡丹。藤原通宪《赋牡丹花》诗起首云:"造物迎时尤足赏,牡丹栽得立沙场。卫公旧宅远无至,白氏古篇读有香。"明言是读"白氏古篇"后有感而作。既然如此,作品本身也就很难摆脱与白氏原诗的干系了。再如白居易有《三月三十日题慈恩寺》诗。诗云:"慈恩春色今朝尽,尽日徘徊倚寺门。惆怅春归留不得,紫藤花下渐黄昏。"仅由其末句化出者,就有藤原敦光《三月尽日述怀》中的"紫藤昔咏心中是,红杏晚妆眼中非"。藤原明衡《闰三月尽日慈恩寺即事》中的"丹心初会传青竹,白氏古词咏紫藤",惟宗孝言的同题之作中的"白氏昔词寻寺识,紫藤晚艳与池巡"等等。凡此种种,都不失为模仿白居易诗的实例。模仿到极处,甚至连白居易对诗友的评语也一并袭用。《古今著闻录》载有庆滋保胤品骘天下诗人语,其中评大江匡衡曰:"犹数骑披甲胄,策骅骝,过淡津之渡。其锋森然,少敢当者。""其锋"二句原本就是白居易在《刘白唱和集解》中对诗豪刘禹锡的品评。

　　由于诗贵独创,模仿尤其是机械的模仿,无疑是不足称道的。但对于平安朝诗人们来说,即使是模仿,也非易为之事。要惟妙惟肖地模仿和左右逢源的借鉴,首先必须对《白氏文集》烂熟于心,随时可以从中攫取所需的蓝本加以翻版。而要烂熟于心,除了勤研苦习外,别无捷径。于是,缙绅诗人们有的"闲咏香炉白氏诗"(菅原在良《山家雪深,径路已绝……》),有的"白乐天诗披月验"(藤原基俊《秋日游云居寺》),有的"闲披白氏古诗吟"(藤原茂明《夏日言志》)有的"讴吟白氏新篇籍"(菅原道真《客舍书籍》)。在勤研苦习的过程中,缙绅诗人们既增进了对白居易诗的熟谙程度,也提高了对白居易诗的鉴赏水准。这方面最具说服力的例子是:村上天皇曾命被称为"菅江一双"的菅原文时与大江朝纲选呈《白氏文集》中最优秀的一首诗作。二人不谋而合,都选了《送萧处士游黔南》:

> 能文好饮老萧郎,身似浮云鬓似霜。
> 生计抛来诗是业,家园忘却酒为乡。
> 江从巴峡初成字,猿过巫阳始断肠。
> 不醉黔中争去得?磨围山月正苍苍。

此诗是白氏七律的压卷之作,情韵悠远,气象老成。"菅江一双"在众多的作品中选中它,说明他们有着相近的审美标准和不凡的识见。而这应当是有助于他们的模仿的——至少能使他们在模仿时"取法乎上"。

（四）

《白氏文集》盛行于平安朝时朝，并被缙绅诗人们作为主要模仿对象，当然不是偶然的，而有着多方面的原因。

首先，白居易的作品在唐朝亦属流传最广者。白居易在《与元九书》中自道：

> 自长安抵江西三四千里，凡乡校、佛寺、逆旅、行舟之中，往往有题仆诗者。士庶、僧徒、孀妇、处女之中，每每有咏仆诗者。

而元稹也曾在《白氏长庆集序》中谈及白居易诗的流传情形：

> 然而二十年间，禁省观寺邮堠墙壁之上无不书，王公妾妇牛童马走之口无不道。至于缮写模勒，炫卖于市井，或持之以交酒茗者，处处皆是。

可以说，古今诗人生前成名之速、得名之盛，以白居易为最，而其作品中得到广泛流传的主要是反映都市生活的艳体诗。由于这部分作品糅合了市民化文人的庸俗和文人化市民的轻薄，可以最大限度地迎合与满足市民阶层的低俗的审美趣味，所以才不胫而走，为三教九流所喜爱。这意味着，当时使白居易享有盛名的实际上并不是今天的文学史著作所推崇的讽喻诗,而是他与元稹"迭吟递唱"的艳体诗。元稹在《白氏长庆集序》中早已暗示了这一点:

> 乐天《秦中吟》、《贺雨》讽喻等篇,时人罕能知者。

白居易在《与元九书》中颇为自得地描述作品行世的盛况时,也不得不承认:

> 今仆之诗,人所爱者,悉不过杂律诗与《长恨歌》以下耳。

并不无愤激地声明:"时之所重,仆之所轻。"不过,白氏作品中得到读者阶层最广泛的欢迎和最普遍的喜爱的作品究竟是哪一类,毕竟无关乎我们既定的话题,我们只想强调白居易的诗在唐代亦属流传最广者这一点。而强调这一点的目的,则是意在说明:《白氏文集》盛行于日本诗坛,在一定程度上是受唐朝风气的波及。

其次,白居易诗的语言平易流畅,见之者易谕,闻之者易晓,因而特别适合平安朝时期的缙绅诗人的阅读口味。据惠洪《冷斋夜话》载,白居易写诗时为求"老妪能解"而不惜反复修改。这即使有些言过其实,它所揭示的白诗的通俗化、大众化倾向却是无可怀疑的。唯其如此,它才能不仅在中国,同时也在日本赢得最广大的读者。这也就是说,《白氏文集》之所以盛行于平安朝时期,重要原因之一是,由于它平易、流畅,缙绅诗人们感觉不到太多的解读上的困难,一下子便能把握住它的精义,加以其中大部分作品的情调又都与他们生命的律动相合拍,《白氏文集》便理所当然地会风靡于世,成为缙绅诗人们学习、模仿的主要对象了。从相反的方向说,假如白居易诗文字艰深、语言奥僻,那么,纵然它在唐朝广为流传,也不致盛行于日本。

再次,白居易晚年于佛教浸染殊深。在《苏州南禅院白氏文集记》中,他自称:"乐天,佛弟子也,备闻圣教,深信因果,惧结来业,悟知前非。"在《醉吟先生传》中,他也自道闲居洛阳时"栖心释氏,通学小中大乘法,与嵩山僧如满为空门友"。这样,其集中便不乏谈禅语佛之作。而在平安朝时期,奉佛之风亦弥漫于朝野间。缙绅诗人们不仅俱崇佛教,而且悉通佛学。如菅原道真便曾藻心于佛,自称为"菩萨弟子菅道真"(《忏悔会,作三百八言》)。而其父祖师友,也无一例外地耽读佛典。因此,可以说,于佛教"有染",是白居易与平安朝时期的缙绅诗人的共通点。都良香在《白乐天赞》中特意赞扬白氏"治安禅病,发菩提心",正是基于这一共通点。当然,对佛教的共同信仰,绝非《白氏文集》得以盛行的全部原因,甚至也不是最主要的原因。否则,便很难解释同样笃信佛教、且有"诗佛"之誉的王维及其作品何以在日本诗坛并不摩登。

(五)

日本平安朝诗人对白居易及《白氏文集》的学习、模仿,是既有"得",也有"失"的。换言之,白居易及白氏文集对平安朝诗坛的影响是既有"利",也有"弊"的。上文曾经引录具平亲王的总结之辞:"我朝词人才子,以《白氏文集》为规摹,故承和以来言诗者,皆不失体裁矣。"简单地说,这就是其"得"(或曰其"利")。至于其"失"(或曰其"弊"),则主要有二:

一是不适当地将白居易神化,以至歪曲了白氏的真实形象、丢弃了白诗的批判精神。或许正因为对白居易崇仰过甚的缘故,缙绅诗人们自觉或不自觉地将白居易奉若神明,并因此而衍生出种种类似神话的荒诞传说。高阶积善《梦中同谒白太保元相公》一诗便有"高情不识又何神"句,且于句下自注:"白太保传云:太保者是文曲星神。"成箦堂文库藏镰仓期古抄本《作文大体》的卷头载有源通亲的《中我水亭记文》,文中亦云:"少年读白乐天之传,其身为文曲星所化。"这里所谓"白乐天之传",末悉是否即高阶积善所得见的"白太保传"。但在中国,似乎并没有白居易乃文曲星所化的传说。这就值得深思了。大胆一些,也许可以说这是平安朝诗人的一种善意的附会;附会的目的是将白居易神秘化、偶像化。而神秘化、偶像化的结果,是抹煞了白诗的现实性——本来,白居易是一位用作品积极干预现实、反映现实的诗人,他不仅倡导"文章合为时而著,歌诗合为事而作",而且强调"以诗补察时政","以歌泄导人情"(《与元九书》)。他曾经称赞张籍"风雅比兴外,未尝著空文"(《读张籍古乐府》),其实,他早年"陈力而出"时又何尝不是如此?后来仕途受挫,他才将创作重心转向闲适诗与艳体诗。但在平安朝时期,既然他被神化,那部分扎根于现实生活的土壤、"为君为臣为民为事"而作的讽喻诗必然遭到忽略,体现在其中的执著的入世、用世精神必然被彻底丢弃。事实上,在整个平安朝时期,继承了白居易的现实主义传统、在作品中贯以"风雅比兴"之旨的诗人,严格地说,只有一位菅原道真,而且,即便菅原道真也仅仅是在谪守赞州、仕宦失意期间追步早年的白居易及其作品。其他诗人所模仿和效法的则是晚居洛阳的那个优游岁月、闲适自足、超然物外的白居易及其作品。这就不能不说是学白而未得其正、反效其偏了。此其一也。

二是白居易诗原有"好尽之累",平安朝诗人以白诗为规摹,难免在不失体裁的同时产生言繁语冗之弊。清人翁方纲《石洲诗话》认为:"诗自元、白,针线钩贯,无所不到,所以不及前人者,太露太尽耳。"元、白是否"不及前人",固然可以进一步商榷,但"太露太尽",确实是元、白诗在艺术方面的缺陷。白居易自己也曾意识到这一点,而努力"删其繁以晦其义",但收效甚微,因而他晚年特别推崇刘禹锡,诚如近人陈寅恪在《元白诗笺证稿》中指出的那样:"大和五年,微之卒后,乐天年已六十,其二十年前所欲改进其诗之辞繁言激之病者,并世诗人,莫如从梦得求之。乐天之所以倾倒梦得至是者,实职是之故。盖乐天平日之所蕲求改进其作品而未能达到者,梦得则已臻其理想之境界也。"他在《刘白唱和集解》中称赞刘禹锡诗"真谓神妙","在在处处,应当有灵物护之"。实际上正是出于一种自愧心理。说到这里,结论已昭然若揭:平安朝时期的缙绅诗人们本来就有先天的语言方面的障碍,又以白居易诗为圭臬,悉心揣摩,刻意模仿,言繁语冗之弊的产生也就在所难免了。在这一时期的汉诗作品中,之所以能找到大量的语言赘疣,虽然不能归咎于白居易,而主要是作者自身方面的原因所造成,但却不能不说与学白也有一定的联系。上述二端,诚可訾议。然而,从总体上说,平安朝诗人学习、模仿白氏及《白氏文集》,毕竟是得大于失;换言之,白氏及《白氏文集》对平安朝诗坛的影响,也终究是利多于弊。这样,当我们鸟瞰中国古典诗歌在东瀛衍生之初的情形时,也就有理由说:《白氏文集》之于平安朝诗坛,一如《文选》之于近江、奈良朝诗坛,"功德存焉"!

二、地域篇:浙东唐诗之路与日本汉诗

剡溪,作为文化意义上的"浙东唐诗之路",曾经吸引与陶醉了多少慕名而来的唐代诗人?"此行不为鲈鱼脍,自爱名山入剡中。"(李白《秋下荆门》)"我欲因之梦吴越,一夜飞渡镜湖月。湖月照我影,送我至剡溪。"(李白《梦游天姥吟留别》)仅在李白诗中,我们便能多少回寻觅到越中风物的艺术显影!这在今天似乎已经不是一个新鲜的话题。但人们也许还没有充分注意到,"浙东唐诗之路"在当时不仅驰名海内,而且蜚声域外。翻检《日本诗纪》,我们至少可以发现在日本平安朝时代,剡溪曾经以其汇合了天光水色的自然景观和回响着历史足音的人文景观,赢

得无数日本汉诗作者的心驰神往。棹舟"剡溪"、访道"天台"、寻迹"刘蹊阮洞"，是包括诗坛冠冕菅原道真在内的许多日本汉诗作者梦寐以求的赏心乐事——而这恰好可以成为我们观照"浙东唐诗之路"的一个独特视角。

（一）

在星罗棋布于"浙东唐诗之路"的诸多景观中，最为平安朝汉诗作者所向往的无疑是剡溪的发源地"天台"。披览平安朝后期的汉诗总集《扶桑集》、《本朝丽藻》、《本朝无题诗》等，情系天台的吟咏不时跃入眼帘。如：

> 一辞京洛登台岳，境僻路深隔俗尘。
> 岭桧风高多学雨，岩花雪闭未知春。
> 琴诗酒兴暂抛处，空假中观闲念长。
> 纸阁灯前何所听，老僧振锡似应真。
> ——藤原通宪《春日游天台山》

> 天台山岭万重强，趁得经行古寺场。
> 削迹嚣尘寻上界，悬心发露契西方。
> 鹤闲翅刷千年雪，僧老眉垂八字霜。
> 珍重君辞名利境，空王门下立遑遑。
> ——源为宪《奉和藤贤才子登天台山之什》

是二诗分别收录于《本朝丽藻》与《本朝无题诗》,亦见于《日本诗纪》卷三十一、四十二。

作者并非平安朝诗坛上的佼佼者,诗作本身也平平无足称赏——从谋篇布局到遣词造句,都带有日本汉诗处于发轫阶段时所难以避免的稚拙,但它却传达出关乎我们的话题的信息,那就是在平安朝时期,登临与游历天台,是诗人们乐于吟咏且历久难忘的一种体验。源氏所作题为"奉和藤贤才子登天台山之什",所谓"藤贤秀才",是指藤原有国(有国字贤)。《本朝丽藻》及《日本诗纪》录有他的《秋日登天台,过故康上人旧房》一诗,当属原唱。诗云:

> 天台山上故房头,人去物存几岁周?
> 行道遗踪苔色旧,坐禅昔意水声秋。
> 石门罢月无人到,岩空掩云见鹤游。
> 此处徘徊思往事,不图君去我孤留。

诗以抒发对"故康上人"的怀念之情为主旋律,较多地渲染的是"人去物存"的感怆;展示天台胜迹,表现登临意趣,则非其"题中应有之义",故而笔墨未及。但"秋日登天台"这一举动本身,却分明昭示了天台对作者所具有的吸引力。而此诗一经吟成,即有人奉和,并且在奉和时有意将"过故康上人旧房"这一层意思略去,转而把"登天台"作为诗的主体加以铺展,这也说明"天台"才是其神思之所驰。

　　的确，以"登天台"为题相唱和，在当时虽未形成一种时尚，却是许多诗人兴趣之所系。《日本诗纪》卷三十一录有大江匡衡的《冬日登天台即事，应员外藤纳言教》一诗，可为佐证：

> 相寻台岭与云参，来此有时遇指南。
> 进退谷深魂易惑，升降山峻力难堪。
> 世途善恶经年见，隐士寒温近日谙。
> 常欲挂冠缘母滞，未能晦迹向人惭。
> 心为止水唯观月，身是微尘不怕岚。
> 偶遇攀云龙管驾，幸闻按雾鹫台谈。
> 言诗谨佛风流冷，感法礼僧露味甘。
> 恩熙岂图兼二世，安知珠系醉犹酣。

　　这是一首"应教"诗，而所谓"应教"，与"应制"一样，属于一种"命题作文"。诗题既云"应员外藤纳言教"，则命题者当是官居大纳言兼左卫门督的藤原公任。藤原公任是《和汉朗咏集》的编撰者，兼擅诗文，但今存的十三首诗作中，并无咏及天台者。这只有一种可能，即该诗已经亡佚。这里，需要指出的是，无论藤原公任、大江匡衡，还是藤原有国、源为宪，作为遣唐使制度已遭废止的平安朝后期的缙绅诗人，都没有渡海"遣唐"的经历，自也从未涉足过天台。这就意味着他们诗中所描写的登天台、参佛寺、悟禅机的种种情景，皆为想象之辞。元好问《论诗三十首》有句："画图临出秦川景，亲到长安有几人"，倒是可以移评这一创作现象。而骋想象于天台,岂不又见出当时的汉诗作者对天台是何等心驰神往?当然,天台是普遍信奉佛教的平安朝诗人所顶礼膜拜的圣地,这决定了他们在想象中演绎其"游历"时,自觉或不自觉地出以庄重之笔,营造出一种近乎肃穆的氛围。于是,我们也就难以在作品中感触到其本当具有的淋漓兴会和酣畅意态了。

(二)

寻绎与"浙东唐诗之路"相关涉的平安朝汉诗作品,我们可以发现,把持平安朝诗坛的缙绅诗人们不仅对"浙东唐诗之路"的自然景观极为神往,屡屡发出"江郡浪晴沈藻思,会稽山好称风情"之类的由衷感叹,而且熟谙点缀于其间的由历史遗迹、名人轶闻以及神话传说、民间故事等构成的人文景观——后者同样为他们所喜吟乐咏。就中刘晨、阮肇天台遇仙的传说和严光富春垂钓的故事尤承青睐。

《日本诗纪》卷二十录有菅原道真的《刘阮过溪边二女诗》,这是咏及刘阮传说的汉诗作品中流播较广、影响较大的一篇:

天台山道道何烦,藤葛因缘得自存。
青水溪边唯素意,绮罗帐里几黄昏。
半年长听三春鸟,归路独逢七世孙。
不放神仙离骨录,前途脱屣旧家门。

显而易见,此诗粘着于刘阮天台遇仙的本事,而没有过多地生发、拓展开去,因此很难将它推许为"灵光独运"或"别开生面"的作品,尽管它出自大家手笔。不过,其结构之流转自如,毕竟又显示出一点有别于藤原通宪及大江匡衡等人的大家气象。值得注意的是,这是一首题画诗,与《卢山异花诗》、《题吴山白水诗》、《徐公醉卧诗》、《吴生过老公诗》同为题写"唐绘屏风"而作——诗前的序文明白揭示了这一点。由此可以推知的是,刘阮传说曾同时作为流行于平安朝的"唐绘屏风"的素材而受到画师的钟爱,而此诗此画流传的过程,从某种意义上说,也就是负载着刘阮传说的"浙东唐诗之路"向海外播扬与延伸的过程。

如果说菅原道真的题咏保持着近乎"实录"式的冷静态度和从容笔法的话,那么,《本朝丽藻》所收录的大江以言的"句题诗"《花时意在山》则染有较为浓烈的感情色彩,庶几可视为摅写心声之作:

> 庐杏绥桃存梦想,刘蹊阮洞系精神。
> 万缘不起唯林露,一念无他是岭春。

从既定的视角着眼,引人注目的当然是"刘蹊阮洞"一句:它祖示了作者渴望寻迹刘蹊阮洞的情怀,从而表明作者不仅仅是刘阮传说的域外播扬者,而且对刘阮的艳遇是私心慕之的。稍后于大江以言,藤原实纲的句题诗《远近多花色》也表达了对刘阮的企慕与欣羡之意:"桃夭刘阮仙家迹,柳絮陆张一水邻。"

在咏及严光富春垂钓故事的平安朝汉诗作品中，则以高丘五常的《三日山居，同赋青溪即是家》最堪把玩：

> 野夫高意趣，云卧几回春。
>
> 独饮南山水，宁蹈北阙尘。
>
> 青溪唯作宅，翠洞□为邻。
>
> 汉曲犹称老，唐朝不要宾。
>
> 俗人寻访隔，禽鸟狎来亲。
>
> 自业何为□，严陵滩上纶。

题曰"同赋"，说明赋写这一诗题的还有其他一些诗人。但除了此诗为《扶桑集》残卷所载录外，其余的作品俱已亡佚。这是何等令人遗憾的事情！此外，由"同赋"还可以推知，这实际上也是一篇具有规定情境的"命题作文"。"同赋"的目的是为了娱情遣兴和逞才竞巧，这又多少反映了绵延于平安朝诗坛的游戏笔墨的倾向。尽管如此，诗中所表现的隐逸意趣仍不失其真切——至少作者是心契于放浪林泉的隐逸生活的。而归结到既定的话题上来，诗中不仅表示要像严光那样以垂纶为业，而且"青溪"、"翠洞"等意象似乎也与"浙东唐诗之路"上的景致有着脱不了的干系。当然，此诗的着墨点是自抒怀抱，因而对严光的高风亮节以及与之相惬的青山绿水未作赞美之辞。相形之下，藤原能信的《得吴汉》一诗倒是赞美有加："富春山月当头白，严子滩波与意清。"

（三）

自然，平安朝的缙绅诗人们更多地吟咏与思慕的还是"浙东唐诗之路"的载体——剡溪。"隐几情思寻友趣，子逍遥棹剡溪舟"。（藤原明衡《秋月诗》）历史上曾经棹舟于剡溪的骚人墨客的流风余韵，是那样振奋着平安朝后期诗人的高情与逸兴，激发着平安朝后期诗人的灵感与藻思。但横亘在两国之间的波涛汹涌的大海以及比大海更难逾越的停止遣唐的政令，却使得他们有心"因之梦吴越"，无缘"飞渡镜湖月"。于是，他们便转而寄情于近似剡溪的本地风光，朝夕游赏，聊以消弭内心的憾恨。藤原季纲《月下言志》一诗云：

> 朔管秋声遥遣思，南楼晓望几伤心。
> 闲褰帘箔有余兴，何必剡溪足远寻。

所谓"何必剡溪足远寻"，意在强调眼前风光亦极赏心悦目，较之剡溪"未遑多让"。这即便不是自欺之语，至少也是自慰之辞。

有趣的是，每当清风朗月之夜，缙绅诗人们对剡溪的怀想之情便分外强烈，反映在创作中，其表现是热衷于以"玩月"为题驰骋诗思，并往往在篇末引来剡溪相参照。如：

何处月光足放游,寺称遍照富风流。

岁中清影今宵好,天下胜形此地幽。

池水冰封宁及旦,篱花雪压不知秋。

已将亲友成佳会,还笑剡溪昔棹舟。

——藤原明衡《遍照寺玩月》

景气萧条素月生,自然个里动诗情。

秋当暮律初三夜,时及漏筹四五更。

双鬓霜加惊老至,前轩雪袭识天晴。

南楼瞻望虽争影,东阁光华欲此明。

帷幕高褰云敛后,琴歌不断梦残程。

一觞一咏谁能禁,何心剡溪寻友行。

——藤原有信《玩月》

　　二诗都采用扬此抑彼的笔法,着意揄扬此地此夜的皓洁月色,而对彼时彼地的剡溪风光故作不屑状。个中原因,或许是对于他们来说,棹舟剡溪,始终只是一个美好却遥远的梦,不及眼前月色、身边韵事来得真切。换言之,纵情于眼前月色与身边韵事,在他们也许仅仅是一种无可奈何的选择。事实上,以剡溪为参照,这本身便表明在他们心目中,剡溪独擅天下风光之胜。

　　以剡溪为中心,缙绅诗人们将视野拓展开去,对整个吴越地区的风光景物及人文胜迹都充满游赏和题咏的热情,"钱塘水心寺"便屡屡闯入他们的梦境和诗境:

钱塘湖上白沙头，四面茫茫楼殿幽。

鱼听法音应踊跃，鸟知僧意几交游。

春风岸暖苔茵旧，暑月波寒水槛秋。

已对诗章谙胜趣，何劳海外往相求。

　　——藤原公任《同诸知己钱塘水心寺之作》

余杭萧寺在湖头，传道水心景趣幽。

火宅出离门外路，月轮落照镜中游。

云波烟浪三千里，目想心驰五十秋。

天外茫茫龄已暮。此生何日得相求？

　　——大江匡房《水心寺诗》

应当说，大江匡房在篇末发出的慨叹，才是脱尽夸矜、略无矫饰的真实心音，从中见出作者此生不能往游钱塘的憾恨之深。

（四）

“浙东唐诗之路”与日本平安朝汉诗之间的不解之缘略如上述。没有谁能否认，“浙东唐诗之路”既牵系着平安朝诗人的情思，也为他们提供了新的题材领域和意象仓廪。但这并不是最终的结论。有必要进一步探讨的问题是：在遣唐使频繁赴唐的奈良朝的汉诗作品中，几乎没有一篇涉及“浙东唐诗之路”，与此相反，在遣唐使制度废止后的平安朝中、后期，咏及“浙东唐诗之路”的篇什虽不至于俯拾皆是，却稍觅即得。这里究竟有什么奥秘呢？如果仅作静态的平面的分析，也许会百思不得其解；然而，只要对奈良、平安朝诗坛的风会变迁加以动态的立体的考察，问题就会迎刃而解。

正如人们所熟知的那样，日本汉诗不仅是在中国古典诗歌的影响下形成的，而且形成以后也一直自觉接受中国古典诗歌的影响，甚至在它已趋成熟和繁荣的江户时代，仍未能摆脱这种影响——如果我们把对中国古典诗歌的摹拟看作一种影响的方式的话。由于中国古典诗歌"代有新变"，所以日本汉诗摹拟的对象也就不断发生转移：由六朝诗转移到唐诗，再由唐诗转移到宋诗。这种转移的过程，亦即诗坛风会变迁的过程。但日本诗坛的风会变迁，并不是与中国诗坛同步进行的，而要落后于中国诗坛半世纪或一世纪。于是，中国诗坛上的"昨日黄花"，往往成为日本诗坛上的最新标本。而在奈良朝时期，为缙绅诗人们所摹拟并影响着诗坛风会的恰恰是六朝诗而非唐诗。将奈良朝的汉诗总集《怀风藻》与反映六朝风尚的《文选》加以比照并观，可以发现它们从内容到形式都惊人地相似：就形式而言，《怀风藻》所收录的作品中，五言诗占总数的 90％，七言诗占总数的 5.8％；而《文选》所收录的作品中，五言诗占总数的 89％，七言诗占总数的 1.8％。二者比例相近，都是五言诗占压倒优势。同时，《怀风藻》中的作品多用对句而犹欠工整、已重声律而尚未和谐，这与《文选》所大量收录的六朝诗的艺术特征也是一致的。就内容而言，《怀风藻》中的侍宴从驾之作、言志述怀之作、写景咏物之作等，都不过是重复表现收入《文选》的六朝诗所早已表现过的题材和主题。这样，"熟精文选理"的读者，在阅读《怀风藻》时不免产生似曾相识之感。且看其例：

> 虞风载帝狩，夏谚颂王游。
>
> 春方动辰驾，望幸倾五洲。
>
> 山祇跸峤路，水若警沧流。
>
> 神御出瑶轸，天仪降藻舟。
>
> 万轴胤行卫，千翼汛飞浮。……
>
> 德礼既普洽，川岳偏怀柔。
>
> ——颜延年《车驾幸京口三月三日侍游曲阿后湖作》

> 帝尧叶仁智，仙踪玩山川。
>
> 叠岭杳不极，惊波断复连。
>
> 雨晴云卷罗，雾尽峰舒莲。
>
> 舞庭落夏槿，歌林惊秋蝉。
>
> 仙槎泛荣光，风笙带梓烟。
>
> 岂独瑶池上，方唱白云天。
>
> ——伊与部马养《从驾应诏》

前诗见于《文选》卷二十二，后诗见于《怀风藻》。文辞虽不相袭，意境与情调却是毫无二致的，而造境与抒情的手法也如出一辙。这样，二诗便有一种内在的"神似"——如果说外在的"貌似"并不明显的话，而作为蓝本的当然是前诗而非后诗。

　　但进入平安朝以后,诗坛风会却发生了变迁:由摹拟六朝转变为摹拟唐诗。此时被缙绅诗人们奉为摹拟的蓝本的已不是《文选》而是《白氏文集》。如果说《怀风藻》中更多地看到的是《文选》的影响的话,那么在平安朝前期编撰的"敕撰三集"以及其后编撰的《扶桑集》、《本朝丽藻》、《本朝无题诗》等汉诗总集中,更多地看到的则是《白氏文集》的影响。对此,本书另有专章论述,兹不赘及。有必要加以申发的是,除了白居易与《白氏文集》以外,其他许多唐代诗人及其作品也曾成为平安朝诗人所摹拟的对象。当时,通过各种渠道大量流入的唐人诗集恰好为他们提供了摹拟所需的客观条件。嵯峨天皇曾批点《李峤集》,而李峤在唐代诗人中并不属于享有盛名者,这说明他对唐诗的研习范围颇为广泛。确实,检嵯峨天皇所作汉诗,化用或暗合白居易、刘禹锡、张志和、刘希夷等唐人诗意者所在皆有。这里,仅拈出其化用刘禹锡诗意的两篇作品:

> 一道长江通千里,漫漫流水漾行船。
> 风帆远没虚无里,疑是仙查欲上天。
>
> ——《河阳十咏·江上船》

> 青山峻极兮摩苍穹,造化神功兮势转雄。
> 飞壁钦金兮帖屏峥,层峦回立兮春气融。
> 朝喷云兮暮吐月,风萧萧兮雨蒙蒙。
> 乍暗乍晴一旦变,凝烟吐翠四时同。

神仙结阁,仁智栖托。

或冥道而窅映,或晦迹以寂寞。

林壑花飞春色斜,登临逸兴意亦赊。

甚幽至险多诡兽,离俗远尘绝嚣哗。

此地遨游身自老,老来茕独宿怀抱。

夜深苔席松月眠,出洞孤云到枕边。

——《青山歌》

　　前诗似由刘禹锡《浪淘沙词》脱化而来。《浪淘沙词》其一有云:"九曲黄河万里沙,浪淘风簸自天涯。如今直上银河去,同到牵牛织女家。"细加比勘,二诗措辞虽异,而风调相仿、情韵相若。因而天皇属于遗其貌而取其神的善学者。至于后诗,则借鉴了刘禹锡的《九华山歌》。《九华山歌》有云:

奇峰一见惊魂魄,意想洪炉始开辟。

疑是九龙夭矫欲攀天,忽逢霹雳一声化为石。

不然何至今,悠悠亿万年。

气势不死如腾仚。

云含幽兮月添冷,日凝辉兮江漾影。

结根不得要路津,迥秀长在无人境。

轩皇封禅登云亭,大禹会计临东溟。

乘骡不来广乐绝,独与猿鸟愁青荧。

君不见敬亭之山黄索漠,兀如断岸无棱角。

宣城太守一首诗,遂使声名齐五岳。

九华山,九华山,

自是造化一尤物,焉能籍甚乎人间?

全诗在对九华山进行描摹和礼赞的同时,借助雄奇的想象和壮阔的境界,跌宕有致地抒发了作者磊落不平的情怀。嵯峨天皇的《青山歌》虽未像《九华山歌》那样着意将伟岸、险峻的青山形象作为作者情志的物化,在一唱三叹中呼出郁积已久的耿介之气,但展现青山姿容时那腾挪自如的笔法,以及贯注在对青山的规摹和深情礼赞中的宏伟气势,却与刘诗极为相似,令人不能不考虑它们之间的渊源关系。顺带说及,在平安朝前期的缙绅诗人们所模仿、效法的唐代优秀诗人中,刘禹锡是魅力比较持久、影响比较显著的一位。除了嵯峨天皇的这两首诗之外,"敕撰三集"中还有一些作品是以刘禹锡诗为蓝本规摹而成的。如:

河阳风土饶春色,一县千家无不花。

吹入江中如濯锦,乱飞机上夺文沙。

——藤原冬嗣《河阳花》

山客琴声何处奏,松萝院里月明时。

一闻烧尾手上响,三峡流泉坐上知。

——良岑安世《山亭听琴》

刘禹锡《浪淘沙词》其五有云:"濯锦江边两岸花,春风吹浪正淘沙。女郎剪下鸳鸯锦,将向中流匹晚霞。"这当是前诗所本。而后诗前二句分明脱胎于刘禹锡的《潇湘神》其二:"楚客欲听瑶瑟怨,潇湘深夜月明时。"不过,和嵯峨天皇一样,两诗作者大体上都做到了师其意而不师其辞,袭其神而不袭其貌,取其思而不取其境。因而绝无寻奢、剽窃之嫌。

那么,揭示这一事实,对于我们固有的话题有什么意义呢?其意义也许就在于:既然直至平安朝时期,诗坛风会才由摹拟六朝诗转变为摹拟唐诗,奈良朝的汉诗作品无一咏及"浙东唐诗之路",也就可以理解了。从另一角度说,正因为平安朝诗人刻意摹拟唐诗,包括他们最为崇拜的偶像白居易在内的许多唐代诗人所涉足过的"浙东唐诗之路"才有可能吸引他们的视线,并进而牵系他们的情思——这是我们依据上述事实作出的推断。

(五)

但问题并没有全部解决。接着需要探讨的是:唐代诗人并非仅仅以"浙东唐诗之路"为活动半径,而有着更为广阔的漫游天地。既然如此,为什么平安朝诗人对唐代其他地区的风景名胜难得涉笔,而唯独钟情于"浙东唐诗之路"呢?在我看来,这大概与"浙东唐诗之路"发端于天台,而天台又是平安朝诗人渴望朝拜的佛教圣地有关。

自从智顗创立"天台宗"后,位于浙东的天台山便声名远播,成为中外奉佛者人人皆欲参谒礼拜的名山胜刹。尤其是中唐时

期,游天台、谒高僧,至少在佛教界已成风习,以致产生了数量众
多的"送僧游天台"、"送僧适越"诗。如:

> 曲江僧向松江见,又道天台看石桥。
> 鹤恋故巢云恋岫,比君犹自不逍遥。
>
> ——刘禹锡《送霄韵上人游天台》

> 孤云出岫本无依,胜境名山即是归。
> 久向吴门游好寺,还思越水洗尘机。
> 浙江涛惊狮子吼,稽岭峰疑灵鹫飞。
> 更入天台石桥路,垂珠璀灿拂三衣。
>
> ——刘禹锡《送元简上人适越》

而在络绎不绝地往游天台的僧侣中,当然也包括来自日
本的"留学僧"。刘禹锡另有《赠日本僧智藏》诗,起笔即云:
"浮杯万里过沧溟,遍礼名山适性灵"。"天台"无疑会居于智
藏所"遍礼"的名山之列。赠予往游天台的日本留学僧的唐诗
作品,今存的还有张籍的《赠海东僧》和杨巨源的《送日东僧游天
台》:

> 别家行万里,自说过扶余。
> 学得中州语,能为外国书。

与医收海藻,持咒取龙鱼。

更问同来伴,天台几处居。

——张籍《赠海东僧》

一瓶离日外,行指赤城中。

去自重云下,来从积水东。

攀萝跻石径,挂锡憩松风。

回首鸡林道,唯应梦想通。

——杨夔《送日东僧游天台》

　　强烈而迫切的问道求法的意欲和虔诚的佛教徒所固有的殉道精神结合起来,便驱使这些日本留学僧争先恐后地向大洋彼岸的中国、并进而向中国浙东的天台进发。当时,船舶尚不坚固,而海上风涛多变。因此,以往每当遣唐使出征前,朝廷不仅诏令各大寺院念诵海龙王经,祈祷航海安全,而且往往举办盛大的诗宴相钱送。《续日本后记》记曰:"承和四年三月甲戌,赐饯入唐大使参议常嗣、副使篁。命五位以上《赋春晚陪饯入唐使》之题。日暮群臣赋诗。副使同亦献之。然大使醉而退之。"虽没有"易水送别"的壮烈,但一去不返的深忧却是同样萦绕在人们心头的。否则,大使也就不至于"醉而退之"了。这多少昭示了在当时的条件下赴中国进行交流之不易。但许多有志的僧侣却甘冒九险,必欲向天台一行。而为他们"导夫先路"的则是平安朝前期与空海齐名的高僧最澄。

　　无论在佛教史上,还是中日文化交流史上,最澄(767—822)都是值得大书一笔的人物。他于桓武天皇延历二十三年(804)从遣唐使入唐,径赴天台诸寺院受教。后又至越州(今浙江绍兴)龙兴寺修习。翌年携《台州录》102 部、《越州录》230 部等回国,正式创立日本天台宗。在整个平安朝时期,最澄创立的天台宗与空海创立的真言宗并列发展,史称"平安二宗"。这是人们并不陌生的史实。但不知人们注意到没有,在"浙东唐诗之路"向海外传播与延伸的过程中,最澄同样功不可没。之所以这样说,理由有二:其一是他亲自跋涉过"浙东唐诗之路",不仅耳濡而且目染于其间的自然景观和人文景观,回国后必然在传教的同时,把自己对"浙东唐诗之路"的感受也传达给教徒,诱发起他们的向往之情。其二是自他创立日本天台宗后,留学僧奔赴浙东天台,就具有了寻宗认祖的意味,这样,天台对日本留学僧的感召力与吸引力也就远远超过了其他名山胜刹;而"游天台",势必"入刹中",于是"浙东唐诗之路"便留下了越来越多的留学僧的足迹。

　　以最澄为首的往游天台的留学僧大多能文善诗,问道求法之余每每与唐代诗人或诗僧相交结,彼此切磋、唱和。当他们回国时,携归的不仅仅是佛教经典,也包括唐人诗集以及他们自己的汉诗创作。最澄虽无作品传世,但他回国时,赋诗为其送别的就有台州司马吴顗、台州录事参军孟光、台州临海县令毛涣、进士全济时、天台僧行满等九人,想来其诗才亦当出类拔萃。就中,全济时所作有云:

家与扶桑近，烟波望不穷。

来求贝叶偈，远过海龙宫。

流水随归处，征帆远向东。

相思渺无畔，应使梦魂同。

如果最澄"稍逊风骚"，又焉能使以诗赋为进身之阶的"广文馆进士"如此相思不已？最澄的弟子圆载回国时，赋诗送别者甚至包括诗坛名流皮日休、陆龟蒙等人。而最澄的另一弟子圆珍，旅唐期间所积赠诗达十卷，其中，清观法师赠句"叡山新月冷，台峤古风清"，曾被菅原道真评为"绝调"。回国后，他身在"叡山"，而心驰"台峤"，曾赋诗抒写其"思天台"之情。该诗今佚，但晚唐诗人李达的奉和之作却著录于傅云龙《游历日本图经》：

金地炉峰秀气浓，近离双涧忆青松。

斫泉控锡净心相，远传法教现真容。

此诗题为"奉和大德思天台次韵"，"大德"即圆珍。作者将"金地"、"炉烽"、"双涧"等天台所特有的景观交织入诗，意在稍慰圆珍对天台的思念之情。而圆珍等人创作的这类汉诗作品在当时既经流传，自也能扩大天台及发端于天台的"浙东唐诗之路"在海外、尤其是东瀛的影响。

诚然，最澄、圆珍等擅长汉诗的"留学僧"并不是平安朝诗坛的把持者，他们的汉诗作品也多已不传，但当时处于诗坛霸主地位的缙绅阶层却与他们过从甚密。这大概是因为前者虽为僧侣，却擅诗；后者虽为缙绅，却奉佛——以菅原道真而言，他不仅终生是佛教的信奉者，有时甚至还以佛门弟子自居，《忏悔会，作三百八言》一诗即云："可惭可愧谁能劝？菩萨弟子菅道真"。在"敕撰三集"产生的时代，最澄、空海等诗僧虽然不可能成为以嵯峨天皇为首的宫廷汉诗沙龙的正式成员，但却被这一沙龙奉为座上宾，经常应邀出席沙龙所举办的吟咏活动；与此同时，包括嵯峨天皇在内的所有沙龙成员也不时过访诗僧所在寺院，主动登门与他们研讨禅理和切磋诗艺。这样，彼此间的奉酬唱和也就是常有常见的事情了。仅《文华秀丽集》与《经国集》的"梵门类"，即收有这类汉诗作品 59 首。其中，嵯峨天皇的《答澄公奉献诗》、《和澄公卧病述怀之作》等篇皆为酬答最澄而创制，且大多提及最澄游谒天台的经历，如《答澄公奉献诗》开篇即云："远传南岳教，夏久老天台"。良岑安世的《登延历寺拜澄和尚像》一诗亦云："溟海占杯路，天台转法轮"。在《本朝丽藻》、《本朝无题诗》产生的时代，缙绅诗人们同样与擅诗的留学僧保持着密切的交往，源顺的汉诗名篇《五叹吟》其三便为哀悼殉身于浙东天台的诗僧而作：

天台山上身遄没，落泪唯闻雅誉残。

午后松花随日曝，三衣薜叶与风寒。

写瓶辨智独知易，破衣方便□不难。

岂计香烟相伴去，结愁长混行云端。

可以说，无缘亲履天台的缙绅诗人们是通过游历天台的留学僧来认识天台、并进而认识发端于天台的"浙东唐诗之路"的。不过，一旦获得对天台的全面认识，在他们心目中，天台便不再只是佛教名山，而且成为"造化钟神秀"的风景胜地。桑原腹赤《泠然院各赋一物得瀑布水应制》一诗从侧面反映出这一点：

> 兼山杰出院中险，一道长帛曳布开。
> 惊鹤偏随飞势至，连珠全逐逆流颓。
> 岩头照日犹零雨，石上无云镇听雷。
> 畴昔耳闻今眼见，何劳绝粒访天台。

作者认为"眼见"的泠然院瀑布足以与"耳闻"的天台山瀑布相媲美，正说明天台山瀑布为其神往已久。在这里，天台作为风景胜地的一面得以凸现，作为佛教名山的一面则被淡化。这也就意味着平安朝的缙绅诗人们虽然是以留学僧为媒介来认识天台的，却没有采用奉佛者的观察角度与鉴赏眼光——对天台是这样，对发端于天台的"浙东唐诗之路"又何尝不是这样呢？

第四章　东瀛汉诗对中国古典诗歌的变革与改造

一、作家篇:菅原道真与中国古典诗歌

　　在东瀛汉诗的发轫时期,空海、嵯峨天皇等人的成就与贡献无疑是令人瞩目,并应当著之竹帛、彪炳后世的。但在平安朝汉诗发展史上,更应大书特书的人物还是菅原道真,因为这位诗坛巨擘的成就与贡献又迥然拔乎空海、嵯峨天皇等人之上,而臻于平安朝汉诗的顶峰。尽管空海与嵯峨天皇都不失为独步一时的天才诗人,但在菅原道真所辐射出的灿烂光焰的笼罩下,他们却不免黯然失色。而从诗歌发展史的角度来考察,菅原道真进入我们视野的意义便在于:在中国古典诗歌衍生与演进于东瀛的历史过程中,他是至为关键的人物之一——在以无与伦比的热情对中国古典诗歌进行摹拟与师法的同时，他还尝试着对中国古典诗歌进行了某些改造与变革，虽然后者往往是不自觉或者不成功的。

（一）

菅原道真（845—903）名阿古，字三，故世称菅三。以"三"为字，应当不仅仅是因为他在兄弟中排行第三的缘故，但其中究竟有什么深意，已经毫无考稽的线索了。至于"道真"，则是其讳。不过，此讳一出即通行于世，成为人们沿用的称呼，其名与字反倒很少有人提起，几乎近于湮没无闻了。比五山、江户时代的一些诗坛巨匠要幸运得多，道真并非出身"孤寒"，而有一个虽不显赫却甚清荣的值得骄傲的家世——当然，他后来又为这一家世增添了更多的值得骄傲的内容。他的曾祖父菅原古人，从奈良朝至平安朝初，一直为皇室侍讲汉文学，不慕荣利，德行为世所高。卒后家无余财，诸儿寒苦。延历中追赏古人侍讲之功，给其四子衣食，以勤其学业。道真祖父菅原清公是四子中最为出类拔萃的一个。曾随遣唐使入唐，归朝后任文章博士。历仕嵯峨、淳和、仁明三朝，被誉为"国之元老"。博通经史，尤属意于汉文学，是以嵯峨天皇为首的宫廷汉诗沙龙的主要成员，屡与嵯峨等相酬唱，并曾参与《凌云集》和《文华秀丽集》的编撰事宜。其地位约略相当于初唐时名列"文章四友"之首的宫廷诗人杜审言。而他与杜审言更为相似的一点则是：都有一个光大祖业、成为诗中圣哲的孙儿。清公生有二子，一曰善主，一曰是善。是善即菅原道真之父。夙慧,11 岁时侍于殿上,后为文章博士兼东宫学士,又任大学头,拜参议。曾与藤原基经等编修《文德实录》。尤精文字音韵之学,著有《东宫切韵》20 卷、《会分类聚》40 卷、《集韵律诗》10 卷及《菅相公集》10 卷等,著述远较杜审言之子、杜甫之父为丰。因此,道真的家学渊源是极其深厚的。很难想象,如果没有如此深厚的家学渊源,没有幼承父祖教诲及书香熏染的经历,他仍能成为平安朝诗坛的冠冕。

道真能成为平安朝诗坛的冠冕,与他在汉诗创作方面所独具的神睿天赋也是分不开的。这种天赋在他童年时代即充分表现出来。11 岁时,道真赋《月夜见梅花》诗,令业师岛田忠臣惊叹不已。诗云:

> 月耀如晴雪,梅花似照星。
> 可怜金镜转,庭上玉房馨。

以灵动之笔对月光与梅花进行交替描写,虽未脱稚气,却颇具章法。尤其是以“金镜转”比喻月光的流动、“玉房馨”比喻梅香的播扬,见出作者不仅具有丰富的想象力,而且已掌握侧面烘托等艺术技巧。14 岁时,道真又作《腊月独兴》诗:

> 去冬律迫正堪嗟,还喜向春不敢赊。
> 欲尽寒光休几处,将来暖气宿谁家。
> 冰封水面闻无浪,雪点林头见有花。
> 可恨未知勤学业,书斋窗下过年年。

如果说三年前他还只敢尝试五绝的写作的话,那么,现在他的才力则已经达到能较熟练地驾驭七律的程度了。中间两句依律采用对仗句,虽欠老成,却是很工整的。此外,这首诗还有一处应当特别指出的地方,那就是"欲尽寒光休几处,将来暖气宿谁家"一联,句式酷肖白居易《钱塘湖春行》的颈联:"几处早莺争暖树,谁家新燕啄春泥",很可能是由白诗脱胎而来。这说明他在 14 岁以前就已经接触并研习《白氏文集》,同时也说明他的汉诗创作是由学习、模仿白诗开始的。而后来的事实表明,这种对白诗的学习、模仿是持续了相当长的一个时期的,甚至终其一生都未能完完全全地洗去模仿的痕迹。道真少年时代的作品,留存至今的还有一首《残菊》诗:

十月玄英至,三分岁侯休。

暮阴芳草歇,残色菊花周。

为是开时晚,当因发处稠。

染红衰叶病,辞紫老茎凋。

露洗香难尽,霜浓叶尚幽。

低迷凭砌脚,倒恶映栏头。

露掩纱灯点,风披匣麝浮。

蝶栖犹得夜,蜂采不知秋。

已谢陶家酒,将随郦水流。

爱看寒暑意,秉烛岂春游。

这是道真 16 岁时所作。用挑剔的眼光看,用笔似过于繁冗,对残菊之"残"似也揭示得不够充分,只有"染红衰叶病,辞紫老茎凋"一联触及残菊的形象特征,其余的笔墨则都给人所刻画的是"秋菊"而非"残菊"的感觉,这表明作者的功力"尚有欠焉"。但不仅其诗情是充沛的,而且其诗思也是流畅的,故而笔酣墨饱,气盛文雄。它同样反映出一位虽未出道、却已锋芒初露的汉诗天才的卓异禀赋。

然而,道真却并没有陶醉于自己的汉诗天赋,也没有以获得这种天赋为满足。他深知后天的刻苦实践对于造就一位诗坛巨匠的重要性,因而从少年时代起便保持着黾勉的实践精神,在父祖及岛田忠臣等声望正隆的诗坛前辈的悉心指导下,不断进行创作实践。以上引录的《月夜见梅花》、《腊月独兴》、《残菊诗》等实际上都只不过是他少年时代的练笔之作。这种实践的热情,在他 18 岁应进士举前夕高涨至极点。他曾在《赋得赤虹篇》这一七言十韵的题下自注道:"临应进士举,家君每日试之。虽有数十首,采其颇可观,留之。"虽说每日课诗,很大程度上是出于应试的需要,但如果没有内在的热情作为原动力,那么,这种练笔实践将是极为枯燥并难以持久的;而道真非但没有枯燥之感,且能持之以恒,正说明他内在的热情是十分旺盛的。只是他后来对那些带有过于明显的功利目的的试前习作并不看重,只留下了其中的颇可观者,那就是今见于《菅家文草》的《赋得赤虹篇》、《赋得咏青》、《赋得躬桑》、《赋得折杨柳》等四篇作品。其中,一首为七言十韵,一首为五言十韵,两首为五言六韵,大概都属于应试诗的固定体式。至于诗作本身,除了显示出技巧的日渐圆熟、才思的日渐敏捷外,注入其中的内容都无足称道。当然,从 23 岁成为文章得业生至 26 岁对策及第,这三年间,道真为集中精力应付策试,不得不暂时中断创作汉诗的实践,而只在技痒难耐时偶一为之。其《献家集奏状》记云:"二十六对策以前,重帷闭户,涉猎经典,虽有风月花鸟,盖言诗之日甚少焉。"但这以后,他却以加倍的热情倾注于汉诗创作。而从另一意义上说,这一时期的广涉经典,进一步丰富了他的汉学修养,对他的汉诗创作也不无裨益。因此,无妨认为这是他为日后成为诗坛巨匠所进行的另一种投资与积累。

深厚的家学渊源,神睿的汉诗天赋,黾勉的实践精神,这是道真得以成为诗坛巨匠的三个不可或缺的条件。但这还不是全部条件,在我看来,更重要的条件还是其曲折的生活道路和创作道路。如果不是在生活道路上遭遇到一系列挫折,从而跻身于蒙受不白之冤的失意者的行列,体验到谪居穷乡僻壤的困顿和心迹无可告白的愁苦,并接触到社会生活的底层以及在社会底层生活的贫苦百姓,逐渐由"诗臣"蜕变为"诗人",那么,他在诗中所表达的感情与那些春风得意、居高临下的名绅显宦就不会有太大的差异,他所构筑的汉诗世界也就不会像现在这样广阔而饶有底蕴了。而归结到话题上来,平安朝诗坛的冠冕也就非他莫属了。"文章憎命达"、"诗穷而后工",分别为杜甫和欧阳修总结、概括出的这两句具有普遍意义的名言,由道真的汉诗创作道路可得到又一次验证。

　　菅原道真的汉诗创作历程和他的生活历程一样,是在蜿蜒中伸展、迂回中推进的——他一生的汉诗创作,经历了占尽"诗臣"风流的仕宦显达时期,初现"诗人"本色的谪守赞岐时期,游移于"诗臣"与"诗人"之间的重返台阁时期,以及"诗人"角色最终定位的贬居太宰时期。唯其如此,作为中国古典诗歌在东瀛的天才"传人",他的创作生活似乎比中国本土的古典诗人更显得丰富多彩。

　　1.仕宦显达时期:占尽"诗臣"风流

　　这一时期自贞观二年(862)至仁和元年(885),即由道真18岁至41岁。道真早年的仕途是堪称一帆风顺的:18岁进士及第,26岁又以文章生对策及第。其后历任少内记、兵部少辅、民部少辅、文章博士、加贺权守三官兼务等职,先后被清和天皇与阳成天皇倚为股肱之臣。同时,他的冠绝一世的汉诗天才,又使他在各种宫廷诗宴上占尽风流,从而更为天皇所爱重。这种境遇不仅令才智平平的同僚因羡生妒,道真自己也因此而有些志得意满,《戊子之岁,八月十五日夜,陪月台,各分一字》透露了这一消息:

　　　　　　诗人境遇感何胜,秋气风情一种凝。
　　　　　　明月孤轮家万户,此间台上是先登。

　　把玩此诗,似乎暗寓早登台辅、先沐圣恩的快意之情。与此相印证,他的《讲书之后,戏赠诸进士》一诗则云:

> 我是茕茕郑益恩，曾经折桂不窥园。
>
> 文章暗被家风诱，吏部偷因祖业存。
>
> 劝道诸生空赧面，从公万死欲销魂。
>
> 小儿年四初知读，恐有畴官累末孙。

　　诗中自注："文章博士，非材不居；吏部侍郎，有能惟任。自余祖父降及余身，三代相承，两官无失，故有谢词。"自得自矜之意，几乎溢于言表。诗末强调其子年仅四岁即已启蒙，似乎是暗示：后代必能绍己箕裘，不隳祖业。这固然表明他为人还不够含蓄、深沉，但也说明他并非老于世故者，无意韬迹晦光、藏愚守拙，而愿以坦诚之心与世人相见。

　　尽管公事鞅掌，道真的诗兴却始终是健旺的、高昂的。这一时期，道真共留下 18 首汉诗作品。但客观地说，其中佳作甚少，因为应制奉和之作以及游戏笔墨的探韵、探题之作占有很大的比例。需要指出的是，道真对应制诗的创作并不厌倦；同时，他似乎并不以作一介"诗臣"为辱。在《早春侍内宴，同赋无物不逢春应制》一诗中，他曾以"诗臣"自称："诗臣胆露言行乐"。唯其是"诗臣"，就不能不在诗中，尤其是应制诗中作颂圣之语。其《九日侍宴同赋喜晴应制》一诗有云：

> 重阳资饮宴，四望喜秋晴。
>
> 不是金飚拂，应缘玉烛明。
>
> 无为玄圣化，有庆兆民情。
>
> 献寿黄华酒，争呼万岁声。

这已未能免俗,而有的应制诗更出以绮靡之笔,如《早春内宴,侍仁寿殿,同赋春娃无气力应制》:

> 纨质何为不胜衣,漫言春色满腰围。
> 残妆自懒开珠匣,寸步还愁出粉闱。
> 娇眼层波风欲乱,舞身回雪霏犹飞。
> 花间日暮笙歌断,遥望微云洞里归。

当然,作者并不是主动选择这样的题材以表现内心的情感冲动的,而是就既定的诗题来驰骋笔墨。同时,作品本身也不像六朝宫体那样流动着肉欲,但也没有丝毫的讽谏成分。看得出,作者对这样的题材还是有兴趣的,至少是愿意接受的。另外,无须为贤者讳,道真这一时期还有更为庸俗无聊的作品,那就是《感源皇子养白鸡雏,聊叙一绝》:

> 治水残片雪孤团,怪问鸡雏子细看。
> 养得恩荣交杵白,因君一到五云端。

这不是应制诗,格调却比一般的应制诗还要卑下,因为它是作者为取悦于皇子而主动赋写的。观诗题似属有感而作,但诗中却并没有感兴可言,一个"感"字,不过是掩盖其卑微动机的幌子。

纵观道真这一时期的汉诗创作,由于高高在上的社会地位造成了他生活空间的狭窄和生活内容的相对单调,一帆风顺的仕宦经历又使他对生活的本质和社会的阴暗面缺乏必要的体认,所以,思想的深度、情感的浓度、视野的广度以及语言的力度都是远远不够的。如果沿着这一时期的创作趋向继续发展下去的话,那么,他充其量只能成为超一流的"诗臣",而绝不可能被后人推为诗中圣哲。当然,这样说,并不意味着道真这一时期的汉诗创作一无可以称道者,至少他的一些抒情小诗是足堪讽咏的。如:

秋月不知有古今,一条光色五更深。

欲谈二十余年事,珍重当初倾盖心。

——《八月十五夜,月前话旧》

秋来六日未全秋,白露如珠月似钩。

一感流年心最苦,不因诗酒不消愁。

——《七月六日文会》

前诗以亘古如斯的秋月相烘托,抒写了作者笃于友谊的情怀。后诗身在文会,却不渲染文事之盛,而对月感兴,自伤流年,也是别出机杼的。当然,该诗是道真25岁左右所作,彼时的道真因锦绣前程已迤逦展开,是踌躇满志的,似不当有太多的忧愁需要诗酒来消释。因而,"一感流年"云云,似乎属于"少年不识愁滋味,为赋新词强说愁"之类。

不过,当这一时期行将结束,即道真年届"不惑"时,他却真的体验到了"愁滋味",而记录了这种愁滋味的作品自然也是值得刮目相看的。如《余近叙诗情怨一篇,呈营十一著作郎,长句二首,偶然而酬,更依本韵,重答以谢》:

> 请君好吟一篇诗,唯恨无人德务滋。
>
> 谗舌音声竿尚滥,原颜脂粉镜知嗤。
>
> 云生不放寒蟾素,桂死何胜毒蠹缁。
>
> 销骨原来由积毁,履冰未免老狐疑。
>
> 生涯我是一尘埃,宿业频遭世俗猜。
>
> 东阁含将真咳唾,北溟卖与伪珍瑰。
>
> 三条印绶依恩佩,九首诗篇奉敕裁。
>
> 凡眼昏迷谁料理,丹鸦镜挂碧霄台。

作者的"怨"与"愁",起源于谗言的诋毁。显然,他是因才高、名盛、位尊而为世俗小人所嫉恨,并受到他们的恶意中伤。这一方面使他不免含怨抱愁,另一方面,他又没有沉溺于怨愁之中,而对那些厚颜无耻的世俗小人报以愤怒的笔伐。在这首诗中,讨伐之声是多于怨愁之情的。这说明此时的道真不乏与世俗小人锋刃相向的锐气。

2. 谪守赞岐时期:初现"诗人"本色

这一时期自仁和二年(886)至宽平二年(890),即由道真 42 岁至 46 岁。世俗小人的交相谗毁,终于使新近即位的光孝天皇怀疑到道真的忠诚,而贬其为赞岐守。尽管道真对谗言有可能造成的后果早有所料,但谗言的后果竟严重到天皇问罪、放逐赞岐的地步,却是他所料未及的。唯其如此,除了震惊、愤怒外,他还感到一种前所未有的哀痛。写于赴任途中的《送春诗》云:

> 春送客行客送春,伤怀四十二年人。
> 思家泪落书斋旧,在路愁生野草新。
> 花为随时余色尽,鸟如知意晚啼频。
> 风光今日东归去,一两心情且附陈。

因是行路口占之作,不暇字斟句酌,所以对仗不甚工整,声律也偶有未谐,但诗中袒露出的哀痛情怀却是真切而深挚的,决不同于达官贵人的无病呻吟,也不同于作者前期的强为说愁。如果说此前的作者还未能形成自己的创作风格的话,那么,随着赞岐谪居生活的开始,他则进入了自己的创作风格的形成期,而这种创作风格的基本特征也许可以概括为芳悱缠绵四字。

芳悱缠绵的风格特征的表现之一是,喋喋不休地在诗中倾诉坎壈失意的牢愁和对昔日春风得意的京城生活的怀念,笔调哀婉凄切,情感沉郁苍凉。《秋天月》云:

> 千网消亡千日醉,百愁安慰百花春。
> 一生不见三秋月,天下应无肠断人。

其实,又岂止是对月肠断? 自然界的秋月春花,夏雨冬雪,无不牵系着他内心的"千闷"、"百愁",使他低回不已。《旅亭除夜》云:

> 驱策四时此夜穷,旅亭闲处甚寒风。
> 苦思洛下新年事,再到家门一梦中。

"洛下",此处指京华。苦思京华,是因为那里不仅有他自幼熟悉的优裕的生活环境和繁华的都市风景,有与他休戚相关、荣辱与共的亲人和在危难时能援之以手的友人,而且有他多少年为之奋斗、并使他的生命热能得到最大限度释放的事业。故而,他"求之不得,寤寐思服"。在作者这一时期着力最勤的七言律诗中,同样飘逸出如泣如诉的哀婉音符。如《冬夜闲居话旧,以霜为韵》:

> 怀旧犹胜到老忘,多言且恐损中肠。
> 交游少日心如水,闲话今宵鬓有霜。
> 不恨寒更三五去,无堪落泪百千行。
> 相论前事故人在,只是当时我独伤。

显然,因谗见逐,天阍难启,带给作者的是中肠摧彻的忧伤,以至他常常以泪洗面,并习惯性地将"泪"字嵌入诗行,从而使他这一时期的述怀诗中总是流溢着缠绵悱恻的情思。

不过，此时的作者虽然忧伤，并不绝望；尽管愁苦，依旧执著。因而其诗中鲜见高蹈出世之想和归隐田园之意。此外，有别于一般的迁客逐臣的是，他不愿遁迹醉乡，因此很少借酒浇愁，而习于以诗遣闷。在他看来，更能抚慰其创痕累累的"陆沉心"的是诗，而不是酒；在朗咏声中消释胸中块垒，这才是"诗人"本色。有诗为证：《冬夜闲思》既云："性无嗜酒愁难散，心在吟诗政不专"；《秋》亦云："不解弹琴兼饮酒，唯堪赞佛且吟诗"。何以嗜诗如此？他的解释是："赞州刺史本诗人"（《题驿楼壁》）。

政治地位的降落和生活空间的转移，使道真得以走向现实、走向人民，从而给他的汉诗创作注入了生生不已的活力，带来了新的具有典型性的题材和内容。道真曾感叹左迁赞州是"长断诗臣作外臣"（《三月三日侍于雅院，赐侍臣曲水之饮应制》），其实，从其汉诗创作的发展嬗变轨迹看，这句话也可修改为"长断诗臣作诗人"。这就是说，如果没有谪居赞岐这一生活中的巨大变故，他也许永远只是一介诗臣；幸赖这一变故，他才由诗臣蜕变为真正的诗人。所以，道真这一时期汉诗创作的转变，在我看来，主要便意味着由诗臣到诗人的转变。谓之真正的诗人，是因为他这时对民瘼寄予了真诚的关心和深切的同情，并试图通过对民瘼的咏叹来揭示时弊。这方面的代表作有《寒早十首》、《路遇白头翁》、《问蔺筍翁》等等。在《路遇白头翁》中，作者借"行年九十八"的白头翁之口，披露了贞观以后由于吏治腐败而带来的经济萧条、民生凋敝的社会现实：

　　　　虽有干灾不言上，虽有疫病不哀怜。

　　　　四千余户生荆棘，十有一县无灶烟……

　　毫无疑问，只有离开宫廷台阁，介入社会底层，介入现实生活（在他只能是"介入"，而不是"深入"），他才有可能创作出这样的体现了现实主义精神的作品。因此，谪守赞岐，就其政治生涯而言，当然是憾事；就其创作生涯而言，则又未必不是幸事了。生活往往给失意者以某种补偿，使他在有所失的同时也有所得。我以为，谪居赞岐的五年，在道真是"得"大于"失"的，至少从汉诗创作的角度看是这样。

　　3. 重返台阁时期：游移于"诗臣"与"诗人"之间

　　这一时期自宽平三年（891）至昌泰三年（900），即由道真47岁至56岁。赞岐任满后，道真终得奉诏回京。宽平三年，宇多天皇许其升殿，并命其代藤原时平任藏人头。这以后，他累进参议、式部大辅、中纳言、权大纳言、右大臣等职。不仅又成为台阁重臣，而且其权高威重有过于左迁赞岐前。宇多天皇在《宽平遗诫》中既称他为"鸿儒"，又褒扬他"深知政事"。这实际上是从为学、为政两方面对他的才能予以了肯定。这样，他原先晦暗、阴郁的心境便为明朗、乐观的心态所取代。他重振当年之雄风，力图有所作为。这当然也反映在他的汉诗创作中。《冬夜呈同宿诸侍中》有云：

幸得高跻卧九霞，同宵守御翠帘斜。

御沟碎玉寒声水，宫菊残金晓色花。

共誓生前长报国，谁思梦里暂归家。

侍中我等皆兄弟，唯恨分襟趁早衙。

"共誓"一联倾吐了作者为国事"鞠躬尽瘁，死而后已"的心声。在《游龙门寺》一诗中，作者也巧借与樵翁的对话，表明了自己对国事的专诚："樵翁莫笑归家客，王事营营罢不能"。看得出，由边荒重返台阁，虽是理所必至，道真对天皇却是感激涕零、并矢志以报的。

不过，重返台阁，对道真来说，在政治上固然得到了过去所失去的，在创作上却又失去了过去所得到的。由于他位极人臣之荣，割断了与社会底层的联系，便再也无法结撰出《寒早十首》《路遇白头翁》那样的深刻反映社会现实的作品，而使汉诗创作的题材与内容重新受到拘囿。这是境遇使之然，并不意味着道真的创作宗旨的自觉转移。生活天地的狭窄，使他习于且乐于表现与诗朋文友游乐聚会的情景：

鸟声人意两娇奢，处处相寻在在花。

身已迁乔来背翼，道如求友趁回车。

风温好被绵蛮唤，景丽宜哉绣羽遮。

闲计新巢红树近，苦思旧谷白云赊。

千般舌下闻专一，五出颜前见未斜。

大底诗情多诱引，每年春月不居家。

——《诗友会饮，同赋莺声诱引来花下》

公务之暇,热衷于诗酒交欢,这正是道真早年的面目。而由诗题后的自注"勒花车遮赊斜家"可知,这群诗友在会饮时不仅同赋一题,而且同勒一韵。这也与道真早年的积习相惬。当初辞别京华、远赴赞州时,道真曾慨叹将"不见明春洛下花"(《相国东阁饯席》);谪居赞州期间,又每每"苦思洛下新年事"(《旅亭除夜》)。这一"洛下事"即便不是专指与诗友花前讽咏之韵事的话,至少也应包括这一韵事在内。如今,既然这一韵事已不再属于梦幻世界,他怎能不付出加倍的热情呢?

五年的谪居生活,使道真由"诗臣"进化为"诗人";如今,在向自我皈依的过程中,他则又由"诗人"还原为"诗臣"。而"诗臣"的主要使命便是创作精美的应制诗,以点缀宫廷宴乐场面,满足崇尚风雅的天皇的审美欲求。这在道真是驾轻就熟,并不觉其艰难的。同时,在"久违"这一使命后,道真也是乐于承担它以显示自己宝刀未老的。检点道真这一时期的诗作,应制诗多达47首,占全部诗作的三分之一以上。在它们中间,自然包括一些歌颂圣恩、赞扬圣德之作。然而,政治上失去的,可以全部重新得到;创作上得到的,却不会全部重新失去。仔细寻绎道真这一时期的应制诗,我们可以发现,由于有了谪守赞岐这一段惨痛经历,较之他早年的应制诗,它们又毕竟增添了一些东西,那便是沉郁之气、苍凉之感和忧患之意。这说明,道真这一时期的应制诗虽然仍带有应制诗的种种特征,却已经不是他早期的应制诗的简单重复了。换言之,道真这一时期虽然仍虔诚地扮演着"诗臣"的角色,内心世界却比早年扮演这一角色时要复杂、深沉得多了。如《重阳节侍宴，同赋天际识宾鸿应制》：

> 秋风拂拭易排虚，道路依晴稚羽初。
>
> 碧玉装筝斜立柱，青苔色纸数行书。
>
> 时霜唯痛寒频着，沙漠不知几里余。
>
> 宾雁莫教人意动，向前旅思欲何如？

用笔凝重而执著。诗中对宾鸿的孤寒处境的渲染，分明糅有作者谪居赞州时的实际体验。唯其如此，诗的感情基调是沉郁的。

应制之作尚且如此，在道真这一时期的非应制之作中，就更容易找到过去的苦难岁月所留下的痕迹了。尽管此时与早期一样平步青云、权高威重，却不像早期那般自得之意溢于言表，相反，倒能居安思危，对随时有可能前来造访的不测之祸保持警惕。这在下列二诗中得到了艺术的反映：

> 分任浮沉行路难，执鞭今到碧云端。
>
> 紫宸朝谒开身早，明月夜吟入骨寒。
>
> 累卵相思长失步，衔珠欲报晚忘餐。
>
> 余香不被他人染，唯恐秋风在败兰。
>
> ——《金吾相公不弃愚拙，秋日遣怀》

> 曾向簪缨行路难，如今杖策处身安。
>
> 风松飒飒闲无事，请见虚舟浪不平。
>
> ——《闲适》

虽然"行路难"的感叹已经属于过去,眼下的作者高踞"碧云端",没有理由不产生"处身安"之感。但那一感叹的回声却长久地震荡在他的脑海中,使他不能高枕无忧,而常常设想"等闲平地起波澜"的种种可能性,以致徒有"闲适"之态,却无"闲适"之心。

4. 贬居太宰时期:"诗人"角色的最终定位

这一时期自延喜元年(901)至延喜三年(903),即由道真57岁至59岁。正如道真所担忧的那样,随着其声望日隆、官位日显,权奸藤原时平再也按捺不住嫉恨之心,便向醍醐天皇诬告道真"存废立之志";其他一些世俗小人亦摇唇鼓舌,密与配合;以致天皇一时失察,将道真贬为太宰权师,且令其子女异处。于是,道真又一次开始了谪居生涯。临发京都,赋《读乐天北窗三友诗》以遣愁怀,中云:

> 自从敕使驱将去,父子一时五处离。
>
> 口不能言眼中血,俯仰天神与地祇。
>
> 东行西行云渺渺,二月三月日迟迟。
>
> 重开警固知闻断,草寝辛酸梦见稀。
>
> 山河邈矣随行隔,风景黯然在路移。
>
> 平到谪所谁与食,生及秋风定无衣。
>
> 古之三友一生乐,今之三友一生悲。
>
> 古不同今今异古,一悲一乐志所之。

作者此时的哀痛比首次因谗见逐时还要深巨。相传经由明石驿时,驿长见惊,道真铿尔相慰:"驿长莫惊时变改,一荣一落是春秋",似乎有一种处变不惊的沉着,一种不计荣辱的通脱。但事实上,他却并不能超然物外,不为名场得失、仕途进退所动。一抵太宰府,他即闭门不出,潜心于诗文创作,聊以排遣忧愤、消磨岁月——这时,他终于把自己完全定位于"诗人"这一角色。

道真这一时期所创作的汉诗都收录于《菅家后草》,总数为39首。统观这39首作品,感情基调与谪守赞州期间的作品相近而更见哀婉忧伤。这或许是因为谪守赞州时,作者虽然时有鬓发染霜之叹,毕竟春秋正富。加以初度遇挫,悲愤则悲愤矣,对前途却并不绝望。而今,作者已届暮年,精力较前大为衰减,又久历宦海风波,对尔虞我诈、机弩四伏的官场内幕有了更深刻的体认。大彻大悟的结果,使他对前途不复抱有希望。"哀莫大于心死",此时的道真虽不至于心如死灰,但身心都日趋枯槁,却是无法、也无须掩盖的事实。从他渐趋于干涸的心田里流淌出来的只是苦涩而辛酸的泪水。《自咏》云:

> 离家三四月,落泪百千行。
>
> 万事皆如梦,时时仰彼苍。

不仅频频挥泪,而且每每仰天长吁——怨天道不公,使自己蒙冤受屈,两度沉沦。《灯灭二绝》其二用笔与此略同:

秋来未雪地无萤,灯灭抛书泪暗零。

迁客悲愁阴夜倍,冥冥里欲诉冥冥。

泪流满面之际,亦欲将一腔悲愁诉与冥苍。同时,"灯灭",在这里或许还有其象征意义。成日浸泡在泪水中,他的感觉器官却并没有麻木。晨钟暮鼓、蛙鸣雁唳,都能引起他心灵的感应,使他十分伤感,又添十分:

欲织槌风报五更,三涂八难一时惊。

太奇春夏秋冬尽,为我终无拔苦声。

——《听钟声》

我为迁客汝来宾,共是萧萧旅泊身。

倚枕思量归去日,我知何岁汝明春。

——《闻雁》

钟声终年含悲,仿佛有意为作者一诉苦情——至少在作者听来是这样,而雁声则使作者倍加自怜自伤:同样漂泊于此,大雁明春即可归去,自己却归期难卜,很可能客死这穷乡僻壤。至于春秋代序,寒暑更易,当然也都牵动着他的愁思,促使他对传统的"伤春"或"悲秋"主题进行独到的发挥:

黄萎颜色白霜头，况复千余里外投。

昔被荣华簪组缚，今为贬谪草莱囚。

月光似镜无明罪，风气如刀不破愁。

随见随闻皆惨栗，此秋独作我身秋。

——《秋夜》

"草莱囚"，这就是作者对自己此时的身份的确认。正因为实际身份如此不堪，而他又执信这种身份至死也不会改变，所以在这秋风萧瑟、秋气萧条之际，所见所闻便都令他"惨栗"无已。"此秋独作我身秋"，倾吐的是一种独自摇落、独自偃蹇、独自憔悴的哀怨心声。对世道人心的极度失望，使道真有意离群索居，将自己的身心都禁锢在汉诗的世界里。《不出门》云：

一从谪落就紫荆，万死兢兢蹐踞情。

都府楼才看瓦色，观音寺只听钟声。

中怀好逐孤云去，外物相逢满月迎。

此地虽身无检系，何为寸步出门行？

这是自我封闭的宣言，而自我封闭的结果，也就使他无法再度介入现实生活和社会底层，体察劳苦大众的更为沉重的灾难与不幸，并代他们作不平之鸣，而只能长久地沉溺在一己的痛苦中不能自拔。这样，他这一时期的作品，虽然对个人的失志之痛和失路之悲的抒写或许比谪守赞岐时期更为出色，但反映社会现实的深度与广度反倒不如谪守赞岐时期了。当然,有时道真也强作自我安慰之语,以期淡化弥漫在胸臆间的愁云恨雾。《官舍幽趣》云:

> 郭中不得避喧哗,遇境幽闲自足夸。
> 秋雨湿庭潮落地,暮烟萦屋润深家。
> 此时傲吏思庄叟,随时空王事释迦。
> 依病扶持藜旧杖,且啼吟咏菊残花。
> 食支月俸恩无极,衣苦风寒分有涯。
> 忘却是身偏用意,优于谊舍在长沙。

虽地处僻远,却有幽闲之境可供吟赏,又兼衣食无虞,因而作者自觉境况较贾谊流放于长沙时为优。类似的自慰之意也表露在《慰小男女》一诗中。这种世俗化的类比方法本身就是可怜复可悲的。相形之下,在《叙意一百韵》和《哭藤州奥使君》等抒情长卷中吞声饮泣、痛不欲生的道真,也许要显得更加真实、更加亲切些。由于心情的极度抑郁,延喜三年(903)2月25日,道真终于赍志以殁,结束了其大悲大喜的一生。

考察道真的生活历程和创作历程,我们也许可以达成以下共识:如果说道真的全部生活乐章是由得意、失意、再得意、再失意这交替奏鸣的四部曲构成的话,那么,与此相对应,他在诗坛上向世人展示的面目则是"诗臣"与"诗人"的不断重复——当然不是简单的重复。每当得意时,他都自觉或不自觉地充任"诗

臣";反之,每当失意时,主客观两方面的动力则都驱使他演变为
"诗人"。尽管某些日本汉学家更欣赏他作为"诗臣"时的风范,
我却认为生活将他造就为"诗人"后的作品才是弥足珍视的。归
根结底,还是一句老话:应当感谢生活的恩赐——是独有的丰富
多彩而又曲折多变的生活,使他从众多的"诗臣"中脱颖而出,成
为迥拔于流俗的真正的诗人,并最终成为彪炳史册的诗坛冠冕
的得主。

(二)

作为迥拔于流俗的真正的诗人,菅原道真的汉诗创作从思
想内容到艺术形式,都是独树一帜、足以令同侪愧于望尘的。不
仅如此,在师法中国古典诗歌的过程中,他还在一定程度上挣脱
了机械模仿的形态,表现出某些变革与改造的意向——尽管这
种变革与改造的努力有时很难奏效——这是尤为难得的。

诚然,从内容上看,为《菅家文草》和《菅家后草》所收录的
500余首汉诗作品中,有相当大的一部分可以混同于一般的侍
宴应制之作,并无明显的拔俗超群之处。但这并不是主流,或者
说,并不是其精萃之所在。如果撇开这部分仅能体现时代共性
而难以反映作者个性的庸常之作,就其中最能代表作者风貌的
精萃之作加以考察,那就不能不肯定它们有着鲜明的思想特色,
从而一方面足以区别并超拔于同一时代的其他作家别集,另一
方面也对中国古典诗歌的思想仓廪有所充实与丰富。

肯定《文草》与《后草》有着鲜明的思想特色,是因为——

其一,道真所致力的一部分题材不仅是他人所从未涉猎或极少涉猎的,而且是蕴含着深厚的思想内容或普泛的典型意义的,从中不难发现作者对现实、对人生的独特体验、独特思考和独特概括。

有别于诗坛侪类,道真在《文草》和《后草》中表现出强烈的愤世嫉俗的情绪,用犀利而又辛辣的诗笔,奋不顾身地向蝇营狗苟的世俗小人展开讨伐,并义正辞严地宣称自己将永远正道直行,而绝不屈心抑志、随俗俯仰。而这正是其鲜明的思想特色之所在。其《对残菊待秋月》一诗有句:"况复诗人非俗物",这表明他是把脱俗、绝俗当作诗人所必具的品性修养的。尽管事实上他自己也有未能免俗的一面(恰如中国诗歌史上最伟大的双子星座李白和杜甫那样)但他至少是要求自己不苟流俗、不媚世俗的,并且,大致上他也是做到了这一点而始终保持着浊世独立、横而不流的高尚人格的。唯其如此,他与世俗小人势同水火,两难相容。当世俗小人因妒火中烧而以极其卑劣的手段对他进行种种诽谤时,他不只是横眉冷对,而且迅速在诗中作出激烈的反应,因为嫉恶如仇的生性使他难以保持高傲的沉默。《诗情怨,呈菅著作,兼视纪秀才》一诗是这方面的代表作:

去岁世惊作诗巧，今年人谤作诗拙。

鸿胪馆里失骊珠，卿相门前歌白雪。

非显名贱匿名贵，非先作优后作劣。

一人开口万人喧，贤者出言愚者悦。

十里百里又千里，驭马如龙不及舌。

六年七年若八年，一生如水不须决。

一生如水秽名满，此名何水得清洁。

天鉴从来有孔明，人间不可无则哲。

恶我偏谓之儒翰，去岁世惊自然绝。

呵我终为实落书，今年人谤非真说。

虽然孔子早就说过："诗可以兴，可以观，可以群，可以怨"，但在日本平安朝时代，"怨"诗却极为罕见。而道真此诗不仅以"诗情怨"名篇，更将怨愤而又激昂的情绪化为裹挟着电闪雷鸣的诗行，让吠影吠声的世俗小人震慑于道义的力量。同时，他又深知孤军作战的不利，将此诗送呈"菅著作"、"纪秀才"的目的，显然是为了争取社会舆论的同情与声援。当然，情绪的过于激愤，使他但求一吐为快，而无心逐一清除创作过程中难免遇到的语言障碍，更无意字修句润，追求语言的圆转流美。这样，诗中的文字也就时见瑕疵了。同样抒写愤世嫉俗的情绪的还有《有所思》一诗：

君子何处恶嫌疑，须恶嫌疑涉不欺。

世多小人少君子，宜哉天下有所思。

一人来告我不信，二人来告我犹迟。

三人已至我心动，况复四五人告之。

虽云内顾而不病，不知我者谓我痴。

何人口上将销骨，何处路隅欲僵尸。

悠悠万事甚狂急，荡荡一生常崄巇。

焦原此时谷如浅，孟门今日山更夷。

狂暴之人难指我，文章之士定为谁？

三寸舌端驷不及，不患颜疵患名疵。

功名未立年未老，每愿名高年又耆。

况名不洁徒忧死，取证天神与地祇。

明神若不愍玄鉴，无事何久被虚词。

灵祇若不失阴罚，有罪自然为祸基。

赤心方寸唯牲币，因请神祇应我祈。

斯言虽细犹堪恃，更愧或人独自嗤。

内无兄弟可相语，外有故人意相知。

虽因诗与居疑罪，言者何为不用诗？

诮言的不胫而走，使作者身处嫌疑之中而义愤填膺，所谓"一人来告"、"二人来告"、"三人已至"云云，即李白《答王十二寒夜独酌有怀》："曾参不是杀人者，谗言三及慈母惊"之意。尽管他不可能像李白那样使语言的流速与情感的流速保持一致，从而使情感得到更自由、更酣畅的宣泄,但其情感的潮水却与李白一样汹涌澎湃,而其愤怒抗议的呼声也与李白一样撼人心魄。既然他是因擅诗而获嫌疑,那么,在他看来,洗清嫌疑和廓清谗言的使命,也应当由诗来担负。这就是篇末所谓"言者何为不用诗"。事实上,他不仅让诗担负起这一使命,而且将它锻造为掷向世俗小人的匕首和投枪。在当时,赋予诗如此这般的功能的,仅道真一人。

即使在贬居赞州、动辄得咎的日子里,道真也并没有完全藏掖起早年的锋芒,而不时让愤世嫉俗之情破臆而出,化为对世俗小人的冷嘲热讽。试看《书怀赠故人》:

> 在远想思一故人,花前月下海边春。
> 刘歆旧说君闻取,莫党同门妒道真。

以旁敲侧击的手法,将芒刺楔入与友朋的戏谑之语,表现了作者刚肠嫉恶、不肯稍屈的性格。通常认为平安朝时代是"以儒教为本位"的时代,这当然是不错的。但儒家诗教中的"美刺"之旨,缙绅诗人却仅仅贯彻了其中的"美"字,一味地对皇恩圣德作颂美之声,而丢弃了其中的"刺"字,既无意用诗来讥评时政,也不敢用诗来指斥奸佞。唯独道真逆潮流而动,将"美刺"二字都渗透、融化在诗中。如果说他作颂美之声更多的是为客观环境所役使的话,那么,他作讥刺之语则更多的是为主观情感所制导。换言之,道真之所以能时作讥刺之语,不仅仅是因为他对儒家诗教的领悟与贯彻较为全面,更因为他内心的情感冲动特别强烈,以致能摧毁一切有形的或无形的桎梏,将灼热的岩浆喷射到字里行间。而这种强烈的情感冲动,又是与他直面人生、执著今世的生活态度及刚正不阿、嫉恶如仇的性格特征密切相关的——为他的情感冲动提供生成的河床和释放的渠道的正是这种生活态度和性格特征。

确实,道真一生正道直行,宁折不弯,这使他对世俗小人的卑劣行径不唯愤恨,而且极为鄙夷。在《文草》与《后草》中,与愤世嫉俗之情的抒发相并行,道真再三表明自己刚正、耿直的个性。《哭奥州藤使君》有句:"虽有过直失,矫曲谁能比。"这与其说是为藤使君作"盖棺之论",不如说是对平生作为的一种自我肯定。《雪夜思家竹》则以竹自况:"抱直自低迷,含贞空破裂";"纵不得扶持,其奈后凋节"。虽因含贞抱直而惨罹"破裂"之祸,却绝无悔吝之意,他豪迈而坚定地宣称:任谁也奈何不得自己岁寒不凋的气节,即使在一无"扶持"的境地中也是如此。《奉谢源纳言移种家竹》一诗也借竹言志,向世人宣示自己的孤贞之节:

> 吟啸此君口弃飧,岂堪移去入朱栏。
> 空心为是天姿妙,瘦干宁非地势寒。
> 虽有旧编成蠹简,且妨新裁当渔杆。
> 梁王欲识孤贞节,清唤相如雪中看。

风骨凛然,令人感佩。而《早霜》一诗亦有"寒心旅客虽樗散,含得后凋欲守贞"句。这一类在当时极难觅得的作品,纵然不是振聋发聩的,至少也是惊世骇俗的。

其二,道真敢于越过他所隶属的那个阶层所人为设置的创作禁区,破天荒地将笔触伸向社会底层,以志在兼济的政治家的责任感和力求真实地反映现实的诗人的使命感,为生活在水深火热中的劳苦大众传写心声,并对他们啼饥号寒的境遇寄予深切的同情。

尽管在整个平安朝时期,缙绅诗人们都以学习、模仿白居易相标榜,但真正能够继承白居易"惟歌生民病,愿得天子知""但伤民病痛,不识时忌讳"的现实主义精神,致力于讽喻诗的创作,以求"补察时政"、"泄导人情"的,除了道真外,更无他人。请看以下两组作品:

闲尔皤皤一老人,名为蔺笥事何由?
生年几个家安在,偏脚句瘘亦具陈。

——《问蔺笥翁》

蔺笥为名在手工,颓龄六十宅山东。
毒疮肿烂伤偏脚,不记何年自小童。

——《代翁答之》

近前问汝更辛酸，年纪病源是老残。

卖筲村中应贱价，生涯应不免饥寒。

——《重问》

二女三男一老妻，茅檐内外合声啼。

今朝幸被殷勤问，扶杖归时斗米提。

——《重答》

"蔺筲翁"指从事草编一类手工劳动的老人。他因背驮足跛、难事力耕，而以编织"蔺筲"维持生计。但筲价方贱，又有"二女三男一老妻"需其赡养，所以不免饥寒交迫。"合声啼"，将其一家啼饥号寒的情景表现得凄惨而又逼真。而作者在表现这些时，所抱着的当然不是欣赏而是同情的态度。因此，"殷勤问"，绝非出于好奇，而是出于一个力图兴利除弊的地方长官对治下的州民的关切与悲悯。组诗以对话的方式来展开，既使所描写的事件与人物更趋生活化，也有利于感情的双向交流。由作者为蔺筲翁所代拟的答词看，他是设身处地地体会到了老人的困窘处境和悲凉心境，并有心在可能的范围内为改善其生活现状而呐喊呼吁和采取相应的赈济措施的。

显然，道真笔下的蔺筲翁的形象是有其典型意义的。可以说，蔺筲翁的遭遇实际上是班田制日趋崩溃之际广大下层人民的共同遭遇的一个缩影。这意味着作者在塑造这位自孩提起即苦苦挣扎于死亡线上的老人的形象时，是进行了典型化的处理，从而使这一形象能与更多的生活中的原型相叠印的。背景与地点的模糊,或许正是出于典型化的需要。这已能见出道真"惟歌生民病"的热忱。但这仅仅是道真"但伤民病痛"的一例——虽非微不足道的一例,却也不是最引人注目和发人深省的一例。相形之下,《寒早》十首在更为广阔的视野中展现出色彩斑斓的生活长卷;在这幅长卷上,栩栩如生地雕刻着生计艰难的"社会众生相",他们中间包括"走还人"、"浪来人"、"老鳏人"、"夙孤人"、"药圃人"、"驿亭人"、"赁船人"、"卖盐人"、"钓鱼人"、"采樵人"等等,尽管谋生手段各异,却都是处于社会底层的劳动者。逐一为这些"卑贱"的劳动者画像,在平安朝时代,这本身就是前无古人的,何况作者的笔墨中又倾注了那么多的同情和那么明显的警世、讽世之意。姑录其中三首:

其六

何人寒气早,寒早驿亭人。数日忘飱口,终年送客身。
衣单风发病,业废暗添贫。马瘦行程涩,鞭笞自受频。

其七

何人寒气早,寒早赁船人。不计农商业,长为傺直身。
立锥无地势,行棹在天贫。不屑风波险,唯要受雇频。

其九

何人寒气早,寒早钓鱼人。陆地无生产,孤舟独老身。
裹丝常恐绝,投饵不友贫。卖欲充租税,风天用意频。

作品中的主人公都是因丧失了农业生产资料而转事他业或出售苦力者,因而连"日出而作,日入而息"这样的虽然单调、却尚稳定的生活,在他们也只是一个遥远的梦。为了换取果腹之食和蔽体之衣,他们必须披星戴月、冲风冒寒地劳作。但即便如此,仍不免冻馁。"衣单风发病",正是对其冻馁之状的艺术概括。而造成这一切的则是苛酷的赋税。不是吗?其中的钓鱼人最终不得不卖掉赖以谋生的钓船以凑足租税。借用晚唐诗人聂夷中的诗句来说,这岂不是"医得眼前疮,剜却心头肉"(《伤田家》)?统治阶级竭泽而渔的行径由此可以得到最佳角度的观照。不难想象,在唯一的谋生工具也被剥夺以后,这位钓鱼人除了转死沟壑外,不会有别的可以稍解作者忧念之情的结局,而作者暗示这一结局,或许正是为了唤醒执政者的良知,促使他们调整有关律令和禁止酷吏胡作非为,以避免同样的结局在更多的生计困窘者身上重演。这就使作品具有了更深刻的现实意义和思想意义,庶几可视为中晚唐时期元白、皮陆等人的现实主义歌吟在日本平安朝诗坛的嗣响。可以说,《文草》与《后草》的思想光彩,主要是从这一类作品中焕发出来的。

在为饥寒交迫的下层人民诉苦情与鸣不平的同时,道真还曾表现含辛茹苦的士子在功名途中跋涉的艰难。他所描绘的"科场群生相",作为对生活的真实反映,与"社会群生相"一样是典型化的产物,不管其主观上是否自觉,在客观上则是与现实主义创作原则完全合拍的。这方面的代表作是《绝句十首,贺诸进士及第》。进士及第,对于渴望跻身仕途的士子来说,意味着多年的苦读终于有了令人满意的结果,这本是值得庆贺的事。但道真的这组作品虽以"贺诸进士及第"为题,却不作庸常的道贺之语,而以主要笔墨揭示这群幸运儿不为世人所知的另一面:在成功的背后,他们曾付出多么惨重的代价,作出多少非常人所能忍受的牺牲!试看三例:

> 人皆贺君我独伤,曾知对策老风霜。
>
> 龙门此日平三尺,努力前途万仞强。
>
> ——《贺田绕》

> 亲老在家七十余,每看膝下泪涟如。
>
> 登科两字千金值,孝养何愁无斗储?
>
> ——《贺野达》

> 少日偏孤冻且饥,长呼孔父济穷儿。
>
> 还家拜世何为谢? 手捧芬芳桂一枝。
>
> ——《贺多信》

在新科进士春风得意之际,作者独以黯然神伤之态重提其成功前的困顿与艰辛,似乎是大煞风景的事。其实,这正见出其良苦用心:作为深谙个中甘苦的"过来人",他重提辛酸的往事,不只是为了引发对方的知己之感,更是希望新科进士们能珍惜这来之不易的成功,继续保持艰苦奋斗、自强不息的精神。而另一方面,展示新科进士们曾经有过的种种痛苦与不幸,也未尝不是启发今日簇拥在他们周围的众多的欣羡者:要和他们一样获得成功,就必须加倍努力,并敢于作出牺牲,包括牺牲人人都应享有的温饱的权利。本着这双重目的,出现在作者笔下和读者眼前的自然不可能是鼓乐齐鸣、欢声雷动的喜庆场面,而只会是"亲老在家七十余,每看膝下泪涟如"与"少日偏孤冻且饥,长呼孔父济穷儿"的悲凉画面。这些画面的典型意义在于:它们既是对已第者过去的经历的艺术反映,也是对未第者现在的遭际的形象写照。换言之,科场群生都可以从中觅得自己的影子而触发起一连串的联想与感慨。这当然也是道真的独到之处。

其三,道真不时表明自己以"儒教为本位"的思想信仰,并在这一思想信仰的支配下,毫无矫饰地袒露出忠君爱国的一片赤忱,不论如何沉沦憔悴,都不减对天皇的崇仰爱戴之情,不厌对这种崇仰爱戴之情的絮絮叨叨的披诉。

诚然,道真的思想倾向是复杂的、多元的,道家、道教与佛教也都曾吸引过他的兴趣,并在他思想深处留下永难磨灭的印记:由赞州重返台阁后,他不仅爱读老庄,而且喜好谈玄,晚年尤倾倒于老子,试图用道家泯却一切事物相对界限的哲理来安顿自己的痛苦心灵。同时,他也并不把神道视为异端。在贞观四年所作的《祭连聪灵文》、仁和四年所作的《祭城山神文》中他都肯定神道;他编修的《类聚国史》也劈头便提及"神祇"。而由《题白山吴水诗》《刘阮过溪边二女诗》《徐公醉卧诗》《吴生过老公诗》等作品则可以看出他对道教的"神仙说"即便不是深信不疑的,也是无意排斥的。《题吴山白水诗》有句:"欲见多年悬药处,空留一服去蓬莱。"《刘阮过溪边二女诗》有句:"不放神仙离骨录,前途脱屣旧家门。"《吴生过老公诗》有句:"山头不倦立烟岚,幸甚神仙许接谈。"足见他受"神仙说"浸染之深。至于佛教,更是他一生信奉者。其贞观十四年所作《五月长斋毕,书怀简诸同舍》既云:"初废声声闻般若,暂停念念贵观音";《长斋毕,聊言怀寄诸才子,酬答频来,吟咏有感,更因本韵,重以戏之》亦云:"我今苦行最甘心,为悔生生杀盗淫"。这是他倾心于佛教之始,时年二十七岁。其后,谪守赞岐与贬居太宰期间,他都乐于与僧侣交往,这有《别远上人》、《山僧赠杖,有感题之》等诗为证。与僧侣交往愈频,则对佛教沉迷愈深。有时,他甚至以佛门弟子自居。《忏悔会,作三百八言》即云:"可惭可愧谁能劝,菩萨弟子菅道真。"而作为佛门弟子,自不免在诗中谈禅语佛。《丙午之岁四月七日……》有云:"西方色相闻为宝,南郡荣华见可怜。寻绎凡夫机利钝,混成乐处善因缘。"完全由佛家语堆砌而成,使诗沦为包裹某种抽象理念的躯壳。当然,道真信奉佛教,在很大程度上是出于心灵解脱的需要。盛唐诗人王维有句:"一生几许伤心事,不向空门何处销?"(《叹白发》)这也可用来解释道真信奉佛教的原因。事实上,道真也曾在诗中作过类似的表白,如《南观夜闻都府礼佛忏悔》:"人惭地狱幽冥理,我泣天涯放逐辜。"《晚望东山远寺》云:"佛无来去无前后,唯愿被除我障难。"可知他是把佛教当作现实苦难的逋逃薮,企图能在其中获得某种精神慰藉的。由于奉佛日深,他晚年不免以佛家理念来看待人生与解释人生。《慰小男女》一诗是为慰勉与他同居太宰贬所、自幼便领略到人生苦况的"小男女"而作,见出慈父的舐犊深情。但他用以安慰小男女的却是佛教宣扬的世事无常、富贵无常的思想:"昔金如沙土,今饭无厌饫。思量彼与汝,被天甚宽恕。"要言之,较之道教,佛教对道真影响尤深。

然而,佛教与道教却都不是道真思想的核心部分或主导倾向。道真最为服膺、最为崇仰并始终不渝地奉行的还是儒家的思想观念和生活哲学。他从来没有在诗中正面称颂过老庄和释迦,却再三抒写对儒家始祖孔子的高山仰止之情:"此间钻仰事,遥望鲁尼丘"(《仲春释奠,听讲论语》);"尼丘千万仞,高仰欲扬名"(《仲春释奠,礼毕,王公令都堂听讲礼记》)。他自居为"菩萨弟子"毕竟只是在个别场合,更多的场合他则以"儒生"、"旧儒"、"腐儒"自称,以表示对儒家思想的信守不移。如"儒生不便千回戈"(《早春侍宴仁寿殿,同赋春暖应制》),"苦热庸才一腐儒"(《夏日四绝·苦热》)。有时,他则同时以"儒"、"吏"自许,如"为儒为吏每零丁"(《斋之日作》),"为吏为儒报国家"(《相国东阁饯席》)。其意味或许在于昭示儒家信条是自己的为吏之道。当他因谗见逐、将远离京城时,曾不胜缱绻地"徘徊孔圣庙门前"(《北堂饯宴,各分一字》),似乎这是他最为依恋的场所。与此相联系,对儒家经典,他自然视为至宝。《九日侍宴同赋菊散一丛金应制》有云:"微臣把得篚中满,岂若一经遗在家。"可知他是把儒家经典看作持家立国之本,真诚地以为一经在家即诸事皆备的。

林鹅峰《本朝一人一首》卷四评曰："非尊信圣经、勤励家学，则不能言焉。"窃以为深得其意。凡此种种，决定了他虽然有可能接受佛教和道教的影响，却不可能让它们"喧宾夺主"，成为自己的思想倾向的主导方面。唯其如此，在《文草》与《后草》中，涉及道教的作品不到 10 篇，与佛教有染的作品也不过 10 余篇而已。这样，尽管佛教与道教都曾在道真的思想上和创作中留下永难磨灭的印记，但充其量也就是那么一点印记而已。作为他的思想规范和行为规范的不仅从一开始就是而且最终也还是儒家的思想观念和生活哲学。

这与整个平安朝时代的思想文化背景恰好是相适应的。由于孔子所提出的以仁为核心的思想体系本身就包含孝悌、忠恕等道德规范，而后代的儒学代表者也力主将仕亲之道扩大为仕君之道，达到"孝"与"忠"的统一。所以，对于实行律令制的日本平安朝时代的最高统治者来说，倡导儒教，有利于加强对人民的思想统治，形成长治久安的局面。这是儒教在平安朝时代得以长盛不衰的根本原因。而天皇政权最感兴趣的当然是儒家的庞大的思想体系中的"孝"、"忠"二字。于是，《孝经》便被钦定为士子必读的教科书。研习《孝经》的目的十分明确，那就是"资父事君"。《文草》中收有道真贞观九年所作的《仲春释奠，听讲孝经，同赋资父事君》一诗，可以为证。此外，《文草》中还收有道真后此十年所作的《仲春释奠，听孝经》一诗。诗云："此是天经即孝经，分来圣道满皇庭。为臣为子皆言孝，何啻春风仲月丁。"强调"孝"不仅是"为子"之道，也是"为臣"之道，正反映了最高统治者所竭力弘扬的将仕亲之"孝"与仕君之"忠"合二为一的时代倾向。作为旁证,《扶桑集》卷九所收纪长谷雄的《陪相国东阁,听诸子侯聚讲孝经诗序》也值得一读。序中有云:"夫孝者百行之本也,莫不资父事君";"出于家庭而及于天下,盛于扬名而终于显亲。孝之为道,不其然乎"? 同样可藉以观照统治阶级标榜孝道的用心。所谓"资父事君",其要似不在"资父",而在"事君"。当然,最高统治者的这番用心是不会白费的。至少有一位天性至纯至厚的道真将"事君"、"忠君"当作儒教的精髓而奉为一生行为的准则。

尽管忠君与爱国必然联系在一起,而道真确也曾不止一次地抒写自己的爱国之情与报国之心,如"国家恩未报,沟壑恐先填"(《叙意一百韵》);"为吏为儒报国家,百身独立一恩涯"(《相国东阁饯席》)。但谁也无法否认,道真在《文草》和《后草》中更多地倾诉的则是对天皇的忠诚和爱戴。尽管他二度被贬,说到底,是天皇偏信谗言、昏聩不明所造成的结果,但他对天皇却始终毫无怨尤。虽然还不至于麻木地认为"臣罪当诛",但却也从未怀疑过"君王圣明"。他把一切都归咎于世俗小人的谗毁。于是,他内心的愤世嫉俗的怒焰便都向着无事生非的世俗小人喷发,对天皇则非但没有一点微词,反倒称颂有加。《左金吾相公于宣风坊临水亭,饯别奥州刺史,同赋亲字》一诗后半篇有云:

我试为吏赞州去，且行且泣沙浪春。

一秩四年尽忠节，归来便作侍中臣。

文章我谢君成业，政理君嘲我化民。

文拙政顽者多幸，况乎文巧政能循。

在官五袴当成颂，归路折辕莫患贫。

努力努力犹努力，明明天子恰平均。

　　由此诗可知，贬居赞州的四年间，虽然他是深感无辜而始终郁郁寡欢的，却仍然念念不忘"尽忠"于天皇，而略无"荃不察余之中情兮，反信谗而齌怒"（屈原《离骚》）那样的怨尤之意。而一旦重返台阁，则将原有的含冤负屈之感尽皆化为感恩戴德之情。于是，在饯别友人时也免不了称颂天皇之圣明与公正，这就是篇末所谓"明明天子恰平均"。再看作于同一时期的《重阳侍宴，同赋秋日悬清光应制》：

天下无为日自清，今朝幸遇再阳并。

深追合璧龙容彻，远任孤轮鸟路平。

万里如逢褰纩望，黎民欲慰载旌情。

微臣俯仰依明德，心比秋葵旦暮倾。

　　以秋葵倾日为喻，既抒写了自己对圣德的依恋之深，又表现了圣德对自己的吸引之深。杜甫《自京赴奉先县咏怀五百字》有句："葵藿倾太阳，物性固莫夺"。取譬相类，或为此诗所本。这里,最值得注意的是,作者宣称自己对圣德是"俯仰"皆依、"旦暮"俱倾。这实际上也就是说,不论个人的命运升沉与否,都至死不会改变对天皇的忠贞之节,因为效忠于天皇,在他已不是一种被强行灌输的观念,而成为一种与生俱来的天性。事实也正是如此。写于谪守赞岐期间的《九日偶吟》一诗云:

> 客中三见菊花开,只有重阳每度来。
> 今日低头思昔日,紫宸殿下赐恩杯。

这并非应制之作,因而在客观上本没有颂扬皇恩或圣德的必要,但作者却还是情不自禁地回忆起昔日得预重阳诗宴、承天皇亲赐"恩杯"的情景,并把这种深情的回忆作为疗治眼前的精神痛苦的不二良药。这似乎不宜解释为多年的侍臣生涯所养成的积习,而是其天性的自然流露:盖情有所钟,不能自已也。写于贬居太宰期间的《九月十日》则云:

> 去年今夜侍清凉,秋思诗篇独断肠。
> 恩赐御衣今在此,捧持每日拜余香。

在不得重返日边、亲瞻龙颜的岁月里,竟然每日都对天皇所赏赐的"御衣"顶礼膜拜,忠君思君一至于此,实在也罕有其匹了。显而易见,道真的汉诗创作固然多取则于白居易,但在"忠君"及絮絮叨叨的披诉忠君之情这一点上,却似乎是以杜甫为范。这首诗中所提及的"秋思诗篇"，是指去年今夜侍宴之际所赋写的《九日后朝同赋秋思应制》：

> 丞相废年几乐思，今宵触物自然悲。
> 声寒络纬风吹处，叶落梧桐雨打时。
> 君富春秋臣渐老，恩无涯岸报犹迟。
> 不知此意何安慰，饮酒听琴又咏诗。

因老境将至、来日无多而触物兴感、凄然自伤，这本是人之常情。但道真所伤者非他，仅仅是有生之年内难以尽报皇恩，这又出乎常情之外了。从略带哀婉的抒情笔墨中，我们不难触摸到作者对天皇的老而弥笃的耿耿忠心。尽管诸如此类的作品，如果用不同的价值尺度和审美规范来衡量，也许会作出截然相反的评价，但无论如何也难以否认，它们与上文所论列的两类作品一样，是有着鲜明的思想特色，足以显示道真的光彩熠熠的个性的。

（三）

作为雄视日本平安朝诗坛的一代诗伯，菅原道真的汉诗创作不仅以观照生活的独特视角和干预生活的独特胆略较同侪更为真实、深刻地反映了现实，从而显现出鲜明的思想特色，在一定程度上为日本诗坛弥补了鲜见指陈时弊、披露民瘼和呵斥丑类之作的缺憾；而且以无与伦比的才力和务欲登峰造极的雄心，对汉诗艺术进行了全面的探索,力求在孜孜不倦的创作实践中,尽究个中三昧,并用富于创造性的成果,为日本平安朝诗坛树立新的典范,从而使诗苑中增添了若干色泽鲜亮、光彩照人的奇花异卉。

道真一生酷嗜汉诗。毫不夸张地说,汉诗是他的第二生命,是他的生活中如布帛菽粟一样不可以须臾离开的东西。他不仅屡屡以"诗人"自命(如《题驿楼壁画》云:"赞州刺史本诗人",《对残菊待寒月》云:"况复诗人非俗物",《伤野大夫》云:"诗人亦叹道荒芜",《陪第三皇子花亭劝春酒应教》云:"酒惟催劝咏诗人",《晚岗》云:"袅得诗人兴"),而且和杜甫一样颇以"诗是吾家事"而自矜(如《停习弹琴》云:"未若家风便咏诗",《予作诗情怨之后……》云:"家业年祖本课诗",《同诸小儿旅舍庚申夜,赋静室寒灯明之诗》云:"笑看儿辈学吟诗");他不仅一再称许自己的"诗兴"、"诗情"(如《冬日感庭前红叶,示秀才淳茂》云:"诗兴当追落叶凝",《劝吟诗,寄纪秀才》云:"他日不愁诗兴少",《春日独游三首》其二云:"诗兴催来试出行",《诗客见过,同赋扫庭花自落,分一字》云:"和市诗情不市贫",《诸友会饮,同赋莺声诱引来花下》云:"大底诗情多诱引",《七月七日忆野川安别驾》云:"唯恨诗情两处分"),而且多次展示自己"咏诗"、"吟诗"的情景(如《客舍冬夜》云:"咏诗缓急播风松",《路遇白头翁》云:"奔波之间我咏诗",《独吟》云:"复起灯前独咏诗",《冬夜闲思》云:"心在吟诗政不专",《冬夜对月忆故人》云:"空放吟诗一两声",《八月十五日夜,思旧有感》云:"莲花妙法换吟诗",《夏日偶兴》云:"行吟古集纳凉诗"，《石砚》云："吟诗得用专"）。此外，在《文草》与《后草》中，提及"诗"字的句子还有"以诗为伯义为兄"（《和春十一老生吟见寄》），"不因诗酒不消愁"（《七月六日文会》），"强学吟诗知是本"（《近以冬至书怀诗，奉呈田别驾……》），"言者何为不用诗"（《有所思》），"口咏君诗心且祝"（《酬藤十六司马对雪见寄之作》），"诗寻此地凌苍海"（《小男阿视留在东京……》），"应化使君昔咏诗"（《吟善渊博士物章医师两才子新诗，戏寄长句》），"将含鸡舌伴诗仙"（《就花枝应制》），"今宵旅宿在诗家"（《送春》），"诗篇口号指书沙"（《海上月夜》），"请君好咏一篇诗"（《余近叙诗情怨一篇……》），"且泣将吟事母诗"（《伤藤进士，呈东阁诸执事》），"唯堪赞佛且吟诗"（《秋》），等等。它们从不同角度、不同侧面反映了道真对汉诗的更甚于时辈的笃好。而尤能见其嗜诗如命之习性的还是《读乐天北窗三友诗》中所说的"诗友慎留真死友，父祖子孙久要期"。视汉诗为"死友"，长相知，永靡他，这是道真毕生致力于汉诗艺术探索，并取得杰出成就的基础。

作为诗神缪斯对辛勤的开拓者和探索者的酬劳，道真所取得的艺术成就是多方面的；而这些艺术成就的取得，又是与他对中国古典诗歌的艺术传统所进行的适当的同时也是有限的变革与改造联系在一起的。对此，我们不拟作面面俱到、巨细无遗地罗列，而只想就其中最为引人注目的几点略加论析，它们包括：

1.强化了汉诗的抒情功能

"诗缘情而绮靡"。作为一门抒情艺术，汉诗的第一要义在

于摅写作者的情愫、披示作者的情怀,使汩汩而出的情感之流汹
涌或沉潜于字里行间,以震荡起读者的心潮。从某种意义上说,
汉诗的美感效应主要便表现为情感效应。唯其如此,白居易在
《与元九书》中认为:"诗者,根情、苗言、华声、实义。"而一生私淑
白居易的道真虽然没有系统的诗论,但由其作品中的片言只语,
却不难推知他也持有类似的见地。《仲春释奠,听讲毛诗,同赋
发言为诗》有云:"谏尽文章下,情摅讽咏中。"《团坐言怀》有云:
"酒为忘忧杯有数,诗缘叙志纸犹多。"两诗皆写于仕途得意的早
期,而都强调"摅情"、"叙志",说明其认识是与白居易相通的。
当时,在这一点上与白居易认识相通的人,殊不多见。醍醐天皇
称赞其"胜白样",渤海大使裴颐称赞其"得白氏之体",当然不会
是仅仅由此着眼,但想必也多多少少或隐隐约约地有鉴于此。
验之道真的创作实际,他的确始终致力于展示自己的丰富的情
感世界,用质朴、诚挚、不加矫饰的心声来感染读者、激发读者,
达到创作主体与接受主体之间的高度默契的情感交流。孤立地
看,这也许并不值得特别称道;但如果想到,在这以前问世的日
本汉诗大多并不具有强烈的抒情性,或者说并没有充沛而又真
挚的感情融注其内、贯穿其间,那就有理由赞许道真的艺术成就
之一是极大地强化了汉诗的抒情功能,使汉诗真正成为抒情写
意的工具。结撰于谪守赞岐与贬居太宰时期的感怀身世之作固
然蕴含着缱绻难已的深情,即便是创作于官运亨通的得意时期
的侍宴应制之作,偶亦有感情的激流翻腾于其中,如:

不啻看樱也惜春，红妆写得玉章新。

微臣纵得陪游宴，当有花前断肠人。

——《有敕赐礼上巳樱下御制之诗，敬奉谢恩旨》

何处妆楼掷玉环，一明一暗晓云间。

秋肠软自蜘蛛缕，寸寸分分断尽还。

——《晓月应制》

　　前诗由自身侍宴之乐，反观他人谪居之苦，感叹一样赏花而情怀各别。这实际上是抚今思昔，托出昔日于谪居之地独赏樱花时的断肠情怀。而后诗之所以对月伤情，当也是因为难以泯灭的身世之感悄然袭来的缘故。二诗都是侍宴应制之作，却有着如此鲜明而强烈的感情色彩，若非专于情、深于情者，岂能为之？道真有句："我情多少与谁谈？况换风云感不堪"（《四年三月十六日作》）。既然本自多情，却又不能诉之于人，那就只有诉之于诗，于是，其诗便大多情意绵绵，即便一部分侍宴应制之作亦复如此了。

　　深于情、专于情的特点，也充分反映在道真与同门或同道的赠答饯送诗中。《饯别同门故人，各著绯出宰》云：

同门告别泣春风，人道三龙一水中。

悔不当时千万谢，应烦别后夜来梦。

"泣春风",已见伤离怨别、不胜依依之情,但犹流于浅表。相形之下,"应烦"云云更是别饶意趣、耐人寻味的抒情笔墨。别后故人频频入梦,以致使作者不堪其扰而感到厌烦。这是用似嗔非嗔的曲笔表现作者对故人的依恋之深与思念之深。而全诗以"应"字领起,表明这些都只是临别之际悬想的情景,这就使抒情意味变得更加浓郁。《花下饯诸同门出外吏》则云:

送客何先点泪痕?应缘别后不同门。

今朝记得归来日,万里程间一折辕。

亦由别时之感伤推想别后之忆念,使惜别之情不断升温,最终达于沸点,从而收到更加显著、更加强烈的抒情效果。作者之多情重义、笃于友谊,由二诗灼然可见。不独如此,即便是与萍水相逢的渤海大使裴颋的赠答之作,也同样一往情深,如:

交情不谢北溟深,别恨还如在陆沉。

夜半谁欺颜上玉,旬余自断契中金。

高看鹤出新云路,远妒花开旧翰林。

珍重归乡相忆处,一篇长句总丹心。

——《酬裴大使留别之什》

初喜明王德不孤，奈何再别望前途。

送迎每度长青眼，离会中间共白须。

后纪难期同砚席，故乡无复忘江湖。

去留相赠皆名货，君是词珠我泪珠。

——《夏日饯渤海大使归乡》

　　元庆七年（883），裴颋初度来朝。道真奉诏接待，并以诗订交。其时，道真所赋诗篇有《重依字，和裴大使被酬之作》《过大使房，赋雨后热》《夏夜对渤海客，因赋月华临静夜诗》《醉中脱衣，赠裴大使，叙一绝，寄以射》《依言字重酬裴大使》《夏夜于鸿胪馆，饯北客归乡》等。14 年后，裴颋再度来朝，道真与之同温旧谊，诗兴勃发，又吟成《客馆书怀，同赋交字，呈渤海裴令大使》《答裴大使见酬之作》《重和大使见酬之作》《和大使交字之作》等篇，无不笔端含情、感人至深。上引二诗可以说是其中的代表，而分别赋写于初交与重逢时。前诗宛然若知己相别，一无虚与委蛇的外交辞令。显然，作者之所以赋写此诗，并非出于礼仪，而是出于情谊，故而才有"交情不谢北溟深"、"一篇长句总丹心"这样的情真意切之语。后诗将青眼相向的知己之感与泪眼相对的惜别之情交织融合在一起，感情色彩更加浓烈。不过，《文草》中最为深情缱绻的作品，在我看来，还数悼念亡子之作《梦阿满》：

阿满亡来夜不眠，偶眠梦遇泪涟涟。

身长去夏余三尺，齿立今春可七年。

从事请知人子道，读书谙诵帝京篇。

药治沉痛才旬日，风引游魂是九泉。

尔后怨神兼怨佛，当初无地又无天。

看吾两膝多嘲弄，悼汝同胞告葬鲜。

菜诞含珠悲老蚌，庄周委蜕泣寒蝉。

那堪小妹呼名觅，难忍阿娘灭性怜。

始谓微微肠暂续，何因急急痛如煎。

桑弧户上加蓬矢，竹马篱头著葛鞭。

庭驻戏栽花旧种，壁残学点字傍边。

每思言笑虽如在，希见起居忽惘然。

到处须弥迷百亿，生时世界暗三千。

南无观自在菩萨，拥护吾儿坐大莲。

中年失子，本是人生一大痛事，何况亡子又是七岁能诵骆宾王《帝京篇》的聪颖诗童？因此，作者的哀痛之情如长江大河般波涛汹涌、一泻千里。全篇吞声呜咽，令人读来荡气回肠。

当然，强化汉诗的抒情功能，并不意味着无休止地作哀婉语、感伤状，或动辄仰天长吁、扼腕长叹，一如《假力书怀诗》所谓"一叹肠回转，再叹泪滂沱"。道真更多地追求的似乎还是语淡情浓的艺术境界，即发语虽极平淡，蕴含在其中的却是深沉而浓烈的情感。如《读家书》：

> 消息寂寥三月余，便风吹着一封书。
>
> 西门树被人移去，北地园教客寄居。
>
> 纸里生姜称药种，竹笼昆布记斋储。
>
> 不言妻子饥寒苦，为是还愁懊恼余。

独居贬所而骤得家书，惊喜自不可免；而家书中告以园林易主（园林易主，意味着家道中落。），又必然使他忧愁无已；当他察知家人为免其烦恼而故意不言饥寒之状的苦心时，情感的波澜也将为之起伏。但全篇却只是用平淡的语言，不动声色地作客观叙述，并无直接抒情、语感强烈的文字。不过，善于会意的读者却不难触摸到回旋在平静的外表下的感情的潜流。较之表层的浪花，这种深层的潜流不是显得更有力度，也更具含蓄蕴藉之致吗？因此，这类作品不仅仍然具有抒情功能，而且可以说是将抒情功能发挥到了极致。

2. 提高了汉诗的造语技巧

对于平安朝时代的缙绅诗人来说，用汉字来遣词造句，且要做到字妥句帖，是一件并不轻松的事情。而字妥句帖，这还只是对汉诗语言的最基本的要求。由于语言是思想、情感的载体和构成作品的美学境界的元素，要使作品具有经久不衰的艺术魅力并产生令人心旌摇曳的美感效应，其语言就不仅应当是字妥句帖的，而且必须是优美、流畅、隽永、富于表现力和辐射力的。不过，实际情形却是：绝大多数日本汉诗作者对这一目标只能徒然心向往之、目眺望之，而没有与其雄心相副的功力实现它。即便是嵯峨天皇与空海这样的一代宗师,也只能在一部分优秀之作中实现它。这就是说,在嵯峨天皇与空海的作品中,仍不乏造语稚拙、生涩、扞格者,甚至仍不能避免"语疵"、"语病"。于是,在道真对汉诗艺术进行全面探索的过程中,提高汉诗的造语技巧,以更加自由、畅达、生动、凝炼地抒情写意,便成为他努力的方向之一。

对此,日本汉学家川口久雄先生有独到的研究与发现。他认为:《异制庭训往来》所谓"本朝延历、大同时,和汉同其芳躅;天历、延喜时,和汉异其阃域",虽是就日本书道史而言,却也切合平安朝汉诗演进的轨迹。道真以前的汉诗更多地反映了作为孤立语和单缀语的中国语的性格,而道真的汉诗则更多地反映了作为胶着语、复缀语的日本语的性格。与中国语以断续性为其语言意欲相反,日本语以连续性为其语言意欲。道真的汉诗作品正体现了这种流利、连续、不欲休止与顿挫的语言意欲。当然,道真的汉诗,一方面带有胶着语的特点,另一方面又不失孤立语的本色。将两种不同的国语所具有的性格统一、融合在汉诗创作中,"这不能不说是对抵抗中国权威的古典语所造成的性格及样式、恢复民族的主体性这一课题的努力尝试"。川口先生且标举若干实例以证成其说,其中的一个实例是《和裴大使交字之作》中的"欲以浮生期后会,先悲石火向风敲"。

尽管川口先生的这番独具会心的见地颇有可商榷之处,它所揭示的道真对中国古典诗歌的艺术传统进行变革与改造的意欲,却是我们可以认同的。确实,这种变革与改造在造语方面表现得尤为明显。诚然,由于语言环境的限制,道真的造语技巧也未能达到炉火纯青、无可指摘的地步,而仍然时见疵瑕,但总的来说,却是瑕不掩瑜,较前大有进步。这主要表现在两方面:

其一是使语言更趋圆转、流利。如:

> 一年何物始终来,请见寒中有早梅。
> 更使此间芳意笃,应缘相接故人杯。
> ——《晚冬过文郎中,玩庭前梅花》

> 去岁故人王府君,驿楼执手泣相分。
> 我今到此问亭吏,为报向来一点坟。
> ——《到河阳驿,有感而泣》

如果硬要说它们是"字字珠玑,句句锦绣",那显然是无谓的夸大;但无法否认,它们不仅符合"字妥句帖"、"文从字顺"的基本要求,而且由于词语的组合甚具逻辑性,尤其是用以前后勾连、贯通语脉的虚词都嵌得恰到好处,全篇有辘轳直下、一气呵成之势,读来颇觉声口流利、语脉圆转。同时,从声律学的角度看,字声平仄也无一不合、无一不谐,称得上是严格意义上的七言绝句。又如:

初秋计会客添愁,不觉衣衿每夜沾。

五十年前心未懒,二千石外口犹绀。

家书久绝吟诗咽,世路多疑托梦占。

莫道此间无得意,清风朗月入芦帘。

并非"一字千金",不可更易;同时,也很难说它已能给读者"圆转流美如弹丸"之感。不过,至少是流畅、灵动而又合乎规范的,而且字里行间不乏可供寻绎的韵外之致和味外之旨,如"清风朗月入芦帘"一句凝聚了作者多少悲欢忧乐?此外,对偶的工切与声韵的和谐,当然也体现了作者的卓然拔群的语言技巧,此其一也。

其二是使语言更趋平易、浅切。平易、浅切,本是白居易对语言风格的要求,目的是"使见之者易谕也"。而道真在学习白居易的过程中,则继承了这种平易浅切的作风。这与他踵武白居易,将笔墨伸向社会底层、真实地反映生活的做法,恰好是相辅相成的,表明他从语言风格到创作宗旨都自觉地、有意识地向白居易趋同。他在因谗见放期间写作的一些"但伤民病痛,不识时忌讳"的作品,或大量穿插人物对话(如《路遇白头翁》),或干脆采用对话体(如《问蔺笋翁》、《代翁答之》、《重问》、《重答》),这正是使语言趋于平易浅切的有效途径之一。且看《路遇白头翁》开篇处的一段:

路遇白头翁，白头如雪面犹红。

自说"行年九十八"，无妻无子独身穷。

三间茅屋南山下，　不农不商云雾中。

屋里资财一柏匮，　匮中有物一竹笼。

白头说竟我为诘："老年红面何方术？

已无妻子又无财，　容体充肥具陈述"。

白头抛杖拜马前，　殷勤请日叙因缘：

"贞观末年元庆始，　政无慈爱法多偏……"

一将人物牵引出场，即以对话取代客观性的叙述文字，通过对话来展示人物的性格与遭际，并进而披露时弊与民瘼。而作者所设计的对话，当然都是明白易晓、通俗易懂的，恰如主客之间对叙家常，但求快意尽情、便晓易谕，而无心闪烁其词、文饰其语。不仅为下层人民传写心声的作品力求语言的平易浅切，而且道真的一些自抒怀抱之作也具有口语化、俗语化的特点，为人所喜闻乐见。如《对镜》：

四十四年人，生涯未老身。

我心无所忌，对镜欲相亲。

半面分明见，双眉斗顿频。

此愁何以故？照得白毛新。

自疑镜浮翳，再三拭去尘。

尘消光更信，知不失其真。

未灭胸中火，空衔口上银。

意犹如少日，只已非昔春。

正五位虽贵，二千石虽珍。

悔来手开匣，无故损精神。

不避俚俗，明白如话，却又不是一览无余，了无情味。在对揽镜自照之曲折过程的娓娓叙述中，深蕴着作者偃蹇已久、憔悴已甚的身世之感和忠而被谤、信而见疑的愤慨不平之意。清人赵翼《瓯北诗话》评元、白坦易诗风曰："眼前景，口头语，自能沁人心脾，耐人咀嚼。"庶几亦道真此诗之谓乎？

由于学富五车，胸罗万卷，道真自难免在不经意之间将典故挥洒到作品中。但除了少量赋写于特定场合的篇章为适应环境氛围而不得不"掉书袋"外，一般都不故意炫博，将冷僻、深奥的典故撷拾入诗。当非用典故不可时，则努力将其通俗化，以不失平易浅近之风。如《三石》一诗有句："未肯妨三径，从来约一拳。""三径"，其来有自：西汉末年，王莽专权，兖州刺史蒋诩辞官归隐，于院中辟三径，唯与羊仲等人往来。后代的隐逸诗人多以"三径"入篇，以加深作品的隐逸色彩。如陶渊明《归去来兮辞》即云："三径就荒，松菊犹存"。这是道真诗中"三径"一辞所本。但因为它与"一拳"对举而言，虽属用典，却令人浑然不觉。因此，博雅者固可把玩其深层意蕴，浅俗者仅观字面也自有其解会。这就近雅而不远俗，可使雅俗共赏了。

3.丰富了汉诗的状物手法

《文草》与《后草》中多咏物之作。无须统计其具体数字，并精确地核算其所占比重，仅由冠于《文草》卷首的《月夜见梅花》和系于《后草》卷末的《谪居春雪》都是咏物之作这一点，也可以看出道真对咏物题材的偏爱。创作的起点是咏物，创作的终点还是咏物，这也许有一定的偶然性，但这种偶然性中应当也包含着某些必然的因素。就大的背景而言，它与喜好"嘲风雪，弄花草"的诗坛风尚是相适应的。"嘲风雪，弄花草"者曾为白居易所不齿，读其《与元九书》可知。但那是他早年热衷于讽喻诗创作时的事。当他晚年闲居洛阳以后，自己也成为无可奈何的"嘲风雪，弄花草"者，只不过作品中比其他"嘲风雪，弄花草"者多了一份糅合着人生怅触的深情。而晚年的白居易，较之早年的白居易更为平安朝诗人所推崇，因为他晚年的生活方式与生活情调与平安朝诗人更为接近。所以，在道真生活的时代，包括道真在内的缙绅诗人们多致力于"嘲风雪，弄花草"的咏物之作，即便不是对白居易的追随与仿效，至少也不会是对白居易所提供的法范的背离。既然多致力于咏物之作，道真自当有感于前人及时人状物手法的单调与平板，而力图在实践与探索中丰富它、完善它。尽管如同他的造语技巧终未能"炉火纯青"一样，他的状物手法也终未能"出神入化"，但与敕撰三集的作者、包括嵯峨天皇这样的有扛鼎之力的作者相比，已要丰富得多、精妙得多。就中，最是此老灵光所聚、因而也最值得后人借鉴的是以下诸端：

其一是遗貌取神，气韵生动。即不求对所咏之物的外貌作穷形尽相的刻画,而将主要笔墨用来摄取所咏之物的魂魄、传写所咏之物的精神。这体现在一些由于篇幅有限而不容精雕细刻的短诗中。(至若长诗,则因为有较大的驰骋笔墨的余地,而往往亦致力于对所咏之物的形貌描绘,有时这种描绘甚至细腻到纤毫毕现的地步。故未可一概而论。)如《残灯风韵》:

> 一点残灯五夜通,分分落泪寸心中。
> 余光不力扶持举,竞下芦帘恐见风。

"残灯"而置于风前,命运自是岌岌可危。作者便由此加以生发。在他笔下,残灯恍然是清楚地意识到自己的命运即将终结而深怀忧患意识的智者的化身。"竞下芦帘恐见风",着此一句,精神顿见,魂魄俱出。读完全篇,读者对残灯的燃烧之状与摇曳之态(貌)也许不甚了然,但却会对它的忧惧之感和凄婉之情(神)留下极其深刻的印象。这正是"遗貌取神"的范例。当然,这样的范例在《文草》与《后草》中并不多见。事实上,如果一味"遗貌取神",那又会造成新的单调了。同时,应当指出:"遗貌取神"的手法在此诗中是与赋物予情的拟人化手法紧紧结合在一起的。而赋物予情,这本身也是道真状物的一大特点。

其二是巧譬妙喻,形象鲜明。即用一系列精妙传神的譬喻来显示所咏之物的形象特征,使之更加鲜明、更加逼真同时也更具审美魅惑地呈现在读者眼前。如《水中月》:

满足寒蟾落水心，非空非有两难寻。

潜行且破云千里，彻底终无影陆沉。

圆似江波初铸镜，映如沙岸半披金。

人皆俯察虽清净，唯恨低头夜漏深。

先以"寒蟾落水"总拟"水中月"之形成，接着又分别以"江波初铸镜"和"沙岸半披金"比喻"水中月"之清圆程度与照映效果，虽不算新奇，却不失精妙。于是，"水中月"在人们的视觉中，便不再是一种虚空、飘缈的倒影，而成为深具质感与美感，可望可即、可玩可赏的艺术形象。而在《赋得赤虹篇》一诗中，作者则连用六个譬喻对所咏之物摹形绘影："千丈彩幢穿水底，一条朱施挂空中。初疑碧落留飞电，渐误炎洲飐暴风。远影婵娟犹火剑，轻形曲桡便雕弓"。如此状物，不仅形神毕肖，而且增强了作品的艺术张力。而要能做到巧譬妙喻，除了需要有丰富的意象储存量外，还必须具备体物入微的观察力和触类引发的想象力。

其三是借物明志，寄兴深微。即通过对所咏之物的生态或情状的描写来寄托自己的胸襟怀抱，假咏物之名，行咏怀之实，或者说，将咏物与咏怀融为一体。这在敕撰三集产生的时代已见开风气者，如贺阳丰年的《代琴之词》。但平心而论，贺诗所寄之意尚不明显，手法也有些生硬，同时，物我之间还存在一层隔膜。因此，仅仅标志着咏物诗已开始由无寄托之境向有寄托之境过渡而已。道真所作则已物我浑然一体，而所寄之意也要高远、显豁得多。如《春日于相国客亭，见鸥鸟戏前池，有感赋诗》：

人知鸟意鸟知人,莫道沙鸥素性驯。

非与紫鳞争乐水,欲将霜翅不同尘。

当时未谓浮沉定,数处惟无去就频。

栖息若容三四日,遂生何必入怀仁。

"莫道"句或许是本于杜甫《奉赠韦左丞丈二十二韵》中的"白鸥没浩荡,万里谁能驯"。但全诗的作意却又不仅仅是表现沙鸥的桀骜不驯,借以显示自己的傲岸性格,宣泄不愿受制于人的心声,更欲袒露自己不媚俗波、不染俗尘的为人准则和羞与世俗小人争名夺利的生活态度。于是,令人拍案叫绝的"非与"一联便被楔入诗中,成为寓意更见深微的"一篇之警策"。而"当时"一联亦有寄托在:无论身世如何浮沉不定,自己都不会随意去就、朝秦暮楚,而将信守吾道、从一而终。因此,可以说此诗是对作者的人格和操守的全面写照。然而,在形式上,它却处处不脱鸥鸟自身的特点,并无蹈空感兴之弊。这也就是说,作者的寄托是接近于天衣无缝的。当然,有时道真也忍不住要在篇末点明所寄之意,如:

当效贞心远

——《小松》

当持岁后坚

——《古石》

贞心我早知

——《疏竹》

这也许有些伤于直露,却同样是本着借物明志、托物寄兴的宗旨。由于本着这一宗旨,松、竹、菊、梅、蝉、鸥等便于写照作者高风亮节的植物与生物,便成为最理想的描状对象,经常出现在道真笔下。仅以竹为描状对象者,就有《竹》、《新竹》、《疏竹》、《思家竹》、《雪夜思家竹》等等。

4.改进了汉诗的谋篇工艺

除了较少尝试杂言歌行体的创作外,其他各种诗体,包括古诗、律诗、绝句,道真都用力甚勤,并都有独到的成就。因而,基本上可以说是各体皆工,奄有众长。在道真现存的520首作品中,五言诗为112首,七言诗为407首。(另有杂言诗一首,即《路遇白头翁》)而在400余首七言诗中,七言律诗占一半以上,且大多韵律较精严、对偶较工稳、章法较井然,故堪称此老一生绝诣。这与"晚节渐于诗律细"的杜甫十分相像。也许可以认为,对七言律诗的偏好,与道真方正的品格和循绳墨而不颇的生活态度有着某种联系。不过,从谋篇的角度看,收入《文草》与《后草》的一系列五七言长篇或许更能见其纵横驰骤、因难见巧的才力。为《文草》与《后草》所收的五七言长篇中,四十句以上者就有《秋日山行二十韵》(五言四十句)、《新月二十韵》(同上)、《赋叶落庭柯空》(同上)、《行春词》(七言四十句)、《忏悔会,作三百八言》(七言四十四句)、《寄白菊四十韵》(五言八十句)、《哭奥州藤使君》(同上)、《舟中五事》(五言一百句)、《叙意一百韵》(五言二百句)等,计 11 篇。此外,杂言体的《路遇白头翁》篇幅也达五十二句。既然作品的篇幅较空海、嵯峨等诗坛前辈又大为增衍,那么,要避免强自拼凑和杂乱无章等弊病,就必须进一步改变汉诗的谋篇工艺,使作品在结构上更加腾挪自如、屈伸自如,同时也更善于辗转生发、开合变化。而这正是道真探索汉诗艺术时的又一努力方向。以《叙意一百韵》为例:如此煌煌巨篇,在整个平安朝时代虽非绝后的,却是空前的。但体制虽巨,却不失浑成,俨然是一个有机组合的艺术整体,有曲折回环之妙。这自然得力于作者的较前人大为改进了的谋篇工艺。作者一开篇即发出命运难以自主的深长叹息:"生涯无定地,运命在皇天。"这既是对其一生荣辱无常、升沉不定的遭际的概括,又是对全诗所要展现的丰富而复杂的思想内容的提示。接着,便切入身居贬所、欲归不能的现实情景。如果说"贬降轻自芥"句饱含着愤怒的抗议、写得极"冷"的话,那么,"望关眼欲穿"句则深蕴着殷切的希望、写得极"热"。这一"冷"一"热"之间,正折射出作者纡曲的心态。其后,作者从立足处将视线拓展开去,骋目于"街衢"与"原野",五光十色的风景画与风俗画便又糅合着州民的辛酸自然而然地向他的笔底奔来,并触发起他的更见深沉与邈远的情思。继现实的横向展望之后,作者复又进行历史的纵向扫描,引出一系列才干与己相若的古人:"傅筑岩边藕,范舟湖上扁;长沙地卑湿,湘水水前豢。"他们中间,有始穷而后达者,有功成而身退者,也有才高而终不为时用者。尽管作者并无"目尽青天怀今古,肯儿曹恩怨相尔汝"的旷达襟怀,但想到前贤中尚有较自己尤为不幸者,内心的愁苦却多少得到了淡化。不过,一旦重新回到现实中来,却又情不自禁地"伤习俗之不可移",并进而为居住环境的恶劣而躬自伤悼。他不想在忧伤中长久地沉溺下去,便转而向老庄哲学中寻求精神慰藉:

> 老君垂迹淡,庄叟处身偏。
> 性莫乖常道,宗当任自然。
> 殷勤齐物论,洽恰寓言篇。

而佛教思想也乘虚而入,试图成为他精神上的主宰:

> 合掌归依佛,回心学习禅。
> 厌离今罪网,恭敬昔真筌。
> 皎法空观月,开敷妙法莲。

但尘缘已深,一时岂能了断?而作者也未必甘心了断。不是吗?刚刚还发誓将栖心释梵,转瞬便又因念及"家书绝不传"而泣下沾襟。于是,铭心刻骨的思乡思亲之情再度倾斜在字里行间:

> 形驰魂悦悦,目想涕涟涟。
> 京国归何日? 故园来几年?

这是一种明知无望却不甘绝望的怅问,比前半篇中"望关眼欲穿"云云融入了更多的苍凉与更深的忧愤。这也就意味着,作者虽有些喋喋不休,却并没有重复前文,而是通过诗意的回旋,使情感层递上升,不断转出新境。这以后,作者继续以善于腾挪的诗笔辗转生发,将"祖业儒林耸,州功吏部铨"的自矜家世之感、"责重千钧石,临深万仞渊"的自伤身世之情,以及"国家恩未报,沟壑恐先填"的竭忠尽节之心、"风摧同木秀,灯灭异膏煎"的愤世嫉俗之意,一一驱遣到笔端,化为色彩斑斓的艺术画面。篇末以"叙意千言里,何人一可怜"二句作结,一则点明题意,二则总括全篇,三则回应前文,从而使得首尾圆合,更具浑成之致。当然,善于腾挪变化、辗转生发的谋篇工艺,不仅体现在《叙意一百韵》这样的长篇巨制中,由一些七言短章也可得到观照,如《酬藤十六司马对雪见寄之作》:

> 人皆踏玉似蓬瀛,雪色应羞我性清。
> 口咏君诗心且祝,明年秋稼与云平。

由积雪的纤尘不染、晶莹如玉,想到蓬莱、瀛洲等海外仙山的景象也不过如此。于是,移足雪上,恍然有置身于冰清玉洁的神仙世界之感。但雪色虽清,较"我性"犹有不及,故而倘与"我性"两相照映,雪色当含羞抱愧。这已经生出两重意蕴,就此打住也未尝不可。但作者却于篇末推出又一番柳暗花明的新天地:"明年秋稼与云平"。这显然是由"瑞雪兆丰年"的华夏古谚生发而来。全诗虽仅寥寥28字,却有多重境界掩映于中,颇能见出作者的腾挪功夫和生发技艺。此外,我们还注意到:《文草》与《后草》中,既多长诗,亦多组诗。这些组诗在谋篇布局方面往往不蹈故常、独出机杼。其中,《八月十五夕待月,席上各分一字》采用敦煌曲子中的《五更叹》形式,每首分别以"一更待月"、"二更待月"、"三更待月"等领起,既可独立成篇,又能契合为彼此呼应的艺术整体。《寒早十首》则将修辞中的复沓手法推衍为组诗的结构方式,每首皆以"何人寒气早"的设问句开启下文,从而增强了组诗的凝聚力。更有借鉴民歌手法,采用问答体形式者,如《问秋月》与《代月答》、《问蔺筼翁》与《代翁答之》、《重问》与《重答》等等。这些,无疑也可证明汉诗的谋篇工艺在道真手中得到了较大的改进,而逐步臻于丰富多彩和灵活多样。

如果以上评述与事实没有明显出入的话,那么,也许可以说断言:强化了汉诗的抒情功能,提高了汉语的造语技巧,丰富了汉诗的状物手法,改进了汉诗的谋篇工艺,这是道真所取得的艺术成就中最为引人注目的四个方面,它们足以表明道真对汉诗艺术的探索是如何卓有成效、冠绝一世。而归结到"中国古典诗歌在东瀛的衍生与流变"这一既定话题上来,可以说,正是这些在探索中取得的杰出的艺术成就,与形成于实践过程的鲜明的思想特色相互映发,使道真既不失为中国古典诗歌的模拟与师法者,又在一定程度上成为中国古典诗歌的变革与改造者。

二、流别篇:江户汉诗与中国古典诗歌

中国古典诗歌传入扶桑之国,衍生为东瀛汉诗后,经历了曲折的发展历程。其递嬗演变、盛衰起伏的轨迹殊为明显。如果说直至五山时代,东瀛汉诗仍未能完全脱离模拟与仿效状态的话,那么,进入江户时代后,尽管模拟与仿效之风犹存,诗人们所更多致力的却是变革与改造了。

谁也不会否认,江户时代,是东瀛汉诗发展史上的黄金时代。正如中国古典诗歌发展到唐代才呈现出空前繁荣的局面一样,日本汉诗发展到江户时代,才进入了它的全盛时期。全盛的标志不仅在于作品数量的浩大,更在于流派的众多、风格的繁富、体制的完备、技巧的成熟。经过多少代的积累与传承,于此时崭露头角的一大批优秀诗人既怀有问鼎诗坛的雄心,也具备了在汉诗的世界里自由驰骋的艺术功力。他们已不满足于像他们的前辈诗人那样重复中国诗人所表现过的内容,而力图用汉诗这一外来的文学样式刻画本民族特有的风物,展现本民族特有的风俗,抒写本民族特有的风情。广濑淡窗的《黄叶夕阳村舍诗》、寺门静轩的《江头百咏》、菊池五山的《水东竹枝词》、匹田松塘的《长堤竹枝词》、赖山阳的《长崎谣》、梁川星岩的《琼浦杂咏》、中岛棕隐的《鸭东四时杂词》等等即属其例。川口久雄先生在《平安朝日本汉文学史的研究》一书中曾特别论述平安朝中后

期汉诗的和样化倾向。从这一角度来观察问题，是独具只眼、足以给人以启迪的。但在我看来，和样化，作为一种倾向，是直到江户时代才真正出现的；而且，江户诗人对和样化的归依，是与对多样化的追求联系在一起的。换言之，在江户时代，和样化与多样化这两种倾向是相互交融的。而这正体现了江户诗人试图对传统的中国古典诗歌进行变革与改造的不懈努力。

（一）

江户汉诗之所以能形成和样化与多样化的倾向，很大程度上有赖于这一时期的诗坛上俊才云蒸，名家辈出，且怀珠抱玉，各有所擅。清人俞樾曾应东瀛诗友之邀约，编纂《东瀛诗选》40卷、《补遗》4卷，选入江户时代 150 位汉诗名家的作品，于明治十六年（1883）刊行，其中颇多称许之语和赞扬之词。如谓广濑旭庄诗"才藻富丽，气韵高迈"，即其一例。正因为名家、高手灿若繁星，俞樾在编纂《东瀛诗选》时殆难取舍，以致不得不将篇幅扩张为洋洋 40 余卷。正是这些熟谙汉诗三昧的名家高手，以卓绝的才情，在东瀛这块善于吸收与融化异国文化的土地上，培育出万紫千红的汉诗奇葩。

有别于五山时代由诗僧把持诗坛的情形，江户时代，一批儒者跃居于诗坛盟主的地位。诚所谓"江山代有才人出，各领风骚数百年"（赵翼《论诗绝句》）。以诗豪著称的梁由蜕岩曾赋诗曰："海内文章落布衣"。这一隐然自任之语，恰好可以概括当时的诗坛大势。造成这种嬗替的原因是复杂的。其中的一个原因是,应仁之乱以后,战祸频仍,生灵涂炭,全国再也找不到一块安宁、平和的世外桃源,僧侣们也自觉或不自觉地被卷入了那波及宗教世界的战乱之中,而失去了原有的专注学艺的余裕和吟诗作赋的闲情逸兴。随着世风日下,许多寺院竟成为藏污纳垢的场所,不仅奸险凶恶之徒借遁入空门来遮掩劣迹,一些原本六根清净的佛门弟子也开始破坏寺规,放纵男女饮食之大欲。对此,《一言芳谈抄》《大阁记》《信长公记》等书所记甚详。当此"世积乱离,风衰俗怨"之际,僧侣以及僧侣所依附的佛教显然无力、也无意承担起匡救时弊的使命。于是,提倡儒教以起衰济溺,便成为时代的要求。儒者于此时得以成为活跃在社会舞台上的中心人物,并入主诗坛,是极为顺理成章的。值得注意的是,一部分有志复有识的僧侣也顺应当时的趋势,掷却缁衣,还俗为儒者,从而使儒者队伍进一步壮大。当积年战乱渐归平息,人们又迎来新的太平治世以后,儒教仍被在靖乱过程中登上权力宝座的统治者视为奠国基、固人伦、移风俗的法宝,而儒者也就在江户时代的 300 年间一直受到尊崇。德川家康召藤原惺窝讲授四书五经及《贞观政要》、置惺窝门人林罗山于学士一职,乃其一例。

　以儒者为主干的江户诗坛,堪称群雄竞起,各具风流。若论倡导儒学之功,首推藤原惺窝。虽然其学以经术为先,却也未废风雅之道,不失为时代文运的开启者。他于花开时节赋赠丰臣长啸的一首七绝,意致曲折,深得江村北海《日本诗史》之称许。其门徒甚众:除林罗山、那波治所等"四天王"外,石川丈山、松永尺五等人也是名高一世的大儒。林罗山被清人俞樾编撰的《东瀛诗选》评为"筚路蓝缕，开启山林"的人物。俞氏且认为其诗"犹大辂始于椎轮，岂可以工拙较"？石川丈山是同门中最擅汉诗者，出身行伍，为人骁勇，曾赋《渔村夕照诗》，有"欲将蓑衣曝返照，钓竿还是鲁阳戈"句。惺窝见后预言道："此人必成诗家"。果如其言。不过，俞樾《东瀛诗选》评其诗曰："警句多而佳章少"，亦中肯綮。林罗山、石川丈山、松永尺五等亦各有门徒列墙。其中，松永尺五的门人木下顺庵不满于五山诗风，首倡返归唐诗，并身体力行。荻生徂徕曾肯定其功绩曰："锦里先生出，扶桑诗皆唐。"服部南郭亦曰："锦里先生实文运之嚆矢。其诗虽不甚工，首倡唐也。"尤可称道的是，其门下荟萃了新井白石、室鸠巢、祇园南海、雨森芳洲、神原篁洲、南部南山、松浦霞沼、三宅观澜、服部宽斋、向井沧州等英才。新井白石之作被江村北海评为"锦心绣肠，咳唾成珠"。室鸠巢身为幕府儒官，熟精朱子之学，于汉诗亦有很深造诣。江村北海评其诗曰："五言古诗学陶未得自然。七言古风、五言近体师法少陵，尚隔垣墙。七言近体祖袭盛唐诸家，往往出明人之蹊径。若夫五言排律，学力与才气相驾，豪健腾踔，最为当行。"祇园南海之诗才足与新井白石相颉颃。词采富丽，神气融和，诗思亦极敏捷，时有日赋百诗之举。晚年标榜"影写"说，其内涵略同于王渔洋之"神韵"说。而溯其师门渊源，实与藤原惺窝一脉相承。

与藤原惺窝的高足石川丈山约略同时，名震诗坛，被誉为江户初期诗人之冠冕的是释元政。其诗宗法明代诗人袁中郎。袁诗在日本倍受尊崇是江户中期以后的事情。从这一角度看,或许可以说释元政是其先驱者。与木下顺庵约略同时,以古学张大门户的是伊藤仁斋。其子东涯,与乃父并为一世大儒,而雅善汉诗。江村北海评曰:"近人动辄曰东涯之诗冗而无法,率而无格。噫!谈何容易!东涯篇章尤饶。余阅其集,有润丽者,有素朴者,有精严工致者,有平易浅近者,体段难齐。"与新井白石、祇园南海约略同时,以汉诗鸣于当世的则有梁由蜕岩、秋山玉山、鸟山芝轩等人。梁由蜕岩有诗豪之誉,与白石、南海并称为"正德三大家"。秋山玉山长于五七言古诗,而自视甚高,曾公开宣称:"臣之五绝,开辟以来未有之。"鸟山芝轩曾被荻生徂徕许为"晚唐宗匠",其所擅长者为五七言近体。

贞享、元禄年间,诸派之学既开,诗道渐趋昌盛。当此之时,创立古文辞一派、恢复风雅之道的是荻生徂徕。徂徕资性豪迈,博览多识,除提倡李、王之古文辞外,独尊唐诗。所作汉诗殊类其人。律诗或有不够精严者,古体乐府却独擅胜场。诸门生为其羽翼,相互鼓吹,其焰日炽,不仅当时风气为之一变,而且余势及于今日。徂徕殁后,诗以服部南部为第一。其他门生,如服部南郭、太宰春台、高野兰亭、山县周南、释万庵等人也都富于诗思。以释万庵而言,江村北海曾将他与释大潮相提并论:"我邦释门之诗,元和以前推绝海、义堂,元和以后推万庵、大潮。二僧功力大致相当,至若才华,则万庵似进一筹。"此外,安藤东野、山井昆仑、菅原甘谷等才俊也曾游徂徕之门。其门户之盛不亚于前代的藤原惺窝。唯其门下人才济济,徂徕之学风靡天下,徂徕著作亦经由朝鲜传至中国。这在很大程度上得力于门人羽翼之功。

当徂徕及其门人在文坛、诗坛极尽纵横驰骋之能事时,独立于该派之外的各种诗社也竞相产生,并日渐勃兴。每一诗社都有自己独特的创作宗旨和艺术追求。因此,一个诗社也就相当于一种流派。尽管足以与徂徕派相抗衡的诗社并不多,但它们却努力坚持与发展着自我——即便是小小的自我。这就带来了流派与风格的多样化。而流派与风格的多样化,当然是汉诗繁荣的主要标志之一。当时,实力较强的诗社有服部苏门的长啸社、龙草庐的幽兰社、江村北海的赐杖堂、高旸谷的芙蓉社、片山北海的混沌社等等。其中,有的力戒门下轻佻之风,治社严谨,如江村北海的赐杖堂、片山北海的混沌社等。有的则只重诗艺,不论人品,以致品行不端者也混迹其中,如龙草庐的幽兰社便曾招致"幽兰社乎?游乱社乎?"一类的质疑。与龙草庐、江村北海同时而诗名卓著的还有南宫大湫、细井平洲、汤浅常山、葛饰蠡庵、三浦梅园、释大典、释六如、薮孤山、富田大凤等人,他们共同辉映着贞享、元禄年间的诗坛。其中,葛饰蠡庵曾力反徂徕之风,鼓吹宋诗,从而给充彻唐音的诗坛带来一股清新空气。释六如亦倡宋诗,一生服膺陆放翁与杨诚斋,在当时亦属抗乎时流、独树一帜者。

"若无新变,不能代雄"。至宝历、天明年间,在儒学各派的相互轧轹中,一种新的折中考证之学声势渐大。倡导与鼓吹者主张悉采汉、唐、宋、明之所长,而弃其所短,融合改造,为我所用。对与儒学有密切关系的汉诗,他们则主张用平易的辞句表现清新的感情。这显然与徂徕派的宗旨相左。冲突既不可免,他们便干脆高挑战旗,对徂徕派采取激烈批判的态度。一时不乏呼应者。至宽政年间,渐趋没落的徂徕派已明显处于劣势地位。在这场挫败徂徕派的斗争中,充当急先锋角色的是山本北山。但他长于议论,所作诗文则与其口号不侔。这或许是"心余力拙"的缘故。与北山同时而善诗者,有赖春水、赖杏坪、龟田鹏斋、龟井南冥、市河宽斋、柏木如亭、大田锦城等人。其中,有承混沌社之余绪者,如赖春水;也有倡徂徕派之余风者,如龟井南冥。各自怀珠抱玉,竞秀诗坛。由于当时的朝廷明令禁止异学,导致经术失去了活力。这至少在客观上有助于造成举世注重词章的风气。以往,诗人与学者,往往一身二任;如今则出现了分离与独立的趋势,乃至职业诗人屡见不鲜。而汉诗的大众化,在这时也已成为现实。

如果说宽政年间的诗坛不失为承前启后的一大枢纽的话,那么,从文化、文政至天保、弘化年间,则是日本诗苑百花盛开、空前繁荣的季节。检阅当时的诗坛,名家迭见,佳作如林,而山梨稻川、菅茶山、赖山阳、大窪诗佛、菊池五山、梁川星岩、广濑淡窗等人,则是其中翘楚。山梨稻川诗文俱佳。俞樾《东瀛诗选》采录其作甚多,且给予"才藻富丽,气韵高迈,东国诗人中当首屈一指"的高度评价。菅茶山与市河宽斋齐名,当时有"东宽斋,西茶山"之说。赖山阳以气节自持,终身未曾屈己从人。才识天授,诗思不为时空所囿,更兼系心国事,时作慷慨激昂之语,所以被视为江户诗坛第一人。维新志士受其影响殊深。大窪诗佛也是在江户诗坛独步一时的人物。诗境超逸，有行云流水之趣。曾著《诗圣堂诗话》，与菊池五山的《五山堂诗话》并行于世。菊池五山平生以南朝忠臣菊池氏之后裔自称，每言及皇室，皆肃然改容。但不唯纵情诗酒，且深染放浪、轻薄之习，常令识者蹙眉。其诗亦陷于纤巧奇僻。因而有人认为宋诗之弊至菊池五山而极。梁川星岩，诗才足与赖山阳相匹敌，因此也具有问鼎江户诗坛的实力。门下多慷慨高歌之士。朝川善庵谓其"诗学极博，用量最精，温润清雅，一字不苟"。清人朱柳桥谓其"天资灵敏，亦能被袯远游，航风梯云，宜其吐属清高，调近古人"。江芸阁谓其"博雅典切，情韵悠扬，诵之如晓园之花、春堤之柳，风神无限。其西征诗凡一百三十余篇，俊逸丰丽，如晴空飞隼，乘飚盘旋；如碧水芙蕖，不假粉泽，亭亭可爱。深得风骚之旨，当以为一代风骚之主"。今人猪口笃志氏将其与赖山阳相较："山阳类于苏东坡、李西涯，星岩近于陆放翁、高青邱；气势存于山阳，洗炼在于星岩。"皆备极褒奖。广濑淡窗弱冠时偶读《唐宋诗醇》，叹曰："天地间自有好诗"，遂栖心于诗学。诗风清高淡雅，一如其人，往往摩古作者之垒。俞樾评曰："读其论诗五古一首，于此道颇见折肱。"从其受业者，亦多为一时俊彦。除此而外，声名较著的诗坛人物还有原古处、释良宽、龟井昭阳、樱田虎门、中岛半华、大盐中斋、摩岛松南、小岛梅外、松崎慊堂、馆柳湾、友野霞舟、朝川善庵、冈本花亭、坂井虎山、西岛兰溪、藤田东湖、中岛棕隐、野田笛浦等等。他们的功力与声望虽不及菅茶山、赖山阳及梁川星岩等诗坛泰斗,却也都有佳作传世,成就未可小觑。

天保至庆应年间,内外多事,幕府崩坏,维新运动已悄然开始了其胎动。当此时事纷舛、风雨飘摇之际,柏木如亭、菊池五山一辈的颓唐自放诗风理所当然地遭到唾弃,取而代之的是慷慨壮烈、撼人心魄的感时忧世之作。不用说,作者都是"燕赵悲歌"式的爱国志士。所谓"志士之诗",即于此时扬芳吐蕊。从文久、庆应至明治初年,志士之诗被陆续搜集、编撰。主要有《精神一注》(村井政礼编于文久二年)、《殉难前草》(城兼文编于庆应四年)、《殉难后草》(同上)、《兴风集》(久坂通武编于明治元年)、《殉难拾遗》(马场文英编于明治二年)、《振气篇》(春庄冗史编于明治二年)、《殉难遗草》(城兼文编于明治二年)、《防长正气集》(天野御民编于明治八年)、《皇朝近世诗文歌集》(高桥镰三郎编于明治九年)、《鸣世余言》(濑户爱次郎编于明治十四年)等等。在当时,士人多修汉学,而修汉学者又都以不能作汉诗为耻。中国古典诗歌中本来富于感时忧国的篇章。浸染既久,他们便自然而然地利用汉诗这一形式来宣泄其尊王攘夷、辅时济世之志,并借以鼓舞士气、唤醒民众。诚然,他们大多不是职业诗人,不可能倾全力于诗道诗艺,因而技巧也许还不够圆熟,但其所作之价值往往存乎技巧之外:直到今天,人们仍深深感染于其真情、至性、大胆、卓识。同时,在这一时期,许多原来便汲汲于诗道的学者文人亦未废吟哦。其中,不少兼为志士:如果说佐藤一斋、安积良斋、山田蠖堂、斋藤拙堂、草场佩川、森静观庐等是纯而又纯的学者文人的话,那么,梅田云浜、赖鸭崖、吉田松阴、桥本景

岳、藤森天山、长尾秋水、广濑旭庄、远山云如、佐久间象山、久坂
江月斋、藤井竹外、日柳燕石、河野铁兜、桥本香坡、高杉东行等
则是诗人而兼志士。他们也创作了许多气壮山河、光照日月的
篇章。其中,梅田云浜、赖鸭崖、吉田松阴等因倡尊王攘夷之策
而惨死于安政大狱;久坂江月斋则战死于蛤御门之变。都是甘
洒热血写春秋的维新先驱。此外,这一时期还涌现出一批杰出
的女流诗人,如龟井小琴、原采苹、江马细香、梁川红兰等等。她
们中间亦有参与尊王攘夷运动而不独垂名诗史者。

　　一方面名家辈出,流派纷呈,另一方面这些名家以及围绕他
们形成的各种流派又都有着强烈的本土意识和独特的艺术理想、
艺术追求,拒绝平庸,崇尚创造,这就必然带来创作风格的多样
化,同时也带来在一定程度上偏离传统的和样化——不言而喻,
这种和样化的内在特质是本土意识,外在特征则是民族色彩。

(二)

　　江户汉诗的多样化,不仅表现在风格繁富,流派纷呈,而且还
表现在题材更趋丰富多彩。也许可以说,较之传统的中国古典诗
歌,其题材领域又取得了新的拓展。谨以其中涉及"家庭生活"、
"自然风光"、"社会风情"、"爱情理想"等题材的作品为例加以说明。

1. 家庭生活之素描

　　日常的家庭生活,是前代的日本汉诗作者所难得涉笔的,这
一方面是因为观念的禁锢——在他们看来,此类题材不足以登
大雅之堂;另一方面则是因为功力的限制——他们尚不具备驾

驭此类题材的技巧。而今,随着诗艺的不断进步与成熟,江户诗人们在表现此类题材时已显得游刃有余;同时在观念上他们也不再对此类题材嗤之以鼻。于是,从江户汉诗的艺术长廊中,我们便观赏到一幅幅生动的家庭生活素描。如:

> 灯前不辨蝇头字,双镜倩明架鼻梁。
>
> 蓦地拭眵揩不着,稚孙拍手笑疏忙。
>
> ——村濑栲亭《冬日漫兴》

> 相值齿疏头秃后,十年世乱话甜酸。
>
> 女儿闻有京华客,半下芦帘偷眼看。
>
> ——市河宽斋《青陵至京师》

> 烘窗晴日气如春,读课牵眠欠且伸。
>
> 唤婢休嗔迟午饭,夜来多是雨沾薪。
>
> ——同氏《示亥儿》

三诗均聚焦于日常的家庭生活场景,具有浓郁的生活气息和热烈的生活情趣。其中,第一首用一系列谐趣横生的细节,将作者老眼昏花的憨态和稚孙未脱童真的笑貌,勾画得活灵活现。第二首既表现了齿豁头童的作者在历经乱离后与老友相对泫然的无限感慨,又展示了未见世面的小女出于好奇心理而偷窥京华来客的烂漫情怀。"半下芦帘偷眼看",情态逼真,语气诙谐,在一定程度上冲淡了原本沉重的沧桑之感,平添了扑面而来的生活气息。第三首亦属家庭生活拾趣之作,不仅借助"读课"时体态的屈伸,突出了"春困"的感受,而且通过对"亥儿"的劝告,显示了作者的通达人情和对生活细节的体察入微。其家庭生活之和谐及主仆关系之融洽,由此可见一斑。

另一些诗人诗作则致力于展示生活中无所不在的亲情,这方面最擅胜场的是赖山阳。且看下列作品:

> 穷巷蹂春泥,晓雨方丝丝。
>
> 近家情却怕,旧寓认还疑。
>
> 山妻记足音,喜极反成悲。
>
> 两岁始归到,尘埃面目黧。
>
> 谭汤洗吾脚,薪湿火传迟。
>
> 薪湿且不妨,唯喜会有期。
>
> ——《到家》

> 舆行吾亦行,舆止吾亦止。
>
> 舆上道中语不辍,历指某山与某水。
>
> 有时俯理袜结解,母呼儿前儿曰唯。
>
> 山阳一路十往还,省乡每计瞬息里。
>
> 二毛侍舆敢言劳,山驿水程皆乡里。
>
> 于儿熟路母生路,双眸常向母所视。
>
> ——《侍舆诗》

拳如山蕨半舒芽，肤似海榴新脱花。

只管啼号觅母乳，娇瞳犹未识爷爷。

——《获男儿志喜》其一

病羸勉举一娇儿，愁绝家尊不及知。

莫类乃翁师乃祖，窃庆面骨有遗姿。

——《获男儿志喜》其二

借助含蕴丰富的细节描写和流转自如的心理刻画，将近乡情怯的游子心态、侍母旅行的孝子襟怀、初获娇儿的慈父情结，一一显现在字里行间，从中见出作者的精湛而又娴熟的诗艺。不仅足以使平安时代的缙绅诗人和五山时代的缁流诗人瞠乎其后，而且较之中国本土同一时代的古典诗人似也"未遑多让"。当然，其构思取意及遣词造句并非与中国古典诗歌全无干系，比如《到家》一诗中"近家情却怕"云云，分明脱化于唐人宋之问的名句"近乡情更怯，不敢问来人"（《度汉江》）；"旧寓认还疑"、"喜极反成悲"云云，则影影绰绰地融合了唐人司空曙的"乍见翻疑梦，相悲各问年"（《云阳馆与韩绅宿别》）及宋人陈师道的"了知不是梦，忽忽心未稳"（《示三子》）等。不过，这已不是机械的"模仿"，甚至也已不是生硬的"点化"，而是一种左右逢源的随意取资，一种服务于总体构思的有机构筑。同时，作者虽然是以汉语在写作汉诗，却有意融入作为"胶着语"、"复缀语"的日语的语言特性，使其遣词造句多少体现出流利、连续、不欲休止与顿挫的语言意欲。

这显然也可以视为变革与改造中国古典诗歌的一种努力了。

2. 自然风光之显影

中国古典诗歌中本多吟咏自然者。作为中国古典诗歌的域外嗣响，日本汉诗亦喜吟咏自然。不过，江户时代以前吟咏自然的汉诗作品，习于化用典故、捃撦前人，因而带有较浓的书卷气息。进入江户时代以后，受"性灵派"诗论的影响，诗人们开始以"我"之"眼"观察自然、"我"之"心"感受自然、"我"之"笔"描写自然，于是这一时期对自然风光的表现便颇具清新之风、奇拔之气。就中，六如上人堪称先驱。其《孟冬过铃鹿山》有云：

> 碧玉巉岩黄缬林，雨斜飞处夕曛侵。
> 山灵似欲嬲行客，马首乍晴马尾阴。

将峭然耸立的山岩形容为"碧玉"，已给人一种新鲜感，但更见创意的还是用"黄缬"来比喻落叶飘坠的树林。"黄缬"是指用"绞缬染法"染成的黄布，而"绞缬染法"则是日本特有的一种印染方法，以之入诗，既增加了多样化的色彩，又平添了和样化的气息。由此不难看出作者试图突破中国古典诗歌的既定艺术规范与手法，将"和风"与"和习"适度融入汉诗。

继六如上人之后，以新视野、新意象、新方法来表现自然风光者络绎不绝，而菅茶山、赖山阳、北条霞亭、武元登登庵等人则是其中的代表：

南轩有待不燃灯,四壁虫声夜气澄。

指点前峰留客坐,爱看大月抱松升。

——菅茶山《即景二首》其一

溪头修竹带人扉,下有泉声鸣石矶。

红紫间花沙草暖,一双家鸭浴黄衣。

——北条霞亭《赴常石途中瞩目》

夕风含草雨微馨,两两三三出暗青。

忽尔纵横千万点,溪峦真个叠金屏。

——北条霞亭《无题》

天如卵色欲斜曛,春树含烟花气芬。

山外吹晴半时雨,松间余得一痕云。

——武元登登庵《雨中看花》

云位檐角气如冬,雨霁清晖射翠松。

窗纸犹烘午余热,时将破扇打秋蜂。

——武元登登庵《岁寒堂新晴》

不用故实,不事雕饰,而以写生的笔法、灵动的意象和活脱
的语言,再现自然,直抒性灵,从中不仅能清晰地观赏到自然风
光的艺术显影,而且还能真切地感受到作者热爱自然的情怀。

这一类作品大多受到宋诗、尤其是"诚斋体"的影响,但它们对"活法"的运用以及对意象的选择、对语言的锤炼,却又分明带有异域和异族的特点。这也就意味着它们已在一定范围内跳出了中国古典诗歌的窠臼,至少已开始有意识地对中国古典诗歌的传统写法有所偏离。

3.社会风情之剪辑

社会风情,也是江户诗人习于涉笔的题材领域。他们一方面在风景画与风景画的融合上效法中国古典诗歌、尤其是唐代诗歌,另一方面又试图更多地将东瀛特有的社会习俗和民族风情镶嵌入作品,造成外来形式与本土内涵的有机嫁接。梅辻春樵《观剧》有云:

> 隔街南北各开场,偏党相争论短长。
>
> 看剧并看看剧客,彩灯如昼簇红妆。

作者与中岛棕隐同出村濑栲亭门下,被当时诗坛合称为"双璧"。此诗以写生的笔法,刻画市庶观剧的场景,从中可以察知,当时的戏剧演出场面已蔚为大观,不仅隔街唱起了对台戏,各以其绝诣吸引与争夺观众,而且观众也积极参与其中说短论长,品骘高下。这实际上昭示了一个史实,那就是,戏剧演出能极一时之盛,既有赖于戏剧艺术本身的发达与进步,也离不开市民的观剧热情的强有力的支撑。值得注意的是,诗中还展示了另一道社会风景线:市民们踊跃前来的目的其实是双重的,既为观赏跌宕起伏的戏剧,亦为观赏盛装出行、色彩斑斓的"看剧客"。在作者笔下,彩灯亮如白昼,红妆簇拥而来,俨然一幅充满异域风情与风俗的瑰丽画卷。

古贺穀堂的《穀堂遗稿抄》则记录了身居闹市时对早晚市声喧沸的感受:

> 黎明支枕起,绕陌卖书声。
> 改刻诸侯谱,新评三剧名。

> 暮夜喧如沸,歌谣行道人。
> 新剧拟净丑,高丽声逼真。

黎明的卖书声,暮夜的唱戏声,加上路人的歌谣声,以及其他种种闹市的音响,构成一曲浑然天成的交响乐,作者虽未陶醉于其中,却也并不因其干扰了自己的作息时间而感到烦躁。从诗中我们至少还可以了解到两个信息,其一是新刊卖的书籍多有关乎戏剧者,表明剧本及剧评都是当时热卖的读物;其二是参加演出的有来自国外的戏剧表演团体,"高丽声逼真",说明至少其中有来自高丽的外籍演员。而这又印证了当时与国外的文化交流已十分频繁。

的确,都市繁华与市井喧嚣,是江户诗人每日身临其境感受与体会的内容,当然也就成为他们攫取入诗的对象。且看4篇作品:

漠漠江天收晚霞,炮声一响骇栖鸦。

寒星忽落半空雨,火树能开满架花。

势卷潮头奔水鼠,火冲云脚迸金蛇。

夜深戏罢人归去,两岸萧疏烟淡遮。

——大窪诗佛《烟花戏》

黄昏浴罢去迎风,灯市徜徉西又东。

时节未秋秋已至,满街夜色卖虫笼。

——松崎慊堂《夜市纳凉》

奇句搜来喜不禁,冲寒欲写脱重衾。

隔街时识头陀过,连声念佛晓云深。

——柏木如亭《冬夜即事》

街上嚣嚣到五更,晓来人定梦将成。

行商隔户连呼扇,听取年头第一声。

——同氏《元旦枕上口号》

　　第一篇作品描写烟花燃放之盛况。生动而又贴切的比喻,既摹写出烟花之形,更勾摄出烟花之神,而有关烟花燃放的种种信息也尽包蕴于其中——如果说"奔水鼠"、"迸金蛇"见出烟花燃放种类之多的话,那么,"半空雨"、"满架花"则见出烟花燃放规模之大。此外,尾联的"夜深戏罢"云云,还与中间两联的比喻相配合,暗示了烟花燃放时间之长。第二篇作品刻划的是"夜市纳凉"的见闻。秋凉时节,徜徉灯市,作者兴味盎然,而尤能吸引他目光的则是"满街夜色卖虫笼"的场景。这一洋溢着东洋风情的艺术特写,采用的是白描手法,却颇有回味的余地。第三篇作品截取的是风味迥异的另一幅画面:拂晓时分,不时有"连声念佛"的出家人从街上走过。仅此一笔,便折射出佛教盛行、僧侣众多、礼佛成风的社会习俗。第四篇作品则传写元旦凌晨的感受,通过听觉的渲染,从一个侧面揭示了商埠繁荣、商贾勤勉、彻夜喧嚣的都市景象。

在热衷于表现都市繁华的同时,江户诗人们另一聚焦的对象则是民风民俗:

> 女儿十岁慧于鹦,双手筑毯妍月轻。
>
> 新歌不识歌何事,敷出金闺多少情?
>
> ——村濑栲亭《手毯词》

> 一家三族全伉俪,踏上新桥致祝词。
>
> 此日效颦人杂遝,祈来寿福福无涯。
>
> ——水畑诗山《赠月舟雅人》

手毯是当时流行的民间游戏,无论男女,孩童时代起便参与其间,乐此不疲。《手毯词》中的十岁女童,虽然未必已是个中高手,但由她月下"双手筑毯"的情态,可知其对于这一游戏的专注。不仅如此,她还歌喉婉转,擅长翻唱新曲。所谓"新歌不识歌何事,敷出金闺多少情",是说歌词大意虽不甚明白,却声声含情,将难以直白的女儿心事辗转敷出。《赠月舟雅人》着笔的是一种集体祈福于"新桥"的民间习俗:新桥落成,世人纷至沓来,且都伉俪同行,为的是祈祷人寿年丰,一生美满。

踏春而游,也是江户诗人乐于展现的一种民风民俗,尽管这并非东瀛所特有,而更多的带有中国的文化传统。赖山阳《游岚山》云:

> 春风吹雨过西溪,溪上行人路欲迷。
>
> 女伴相呼联袂去,红裙半湿落花泥。

赖山阳这类作品用笔温婉,尝被讥为"女郎诗"。不过,在我看来,更近"女郎诗"的还是《茉莉花》等作品("一盆茉莉数花披,拟送娇香侑晚卮。记否凫川纳凉夕,银灯影里看冰肌")。此诗虽然落笔于游春女郎,却并非柔媚无骨者,也没有太多的香艳气息,作者只是在春风化雨的诗意背景下对女郎们大呼小叫着结伴春游的情景作了简洁明快的艺术显影,不仅画面生动,旋律流畅,而且有着浓郁的生活气息。"红裙"、"花泥"等意象固然容易让人与"女郎诗"相联系,其实作者不过是写实而已,绝非刻意营造绮靡氛围。作者另有《武景文、细香同游岚山,宿旗亭》一诗,亦堪玩赏:

　　　　　山色稍暝花尚明，绮罗分路各归程。

　　　　　诗人故拟落人后，呼烛溪旁听水声。

　　春游归来，虽已是暮色笼罩，作者却依然情浓意酣，不忍就此与山中景物告别。于是故意"掉队"，独听溪声潺潺。这是寄托一种"行到水穷处，坐看云起时"式的参禅之心，还是表达一种"水流石不竞，云在意俱迟"式的悟道之意，似乎很难分辨；可以肯定的是，在传统的游春习俗中，触摸到的分明是作者栖心自然的诗人本色。

　　江户诗人习惯于对社会风情作纯客观的剪辑，一般很少加以评说。换言之，大多数情况下，他们都对创作题材保持着观察者与记录者的不动声色。但也有例外。当某种社会风气的蔓延有可能导致民不聊生的严重后果时，他们便不再心静如水，超然局外，而忍不住一反常态地大声疾呼。大窪诗佛《松鱼》一诗是其中的代表：

　　　　　新味初来上店时，万钱争买贵珠玑。

　　　　　吴人谩道鲈鱼美，谁为鲈鱼典却衣？

　　将时人不惜重金、争相品尝松鱼美味的风尚与中国古代吴人酷爱鲈鱼的习俗加以比照并观：吴人中没有为购买鲈鱼而典衣者，可知鲈鱼之美味不及松鱼远矣！这显然是皮里阳秋之笔，明贬鲈鱼，暗讽国人——为了满足一点口腹之欲，竟然一掷"万钱",甚至不惜典却衣裳,这才是真正的愚不可及。"谁为"云云采用反诘句式,透露出作者的激愤之意。

4. 爱情理想之摄录

江户汉诗中以爱情理想为题材的作品,较多的采用中唐诗人刘禹锡创制的"竹枝"体,即把民歌的声情融入七言绝句中,既不避俚俗,又不辞典雅,既大致符合七言绝句的音律要求,又具有民歌的明快节奏、婉转情思和风土特色。而它们所表现的主题不外乎渴望长相厮守,两情不渝。如祇园南海《江南竹枝》其一:

舶上金笼白鹦哥,羡看侬舞听侬歌。
侬今不异笼中鸟,不从郎飞奈郎何?

以"笼中鸟"写照独居深闺、不能从郎出游的抒情女主人公的哀怨心境。"不从郎飞奈郎何",既倾诉了双飞双宿、永不分离的期盼,也蕴含着"浮云蔽白日,游子不顾返"的隐忧。梁川星岩《琼浦杂咏》其一则更见婉曲:

吴歌袅袅能行酒,吴女掺掺解侑觞。
拥女听歌妾何恨,恐郎鬓上添秋霜。

类似于中国古典诗歌中的"闺怨"题材,却又融入了带有浓郁时代气息的本土风情。抒情女主人公深知自己苦苦思念的

"良人"正在觥筹交错中左拥右抱,陶然于纸醉金迷的夜生活,早已将曾经相濡以沫而此刻正倚闾盼归的"糟糠妻"置之度外,但她依然对"良人"的安危不胜牵挂,不仅对他的不良行为未加任何谴责(诗中甚至看不到丝毫怪罪之意),反倒担心他因过于纵情声色而有损健康,显得十分大度。这一类作品实际上恰好折射出包括作者在内的新一代士大夫文人期望妻子能包容自己的不良嗜好乃至出轨行为的变态心理。这或许也是一种爱情理想,但其中显然渗入了太多的不健康和非理性的成分了。

如果说以上论列的作品尚属沿用中国古典诗歌的传统题材,未脱"乐府旧题"之窠臼的话,那么,赖山阳的《长崎谣》则要更富于本土色彩了:

捧茗添香颐指中,双双眼语意何穷?
洞房不用烦传译,自有灵犀一点通。

江户时代,随着对外门户的开放和城市经济的日渐繁荣,长崎作为日本重要的通商口岸,宾客纷至,商贾云集,各种声色娱乐场所也应运而生。于是,狎妓便也成为这一时期的社会纪实作品的重要题材之一。如中岛棕隐的《鸭东四时杂词》即聚焦于当时文人乐于吟咏且多少有些艳羡的冶游狎妓场景:"曲屏方枕夜三更,宴散无端独见迎。被底鸳鸯非有旧,同床各梦奈天明。""碧玉分瓜最嫩芳,上头枉伴白头郎。警诗有例君知不?一朵梨花压海棠。"在写实的笔法中,分明寄寓了作者对这种畸形的病态的社会现象的讽刺与抨击。而赖山阳的这首《长崎谣》则从另一角度巧妙构思,刻意强调彼此心灵间的默契与沟通:"洞房不用烦传译,自有灵犀一点通。"着此一笔,便冲淡了实际生活场景中所应有的色情意味,稀释了原本难以清除的糜烂气息,而作者本人崇尚心心相印、灵犀相通的爱情理想也昭然若揭。

的确,当时的文人把出入青楼、依红偎翠作为一种生活时尚,甚至作为一种人生追求。这也许是借以寄托与安慰仕途失意所导致的落寞情怀,也许纯粹就是出于文人骨子里的声色之好。他们经常以晚唐时期慨叹"十年一觉扬州梦,赢得青楼薄幸名"的杜牧自况,用夹杂着得意、嘲弄、感伤、愧悔等多种情感的笔调,描述自己醉生梦死的经历。菊池五山《水东竹枝词》云:"落魄生涯淡如水,平章风月总无情。只缘诗草流传世,误惹扬州小杜名。"柏木如亭《赠妓》则云:"丝竹场中度几春,青蛾红粉作迷因。年逾五十情丝断,仅博红楼薄幸人。"不过,这类以冶游为题材的作品,固然有较多的着墨于"感官"者,但更多的却落笔于"感情",或者说把渲染真感受、真情致作为诗的主要旨趣。且看柏木如亭的两篇作品:

击柝声声夜正长,少年郎对少年娘。

多情不语相羞涩,焚尽枕头心字香。

——《吉原词》

曾将情种莳心田，别后空床不得眠。

展尽相思书一纸，雨窗灯火夜如年。

——《别后》

前诗描绘一对初涉风尘的青年男女在"春宵一刻值千金"的合欢之夜所表现出的羞怯之情。多情而又未解风情，所以只能脉脉含情地无语相对，在眼神的交流中倾诉爱意，任凭斗转星移，夜阑更深。这里，感官层面的"肉欲"已退避幕后，而情感层面的"爱意"则纵横台前，这就使其实并不纯净的色情交易场面得到了净化，演变为真情感的交融和真性灵的契合。从手法上说，这也是一种化俗为雅的尝试。后诗则表现别后的相思。这种相思之情已到了铭心刻骨的地步，一旦袭来，便如影伴形，再也无法摆脱。虽然抒情主人公的性别究竟是男是女似乎并不明晰，但他（她）在相思之情的折磨下辗转难眠、度日如年的场景却极其逼真地展示在读者眼前。相思若此，大概也称得上"专一"了。而作者所要标榜的应当正是这种本不该出现在声色男女之间的"专一"。在不严肃的题材中寄寓严肃的主题，这岂不是也体现了一种变革与改造的意向？

在擅长狎妓题材的江户诗人中，中岛棕隐是较为引人瞩目的一位。他的艺术贡献就在于，有意无意地隐去"走马章台"的背景，把卖笑为生、人情练达的风尘女子塑造（或曰乔装打扮）成不谙世故、娇羞可爱的邻家女孩，强化男女主人公心息相通的一面，而淡化他们逢场作戏的一面，通过"余味曲包"的细节的设计与渲染，寄托自己的爱情理想。《棕隐轩二集》中有《悼秀儿二首》，其一云：

> 身如白傅老文章，误要春风又断肠。
> 为想娟娟细腰瘦，登楼不忍抚垂杨。

以唐代诗人白居易自况，抒写对身份不明的心上人的爱怜之情。白居易晚居洛阳时生活优裕，有家妓樊素、小蛮等色艺俱绝，名动一时。白居易有断句曰："樱桃樊素口，杨柳小蛮腰。"颇为时人及后人所羡。中岛此诗援其故事而加以发挥，深切（至少貌似深切）地表达了自己对不幸夭折的"秀儿"的怀念。"登楼"云云，将作者触景生情、睹物怀人的伤心之状刻画得生动而又逼真。《棕隐轩三集》中有组诗《代诸名妓各寓意》，乃选祇园名妓十二人，以"代言体"的形式传写其心声：

> 娇羞争说旧风流，海会寺前枫树秋。
> 一自狂云卷裙袂，到今犹怯野亭游。

在作者笔下，抒情女主人公并没有风尘女子身上习见的轻浮与放肆，反倒处处表现出邻家女孩特有的羞涩，由她担心云卷裙裾而不慎"走光"，可知其衣着也并不暴露。这或许正是作者心目中的艺妓的理想形态。《棕隐轩四集》中有《古碧楼杂题十三首》，其一云：

老觅安便携一娘,客游随处把诗囊。

村童不惯看红紫,拦路笑嘲京样妆。

携妓出游,用今天的价值尺度来衡量,固然可以判定为热衷于倚红偎翠的文人的一种世俗化与时尚化的陋习,但此处作者的伴游女子主要担负的却是"把诗囊"的职责,这又不失文人的本色了。或许在作者看来,有"京样妆"的时髦女子相伴出游,既可吸引路人的眼球,得到某种猎艳与渔色者独有的心理满足,又可诱发诗兴、激发灵感,使得"思如万斛泉源,不择地而出"。而由作者心仪如此这般的女性,其爱情理想也就可窥"一斑"了。

综上所述,江户汉诗不仅扩大了题材范围,更重要的是增加了本土题材、本土元素和本土色彩。这样,它们就不再是对中国古典诗歌的一种复制与拷贝,甚至也不再是一种翻拍与改编。在中国古典诗歌的形式格律中,注入本地域、本民族的鲜活性格和鲜活内容,这就是不甘拾人余唾的江户诗人们所作的有益探索。当然,这种探索同时也是有效的。

当然,还需要强调的是,江户时代之所以能成为东瀛汉诗的黄金时代,一方面是因为在和样化的过程中,实现了题材与风格的多样化,形成了众多的敢于标新立异的诗歌流派,另一方面则是因为较之王朝时代和五山时代的前辈而言,江户诗人驾驭汉诗艺术的技巧与功力大为增进。换言之,起源于中国、衍生于东瀛的汉诗艺术发展到江户时代,才臻于成熟,真正达到出神入化的地步。(参见绪论)

主要参考文献

中国文献

（五代）刘昫：《旧唐书》，中华书局 1975 年点校本。

（宋）欧阳修、宋祁：《新唐书》，中华书局 1975 年点校本。

（宋）欧阳修：《新五代史》，中华书局 1974 年点校本。

（宋）薛居正：《旧五代史》，中华书局 1976 年点校本。

（元）脱脱：《宋史》，中华书局 1977 年点校本。

（唐）杜佑：《通典》，浙江古籍出版社 2000 年版影印本。

（宋）司马光：《资治通鉴》，中华书局 1956 年点校本。

（宋）王溥：《唐会要》，中华书局 1998 年版。

（宋）宋敏求：《唐大诏令集》，学林出版社 1992 年版。

（宋）王钦若：《册府元龟》，中华书局 1960 年影印本。

（宋）李昉：《文苑英华》，中华书局 1966 年版。

（宋）李昉：《太平广记》，中华书局 1961 年版。

（清）彭定求等编：《全唐诗》（增订本），中华书局 1999 年排印本。

（清）彭定求等编：《全唐诗》，国学网站精校，扬州诗局本电子版。

陈贻焮主编：《增订注释全唐诗》第四册、第五册，文化艺术出版社 2001 年版。

陈尚君辑校：《全唐诗补编》，中华书局 1992 年版。

傅璇琮编撰：《唐人选唐诗》（十种），中华书局上海编译所 1958 年版。

（明）高棅选编：《唐诗品汇》，上海古籍出版社 1982 年影印版。

（清）董诰等编：《全唐文》，中华书局 1983 年影印本。

杨荫楼等编：《全唐文——政治经济资料汇编》，三秦出版社 1992 年版。

（宋）李昉等撰：《唐文粹》，中华书局 1956 年影印本。

曾昭岷、曹济平、王兆鹏、刘尊明编著：《全唐五代词》，中华书局 1999 年版。

（唐）刘知己：《史通》，上海书店影印《四部备要》本。

（清）徐松：《登科记考》，赵守俨点校，中华书局 1984 年版。

孟二冬：《登科记考补正》，北京燕山出版社 2004 年版。

（元）辛文房：《唐才子传》，辽宁教育出版社 1998 年版。

（宋）计有功：《唐诗纪事校笺》，王仲镛校笺，巴蜀书社 1989 年版。

周勋初主编：《唐人轶事汇编》，上海古籍出版社 1996 年版。

（唐）李肇：《唐国史补》，古典文学出版社 1958 年版。

（五代）王定保：《唐摭言》，中华书局上海编辑所1959年版。

（明）胡震亨：《唐音癸签》，古典文学出版社1957年版。

（宋）胡仔：《苕溪渔隐丛话》前集、后集，人民文学出版社校点本，1962年版。

（宋）阮阅编：《诗话总龟》，郭绍虞校点，人民文学出版社1987年版。

陈伯海编：《唐诗汇评》，浙江教育出版社1995年版。

张伯伟辑：《唐五代诗格汇考》，江苏古籍出版社2002年版。

（南宋）严羽撰：《沧浪诗话》，郭绍虞校释，人民文学出版社1983年版。

（宋）魏庆之：《诗人玉屑》，上海古籍出版社1978年版。

（明）胡应麟：《诗薮》，上海古籍出版社1979年版。

（唐）孟棨：《本事诗》，《历代诗话续编》本，中华书局1983年版。

（唐）张为：《诗人主客图》，《历代诗话续编》本。

（清）翁方纲：《石洲诗话》，《清诗话续编》本，上海古籍出版社1983年版。

（清）叶燮：《原诗》，《清诗话》本，上海古籍出版社1982年版。

（清）吴乔：《围炉诗话》，《清诗话续编》本。

（清）刘熙载：《艺概》，上海古籍出版社1978年版。

（近人）俞陛云：《诗境浅说》，北京出版社2003年版。

（清）纪昀等撰：《四库全书总目提要》，中华书局1965年影印本。

傅璇琮等编：《唐五代人物传记资料综合索引》，中华书局1992

年版。

吴汝煜主编:《唐五代人交往诗索引》,上海古籍出版社 1993 年版。

傅璇琮主编:《唐才子传校笺》第三册、第四册、第五册,中华书局 1990 年、1995 年版。

傅璇琮主编:《唐五代文学编年史》,辽海出版社 1998 年版。

周祖譔主编:《中国文学家大辞典·唐五代卷》,中华书局 1992 年版。

周勋初主编:《唐诗大辞典》,江苏古籍出版社 1990 年版。

岑仲勉:《隋唐史》,河北教育出版社 2000 年版。

吕思勉:《隋唐五代史》,上海古籍出版社 1983 年版。

白寿彝:《中国通史》,上海人民出版社 1997 年版。

范文澜:《中国通史简编》第三编第一、二册,人民出版社 1965 年版。

余恕诚:《唐诗风貌》,安徽大学出版社 1997 年版。

傅璇琮:《唐代科举与文学》,陕西人民出版社 1986 年版。

王水照主编:《宋代文学通论》,河南大学出版社 1997 年版。

陈寅恪:《元白诗笺证稿》,生活·读书·新知三联书店 2001 年版。

陈寅恪:《唐代政治史述论稿》,上海古籍出版社 1997 年版。

钱钟书:《谈艺录》,中华书局 1993 年版。

钱钟书:《管锥编》,中华书局 1984 年版。

严绍璗著:《中日古代文学关系史稿》,湖南文艺出版社 1987 年版。

北京大学日本文化研究所编:《中日比较文化论集》,吉林教育出版社 1990 年版。

宋柏年主编:《中国古典文学在国外》,北京语言学院出版社 1994 年版。

肖瑞峰著:《日本汉诗发展史》,吉林大学出版社 1992 年版。

叶渭渠著:《日本古代文学思潮史》,中国社会科学出版社 1996 年版。

刘砚、马沁编注:《日本汉诗新编》,安徽文艺出版社 1985 年版。

程千帆、孙望编注:《日本汉诗选评》,江苏古籍出版社 1988 年版。

马歌东选注:《日本汉诗三百首》,世界图书出版公司 1994 年版。

黄铁城、张明诚、赵鹤龄编注:《中日诗谊》,陕西人民出版社 1995 年版。

王福祥、汪玉林、吴汉英编:《日本汉诗撷英》,外语教学与研究出版社 1995 年版。

日本文献

富士川英郎、松下忠、佐野正巳编:《词华集·日本汉诗》(全 12 册),汲古书院 1987—1990 年刊。

富士川英郎、松下忠、佐野正巳编:《诗集·日本汉诗》(全 20 册),汲古书院 1983—1984 年刊。

猪口笃志编撰:《日本汉诗》(上下册),明治书院 1972 年刊。

猪口笃志编撰:《日本汉诗鉴赏辞典》,角川书店 1980 年刊。

猪口笃志著:《日本汉文学史》,角川书店 1984 年刊。

久保天随著:《日本汉文学史》,早稻田大学出版部 1965 年刊。

芳贺矢一著:《日本汉文学史》,富山房 1928 年刊。

冈田正之著:《日本汉文学史》,共立社 1929 年刊。

牧野谦次郎著:《日本汉学史》,世界堂书店 1938 年刊。

菅谷军次郎著:《日本汉诗史》,大东出版社 1941 年刊。

户田晓浩著:《日本汉文学通史》,武藏野书院 1957 年刊。

绪方惟精著:《日本汉文学史讲义》,评论社 1961 年刊。

柿村重松著:《上代日本汉文学史》,日本书院 1947 年刊。

近藤春雄编:《日本汉文学大事典》,明治书院 1985 年刊。

长泽孝三编:《汉文学者总览》,汲古书院 1979 年刊。

大曾根章介、久保田淳等编集:《汉诗汉文评论》,明治书院 1984 年刊。

俞樾撰,佐野正巳编:《东瀛诗选》,汲古书院 1990 年刊。

结城蓄堂编撰:《和汉名诗钞》,文会堂书店刊 1909 年刊。

结城蓄堂编撰:《续和汉名诗钞》,文会堂书店 1915 年刊。

简野道明编撰:《和汉名诗类选评释》,明治书院 1914 年刊。

释清潭编撰:《和汉高僧名诗新释》,丙午出版社 1910 年刊。

池永润轩著:《和汉名诗讲话》,京文社 1933 年刊。

山口准著:《日本名诗选精讲》,金铃社 1943 年刊。

内田泉之助编注:《新释和汉名诗选》,明治书院 1958 年刊。

伊藤长四郎编注:《新释和汉爱诵诗歌集》,笠间书院 1969 年刊。

冈田正之著:《近江奈良朝的汉文学》,东洋文库 1929 年刊。

川口久雄著:《平安朝日本汉文学史的研究》(上下册),明治书院 1959—1961 年刊。

吉田增藏著:《平安朝时代的诗》,岩波书店 1929 年刊。

小岛宪之编注:《王朝汉诗选》,岩波书店 1987 年刊。

释清潭、木下彪编撰:《王朝·五山·江户时代名诗评释》,画家社 1935 年刊。

杉本行夫编撰:《怀风藻注释》,弘文堂 1943 年刊。

川口久雄编注:《菅家文集、菅家后草校注》,岩波书店 1966 年刊。

柿村重松编注:《本朝文粹注释》,内外出版株式会社 1922 年刊。

金子元臣、江见清风编注:《和汉朗咏集新释》,明治书院 1942 年刊。

上村观光著:《五山文学小史》,裳华堂 1961 年刊。

北村泽吉著:《五山文学史稿》,富山房 1941 年刊。

玉村竹二著:《五山文学》,至文堂 1961 年刊。

山岸德平编注:《五山文学集·江户汉诗集校注》,岩波书店 1966 年刊。

入矢义高校注:《五山文学集》,岩波书店 1990 年刊。

上村观光编:《五山文学全集》(全 5 册),前 2 册六条活版制作所 1906 年刊,后 3 册帝国教育会 1936 年刊。

玉村竹二编:《五山文学新集》(全 6 册),东京大学出版社

1967—1972 年刊。

中村真一郎著:《江户汉诗》,岩波书店 1985 年刊。

日野龙夫、德田武等编注:《江户诗人选集》(全 10 册),岩波书店 1990—1993 年刊。

富士川英郎著:《江户后期的诗人们》,麦书房 1966 年刊。

山岸德平著:《近世汉文学史》,汲古书院 1987 年刊。

神田喜一郎编:《明治汉诗文集》,筑摩书房 1983 年刊。

木下彪著:《明治诗话》,文中堂 1943 年刊。

后　记

　　"人生许与分,只在顾盼间"。每当忆起十一年前原浙江省教育厅侯靖方厅长对即将"转型升级"的我面授机宜的情景时,我总是不由自主地想到杜甫的这两句诗,尽管用在这里并不十分贴切。或许,按照我的解读,它恰好兼容并长期诠释着我错承厚爱的感愧之情和奋力报效的自我慰勉之意。由浙江大学人文学院副院长(院长为著名作家金庸)调任浙江工业大学副校长,固然可以使自己在教育管理方面的潜力得到更大的释放空间,但必须付出的一个代价是:学术平台由高到低的转移(或曰坠落)。就学校而言,当时的浙大已确立了建设"世界一流大学"的目标,而浙工大在省属高校中的"龙头老大"地位尚待认可;就学科而言,浙大有中国语言文学一级学科博士点和博士后流动站,而浙工大尚无此类本科专业,学科基础的悬殊不啻霄壤。这使我不能不在改变自己的人生轨迹之际产生犹豫。

最终,我服从了组织的调配。而那时,本书作为教育部的人文社科规划项目已即将杀青。履新后,我一直努力兑现自己对组织的庄严承诺:把主要乃至全部时间与精力用于行政事务和学科建设。这就不得不暂时疏离个人的学术研究,本书也就心有不甘地被束之高阁。十多年来,浙工大逐渐得到了浙江乃至全国教育界的认可,而我也被浙工大所欣然接纳。面对学校健康快速发展的势态和心齐气顺的氛围,我庆幸自己在已过人生的不惑之年后进行了一次正确的抉择,虽然采用另一种思维定势和价值尺度也许有可能作出相反的评判。

但恕我直言,我其实一直心有慊慊,那就是本书已被尘封太久。是的,这些年来,我和先后前来加盟的同仁们以“筚路蓝缕,开辟草莱”的精神致力于学科建设,相继获评为“浙江省重点学科”、“浙江省人文社科重点研究基地”及“国家精品课程”、“国家级教学团队”,并取得了中国语言文学一级学科硕士学位授予权,庶几不辱使命。这中间,我还和弟子方坚铭、彭万隆博士合作完成了国家社科基金项目《晚唐政治与文学》,交由中国社会科学出版社顺利付梓,似乎在学术上也并非乏善可陈。然而,每当庆贺学校及学科取得的新业绩和新成果时,总有一丝无暇顾及本书的遗憾悄然袭上心头——这种状态本身至少说明我对本书终未忘情。

不过,虽然中断了本书的写作,我却并没有中止有关本书的思考。偶有点滴感悟、点滴解会,都记录在案。终于,在2011年的新年钟声敲响后,我决定与本书重续前缘。于是,没有公务活动的节假日和每天夜晚,便成为我和本书独处的有点苦涩又有点甘甜的曼妙时光,直到今天我在键盘上敲下最后一个句号才如释重负。

一本书的写作过程延宕至十年以上,固然在很大程度上受制于客观环境以及工作目标、生活内容的变化,但细细推想,似乎也与自己此前一直未能找到一个从心底里认同的逻辑终点有关。这个逻辑终点现在勉强找到了,但是否能与本书的逻辑起点相呼应、相契合?这恐怕只有请读者诸君鉴定了。

"十年磨一剑",这是时下学界大力倡导的精品意识。我自问尚知天高地厚,不敢以此自况本书的写作过程。但我会把它作为今后的努力方向,所谓"虽不能至,心向往之"。这大概既是俗务缠身而导致的不得不然的学术形态,也多少包含了一点未尽泯灭的学术追求吧?